L'AMOUR *vache*

AVERTISSEMENT :
ce roman aborde certains thèmes pouvant heurter la sensibilité
d'un public non averti.

Images de couverture :
© Lana Brow/Shutterstock, Moremar/Shutterstock
© PrettyVectors/AdobeStock
Couverture : Ariane Galateau
Collection créée par Hugues de Saint Vincent et dirigée par Arthur de Saint Vincent
Ouvrage dirigé par Julia Delabays

34-36, rue La Pérouse
75116 Paris
www.hugopublishing.fr

ISBN : 9782755677669
Dépôt légal : décembre 2024
Imprimé en France par Normandie Roto Impression s.a.s. (2403765)

Bones
Vercetti

L'AMOUR vache

Hugo Roman

À tous les cœurs battants
au rythme de la fierté paysanne.

CHAPITRE 1
Tamara

Cette chaise me fait mal aux fesses !

Je devrais penser à autre chose, être suspendue aux lèvres de ce type qui me juge, dans tous les sens du terme, depuis son estrade. Lui et ses deux acolytes n'ont même pas pris la peine de répondre à mon « bonjour » lorsque je suis entrée dans la salle d'audience. Je me suis même demandé si je n'avais pas commis une erreur en les saluant.

Peut-être existe-t-il une règle de politesse obscure, propre aux tribunaux, considérant cela comme un crime de lèse-majesté ? Va savoir.

J'aurais mieux fait de vérifier avant de venir. De toute façon, c'est trop tard. Ils ont passé en revue la liste de mes dettes, de mes « erreurs » de gestion, sollicitant à peine des explications de ma part. Je me suis contentée de hocher la tête pendant vingt minutes, tout en m'indignant intérieurement de l'inconfort de mon siège.

– Le tribunal de commerce d'Auch place en redressement judiciaire l'entreprise individuelle Pechnot, exerçant l'activité d'élevage de bovins ainsi que la production de lait. Un mandataire sera bientôt désigné pour mener à bien la procédure. Il devra rendre d'ici six mois sa décision quant à la viabilité de la société.

Le président darde un regard hautain sur moi, puis ajoute :

– Des questions, Mlle Pechnot ?

J'en ai des tas, mais aucune qui soit en mesure d'être entendue ici.

Alors, je me contente de secouer la tête.

On m'indique la porte, j'obéis docilement en retenant un gémissement de soulagement de pouvoir enfin quitter cette chaise de torture et cette pièce dans laquelle j'étouffe. Le greffier sur mes talons, je retourne dans le hall. Il aboie un nouveau nom. Une cinquantaine d'entrepreneurs patientent avec leur avocat respectif.

J'ignore si le fait qu'on soit aussi nombreux dans cette situation doit me rassurer ou me faire chialer. Peu importe, de toute façon je n'ai pas le temps de m'appesantir sur tout ce qui foire dans notre société.

Un rapide coup d'œil à ma montre m'indique que je vais bel et bien être en retard pour la traite du soir. Naïvement, lorsque j'ai reçu ma convocation m'ordonnant d'être présente à 10 h 30, j'ai cru que je serais rentrée pour midi. Quelle erreur, il est presque 18 heures. J'ai perdu ma journée à attendre que mon nom soit appelé.

Dépitée, je m'empresse de sortir afin de rejoindre ma voiture.

Mon esprit mouline, il a du mal à encaisser cet affreux terme « redressement judiciaire ». C'est laid et effrayant. C'est le jugement de mon travail par des étrangers qu'ils qualifient d'échec.

Je me glisse au volant de mon C15, tire sur le col de mon chemisier, enfilé pour cette « merveilleuse » occasion afin de paraître sérieuse, puis cède à mon envie dévorante de le retirer. Je me contorsionne dans l'habitacle pour me débarrasser de ce truc infernal. Un bouton me reste entre les doigts.

Tant pis !

Je retrouve avec délectation la douceur et la chaleur de ma polaire zippée.

Voilà qui est déjà mieux !

À mon grand regret, je me frotte à la circulation de la ville. Trop de gens. Trop de voitures. Trop de tout ! Lorsque j'atteins la voie rapide, j'ai les mains crispées sur le volant et des envies de meurtre qui crèvent le plafond.

Mandataire judiciaire.

Ces mots m'obsèdent.

Quel sinistre connard va-t-on m'envoyer ? Qu'est-ce que ça changera ?

Une petite voix mesquine me sermonne en me rappelant que si je n'avais pas fait l'autruche pendant des mois, j'aurais pu éviter toute cette situation. Je grimace au souvenir d'une pile d'enveloppes même pas ouvertes sur mon bureau. Je sais ce qu'elles contiennent : des dettes, des lettres de rappel, les preuves que je n'ai pas eu le courage d'affronter la réalité. Je n'ai rien voulu entendre parce que c'était trop difficile. C'était reconnaître que je n'avais pas les épaules assez solides pour faire perdurer l'héritage de mes parents…

Qu'est-ce que je peux être conne…

Maintenant, il va falloir que je trouve le courage de leur dire la vérité, avouer que j'ai mené l'exploitation au bord de la faillite alors qu'ils ne m'en ont laissé les rênes que depuis cinq ans.

Une vague de culpabilité m'engloutit alors que je m'engage sur le chemin privé menant à la ferme. Il faut que je le leur annonce, je n'ai plus le choix. J'expire, puis me gare devant la maison. Mais ma motivation s'évapore lorsque j'aperçois mon père sortir de l'étable. Il n'a pas pu s'empêcher d'aller voir les vaches étant donné ma journée d'absence. C'est plus fort que lui alors qu'il est officiellement à la retraite depuis des années.

– Raconte, c'était bien ton tour en ville ?

J'ai menti en prétextant que j'allais à une manifestation agricole pour justifier mon déplacement à Auch.

Maintenant, Tamara, sois une grande fille et dis-lui que tu as tout foiré.

C'est au-dessus de mes forces. Ma bouche s'anime sans l'aide de mon cerveau pour feindre l'enthousiasme.

– Super ! Les filles vont bien ?

L'art et la manière de changer de conversation... Je suis devenue maîtresse dans le domaine. De plus, mon père n'est pas difficile à distraire, il suffit que le sujet concerne les vaches et c'est réglé !

L'arrivée brutale de Tantor, mon chien, achève de nous faire oublier la discussion d'origine. J'encaisse les salutations boueuses de mon fidèle compagnon et refoule l'envie d'enfouir mon nez dans son épais poil blanc afin de faire disparaître cette sensation désagréable, ancrée dans mes entrailles.

– Elles t'attendent, m'informe mon père tandis que j'essaie de convaincre Tantor de me laisser avancer.

– Je m'en doute, répliqué-je enthousiaste tout en m'engouffrant à l'intérieur du hangar.

– Tamy !

Je me fige et tourne la tête. Mon père ajoute :

– Tu devrais te changer.

J'observe mon pantalon noir et mes ballerines.

– J'ai laissé une combi quelque part ! expliqué-je avant de continuer mon chemin.

Je fuis. Oui c'est moche, mais là, j'ai besoin d'un peu de tranquillité.

Néanmoins, j'ai effectivement abandonné une vieille combinaison derrière la porte de la salle de traite. Je l'enfile rapidement, cherche du regard une éventuelle paire de bottes abandonnées, sans succès. Tant pis.

J'abandonne Tantor pour aller prendre soin du *girl band* qui occupe mes journées : *mes vaches.*

Elles me saluent dans un concerto de beuglements sonores. Certaines sont déjà en position pour la traite du soir.

Je comprends que mon père s'est chargé de leur ouvrir l'accès. Il m'a également préparé le seau contenant la lavette et le désinfectant nécessaire au décrassage des pis.

Les dix premières patientent sagement. OK, il est temps d'attaquer : nettoyage, branchement de la griffe sur les trayons. Pour le reste, les tuyaux qui courent de part et d'autre de la pièce s'occupent d'acheminer le lait dans le tank dédié au stockage. À la fin de la traite, le cycle de désinfection recommence.

Une fois que j'ai terminé avec les premières vaches, j'ouvre la barrière leur permettant de rejoindre le pré, puis celle qui donne l'accès aux suivantes. Heureusement, elles aussi sont rodées à l'exercice.

Lorsque ma journée s'achève, la nuit commence à tomber. Après m'être assurée que mon troupeau dispose d'assez de fourrage, je me dirige vers ma maison, située en face de celle de mes parents. Il n'y a pas si longtemps, elle n'était qu'une grange à trois murs. Aujourd'hui, c'est mon repaire.

Avant que je n'aie eu le temps de me planquer, la porte de chez mes parents s'ouvre. Ma mère se place sous le porche pour m'appeler :

– Tu viens manger ?

C'est vrai qu'il n'est pas rare que je dîne avec eux. L'appétissant fumet de poulet rôti s'échappant de la maison fait gronder mon estomac. L'ignoble sandwich, issu des entrailles d'un distributeur, que j'ai avalé ce midi n'était clairement pas suffisant pour combler mon appétit. Toutefois, je renonce avec amertume à l'idée de les rejoindre. Je n'aurai pas la force de les regarder en face.

Demain.

Demain, je leur dirai la vérité ! Après une bonne nuit de sommeil, j'en serai capable.

– Pas ce soir, désolée. Je n'ai pas très faim.

Tantor pousse un gémissement plaintif, comme s'il comprenait que je le privais de restes ce soir.

– Tu es malade ?

– Non, maman, soupiré-je. Tout va bien. Je suis juste fatiguée.

– Dans ce cas, repose-toi, ma fille.

Je lui envoie un baiser avant d'entrer chez moi. Une fois à l'abri, j'expire. Tantor me jette un regard accusateur.

– Oh ça va, râlé-je en me dirigeant vers le frigo.

Sans surprise, un morceau de fromage suffit à me faire pardonner. Mon chien n'a jamais été du genre rancunier.

Si seulement ça pouvait être aussi simple pour le reste...

✦✦✦

Les jours défilent et je n'ai toujours rien dit. Trop de travail. Pas envie de gâcher une bonne journée. Je continue de jouer l'autruche en me cachant derrière des excuses plus moisies les unes que les autres. Bientôt, on pourra me décerner la médaille d'or des hypocrites. J'ai l'impression d'être une sombre merde. Malgré tous mes efforts, je ne parviens pas à faire quoi que ce soit pour arranger ça. Je suis prostrée, en attente du couperet qui ne tardera pas à me tomber dessus. Fuir est tellement plus simple que combattre quand les forces vous manquent.

Après une journée de travail, étonnamment ensoleillée pour cette fin d'automne, je fais un détour par la boîte aux lettres avant de dîner. Tantor, toujours dans mon ombre, s'empresse de chercher un bâton, car qui dit aller chercher le courrier, signifie jeter le bâton sur le chemin. C'est une loi établie depuis l'arrivée de ce joyeux monstre dans ma vie. Une fois le parfait candidat choisi, il le dépose à mes pieds. J'effectue donc le trajet en alternant les lancers et les caresses.

Quelques publicités m'attendent dans la boîte, moi qui craignais une énième facture impayée, je respire enfin. Mon soulagement ne dure qu'une fraction de seconde, jusqu'à ce que je repère l'enveloppe diabolique perdue entre une promotion sur les côtes de porc et l'annonce d'une fête de village. L'ignoble courrier entre mes doigts, je ravale mes larmes et refoule mon envie de le balancer dans le fossé. Je l'ouvre d'une main tremblante. Un logo pompeux orne le haut de la lettre : « Mabeck et Associés », mandataires judiciaires. Je parcours rapidement le contenu, et m'empresse de froisser ce satané bout de papier, puis le fourre dans une des poches de ma combinaison.

C'est la merde.

CHAPITRE 2
Amaury

Après un rapide bonjour à la secrétaire, j'entre dans mon bureau. Une pile de dossiers m'attend. Je suis sur le point de m'asseoir pour les consulter, lorsque mon père entre sans frapper. Il tient une pochette cartonnée dans la main. Je n'aime pas ça.

On pourrait croire que travailler en famille est un avantage, mais pour le vivre depuis des années, je peux garantir que c'est tout le contraire. Je ne travaille pas *avec* mon père, mais *pour* lui. La nuance est subtile, toutefois, elle change tout.

Il se régale d'avoir son fils unique dans la société familiale, c'est même un détail dont il adore se vanter en public. Alors que notre quotidien au bureau ressemble davantage à une véritable guerre des tranchées. Il guette le moindre de mes faux pas pendant que je m'efforce à marcher droit pour avoir la paix. En tout cas, j'essaie...

– J'ai quelque chose pour toi.

– J'ai déjà assez de travail, objecté-je en désignant d'un mouvement du menton la montagne de dossiers sur mon bureau.

Il balaie mon objection, comme toujours, et en dépose un autre devant moi. Un nom y est inscrit au marqueur noir : Pechnot. Je l'ouvre, parcours rapidement les premiers documents. Quelques secondes suffisent pour que je comprenne de quoi il s'agit.

– Hors de question, lâché-je en refermant la pochette. L'agricole, c'est du domaine de Lucia.

– Elle est occupée. Tu n'as pas eu de cas de redressement depuis l'année dernière, insiste-t-il.

Les prémices d'un affrontement apparaissent. Je serre les dents pour conserver un minimum de self-control. Pourtant, il y a un tas de choses que j'aimerais lui balancer, comme le fait que Lucia ne fait rien d'autre que le balader comme un toutou.

Cette garce, arrivée il y a seulement quelques mois, a su se faire une place confortable dans nos bureaux grâce à ses longues jambes et ses battements de cils. OK, si je dois être honnête, elle a aussi de bons résultats, mais ça ne l'empêche pas de profiter sans vergogne de son charme pour s'assurer de rester dans les petits papiers de mon cher papa... et patron.

J'évite les redressements judiciaires comme la peste. Ce sont des dossiers longs, éprouvants pour les nerfs et qui demandent une patience que je n'ai plus. De plus, le cas Pechnot concerne une exploitation laitière dans le Gers qui m'obligerait à faire plus d'une heure de bagnole le matin à moins que je ne parvienne à gérer le dossier à distance. Je ne me fais pas d'illusions, ce dernier point tient de l'utopie.

– Et mes autres affaires ? répliqué-je.

– Tu veux dire que tu n'es pas capable de gérer ta charge de travail ?

Autrement dit : si tu fais l'erreur de ne pas suivre mes consignes, tu le regretteras. Or, je lutte depuis cinq ans pour convaincre mon paternel que je peux reprendre les rênes de la boîte...

– J'ai toujours fait mon job correctement, ça ne changera pas.

– Dans ce cas, tu peux dire bonjour au dossier Pechnot. Murielle a déjà fait partir le courrier et le mail annonçant ta visite.

– C'est une blague ? m'offusqué-je. Je n'ai même pas eu le temps de le lire en intégralité !

C'est vraiment un coup bas ! Sans compter qu'il prend le risque d'égratigner la réputation de l'entreprise si je n'arrive pas à l'heure. Je lui adresse un discret coup d'œil, cherchant à déceler une explication à son comportement, mais mon père me tourne déjà le dos.

– À ta place, je ferais vite. Sinon tu vas être en retard.

Il sort de mon bureau d'un pas tranquille après avoir lâché sa bombe. J'ouvre dans la foulée ma boîte mail pour voir l'heure du rendez-vous qu'a prévu la secrétaire.

Chiotte !

Avec les bouchons sur le périphérique, impossible d'arriver dans les temps. Je saisis ma sacoche, y fourre le dossier Pechnot, puis attrape mes clés de voiture avant de détaler à la vitesse de l'éclair.

Comme prévu, la circulation embouteillée du centre-ville me permet de lire en diagonale la première partie de l'affaire Pechnot. Rien qui change de l'ordinaire ; une gestion déplorable, certainement due à un manque affligeant de formations, ainsi que des mauvaises décisions administratives en pagaille. C'est un cas sans surprise, ennuyant à crever, dans un village perdu de la campagne gersoise. Agacé, je m'engage au ralenti sur la rocade, allume une cigarette puis monte le son de la radio.

Le seul point positif, c'est que je devrais pouvoir gérer cette affaire rapidement. Un investissement minimal de ma part sera largement suffisant pour clore ce dossier dont l'issue est sans appel.

La musique hurle, faisant vibrer les basses de ma berline. Je tire sur ma clope en me demandant si Lucia se réjouit d'avoir réussi à convaincre mon père de m'envoyer dans un trou perdu pour une procédure sans intérêt. C'est bien le genre de cette dragonne.

Depuis que j'ai repoussé ses avances, elle a mon père dans le collimateur et lui se comporte comme un misérable clebs. Quelle déception ! Je pensais qu'il était plus malin que la plupart des cadres soixantenaires, qu'il verrait clair dans le jeu de cette tigresse à l'ambition débordante, qui ne craint pas de jouer la carte de la séduction. Je l'ai surestimé...

Une fois que j'ai dépassé Colomiers, la circulation se fluidifie enfin, me permettant d'appuyer sur l'accélérateur. Le moteur gronde, je passe sur la voie de gauche pour dépasser les traînards. L'horloge digitale m'indique qu'à moins de prendre le risque de me faire suspendre le permis, je vais être en retard.

Ma mauvaise humeur augmente d'un cran. Tant pis, je fonce, ça ne sera pas la première fois que je prends des libertés avec le code de la route.

Le GPS m'annonce que j'atteins enfin ma destination. Le chemin de terre menant à l'exploitation est un long enchaînement d'ornières en tous genres qui menacent de ruiner mes suspensions. Je me gare dans l'unique coin de la cour qui m'a l'air praticable, si on ne veut pas piétiner dans de la boue. Je saisis ma sacoche ainsi que ma veste de costume, abandonnées sur le siège passager, avant de sortir.

À peine dehors, un clébard monstrueux me fonce dessus. L'animal trempé et dégueulasse, me percute avec la force d'une locomotive. Le choc me fait lâcher mes affaires qui s'échouent lamentablement dans la boue. Mon agresseur bondit comme un cabri malgré mes hurlements, repeignant ainsi ma chemise de traces marron.

– Putain, mais lâche-moi, sale bête ! aboyé-je en tentant de le tenir à distance.

En vain, il continue d'extérioriser son enthousiasme boueux sur mon costume.

– TANTOR !

L'ordre claque dans l'air. Le chien arrête aussitôt de me malmener pour rejoindre sa maîtresse qui sort d'un immense hangar en tôle. Il s'assied docilement à ses pieds, avant de lui adresser un regard énamouré.

Un flot d'insultes me brûle les lèvres, toutefois je parviens à me contenir et époussette vainement ma chemise définitivement bonne pour la poubelle. Après avoir ramassé ma sacoche et ma veste, tout aussi sales l'une que l'autre, je me dirige d'un pas assuré vers celle que j'imagine être la fille des propriétaires.

Contrairement à moi, elle n'a pas bougé, son teint est livide. Je suis surpris par sa jeunesse, je ne lui donnerais même pas la trentaine. Avec son visage rond, ses grands yeux brun doré et un minimum d'efforts, elle pourrait être mignonne.

Je lui tends la main pour me présenter.

– Amaury Mabeck, mandataire judiciaire.

Elle observe mes doigts d'un air hagard pendant de longues secondes avant de murmurer :

– Je sais qui vous êtes.

Le grincement d'une porte attire mon attention, mais je n'ai pas le temps de me retourner qu'elle me saisit par le bras. Mon étrange cliente m'entraîne brusquement jusqu'à son hangar.

– Mais enfin, arrêtez ! protesté-je en gesticulant pour qu'elle me lâche.

– Merde, merde, merde... ne cesse-t-elle de grogner.

Elle se décide à me libérer et ajoute :

– Vous ne pouvez pas rester ici !

– Madame, je suis envoyé par le tribunal de commerce afin...

– Roh ! Je ne suis pas conne, je sais très bien qui vous envoie chez moi ! Mais j'ai besoin de plus de temps ! Revenez, euh... demain ?

J'hallucine ! Je suis tombé sur une cinglée !

– Écoutez, je comprends que votre situation soit difficile. Cependant, il n'est pas en votre pouvoir de me demander de quitter les lieux, à moins que vous ne souhaitiez que j'en informe le tribunal.

Une voix masculine m'interrompt.

– Tu as de la visite, Tamy ?

Un homme âgé, les traits marqués par les années de travail sous le soleil et le regard dissimulé par la visière d'une casquette grise, avance d'un pas tranquille vers nous.

– C'est rien, papa ! s'empresse de répliquer mon interlocutrice. Monsieur allait partir.

Dans tes rêves.

À la place, je me tourne vers lui pour me présenter.

– Bonjour Monsieur, Amaury Mabeck, mandataire judiciaire.

CHAPITRE 3
Tamara

Perplexe, mon père serre sa main tendue tandis que je me ratatine. Une soudaine envie de détaler m'envahit. Je pourrais partir, là, maintenant, courir droit devant et ne m'arrêter qu'une fois que mes jambes refuseraient d'avancer. Tantor me suivrait, c'est certain, il ne refuse jamais une petite course. Nous pourrions vivre comme des animaux sauvages, loin de la société et des êtres malveillants tels qu'Amaury Mabeck.

OK, Tamara tu déràilles complètement là !

– Mandataire judiciaire, répète lentement mon père sans lâcher la main du type qui va détruire ma vie.

– Tout à fait, M. Pechnot, réplique l'intéressé.

Il faut que je dise quelque chose.

– Papa...

Ma voix se brise lorsque son regard se pose sur moi.

– Papa, répété-je en tentant de trouver un minimum d'assurance.

L'arrivée de ma mère me coupe dans mon élan. La surprise se devine sur son visage. Mon père se charge de lui expliquer avec une lenteur qui m'angoisse.

– Monsieur est mandataire judiciaire...

– Je suis navré de mon retard, complète le concerné. Peut-être que nous pourrions nous installer quelque part afin d'évoquer les points inévitables de la procédure ?

– Mais de quelle procédure parle-t-on au juste ? demande mon père en fronçant les sourcils.

Une légère surprise passe sur le visage du citadin.

– Du redressement judiciaire, M. Pechnot.

Tantor aboie, faisant parfaitement écho à mon envie de hurler. Tous les regards se tournent vers moi. Une chaleur gênante envahit mes joues. Je n'ai plus d'autres choix que d'avouer mon statut d'autruche en chef et de fille indigne.

– Je ne comprends, balbutie ma mère en serrant le torchon accroché à son tablier.

Le blaireau en chemise boueuse lève les yeux au ciel, puis fouille dans son dossier pour en extirper un papier. Mue par le courage d'une désespérée, je m'interpose pour le saisir avant qu'un de mes parents ne le fasse.

– Je suis la dirigeante de la société, c'est à moi que ce courrier est adressé.

Je continue de faire barrière entre lui et mes parents.

Il plisse les yeux, accentuant les fines ridules qui les entourent.

– Vous êtes la dirigeante de l'entreprise individuelle Pechnot ?

– Tout à fait. Je vois que vous avez lu mon dossier attentivement, répliqué-je avec sarcasme. Mon père en est bien le créateur, mais nous avons effectué le changement de direction il y a plusieurs années.

Le mandataire ne cille même pas alors que je viens de mettre en évidence son ignorance. Agacée par sa nonchalance qui confirme toutes mes appréhensions, mes nerfs déjà à vif sont de plus en plus difficiles à maîtriser.

– Tamy... soupire mon père comme un avertissement.

Je tourne la tête vers lui pour l'empêcher d'achever sa phrase.

– Tout va bien se passer, je gère.

Mensonge.

C'est la cata et je n'ai aucune idée de comment me sortir de ce bourbier. Qu'importe, je refuse que mes parents soient témoins de ma chute.

– On devrait la laisser s'en occuper, Maurice, suggère ma mère avec sa douceur habituelle.

– Moi, j'ai plutôt l'impression que c'est exactement le moment où nous devrions nous en mêler.

Un raclement de gorge met fin aux prémices de ce débat familial.

Le mandataire redresse la tête de mon dossier pour déclarer :

– M. et Mme Pechnot, après vérification, je constate qu'effectivement, seule Tamara Pechnot est responsable de l'entreprise. De ce fait, c'est avec elle que je dois m'entretenir. Je ne m'opposerai pas à votre présence si telle est sa volonté, toutefois vous n'avez aucune inquiétude à avoir.

– Tss... râle mon père. Vous n'avez pas d'enfant, n'est-ce pas ? Sinon vous sauriez qu'inquiétude va de pair avec le rôle de parent.

– C'est bon, Maurice. Tu as transmis l'exploitation à Tamy, je te rappelle.

J'ai envie de sauter au cou de ma mère, la maîtresse incontestée de l'art du compromis et de la suggestion.

– Enfin Christine, c'est grave ce qui se passe cette fois ! réplique mon paternel.

– Pas tant que ça, j'en suis certaine. Dans le cas contraire, Tamy n'aurait pas gardé ça pour elle.

Je suis sûre qu'une rafale de balles dans le ventre fait le même effet que ce que je ressens à cet instant. Pourtant, c'est aussi l'occasion qu'il me fallait.

– Exactement ! clamé-je.

– Un mandataire judiciaire n'est pas le genre de type qui vient te rendre visite pour le plaisir, bougonne mon père.

Je l'ignore avec difficulté et pointe du doigt ma maison pour attirer l'attention du blaireau.

– On sera plus à l'aise chez moi.

Il hoche la tête, puis referme son dossier tandis que je lui passe devant. Je guette mes parents, craignant qu'ils ne nous suivent, mais non... Lorsque je claque la porte derrière nous, ils sont toujours debout au milieu de la cour en train de discuter. Mon petit doigt me dit que je ne fais que repousser l'inévitable. Ils ne sont pas idiots. Même si ma mère est encore aveuglée par la confiance qu'elle me porte, ça ne durera pas...

Redressement, liquidation, ces termes ne sont pas inconnus dans notre métier. Plusieurs amis de mon père ont fini par passer dans la broyeuse judiciaire destinée à détruire les exploitations moribondes.

Mon père sait. Il a compris. Je l'ai vu dans son regard. Il n'a pas insisté pour éviter de peiner ma mère devant un étranger.

Tantor, sentant mon mal-être, vient glisser sa grosse tête sous ma main ballante. Je réalise que je suis figée près de la fenêtre de la cuisine, à regarder mes parents le cœur lourd, tandis que le blaireau détaille mon intérieur d'un œil critique.

CHAPITRE 4
Amaury

Le moins qu'on puisse dire c'est que ce dossier s'annonce plus distrayant que je ne l'aurais cru. C'est évidemment la seule fois où je n'ai pas le temps de lire attentivement les informations concernant un redressement que je tombe sur une famille qui a l'air complètement à côté de la plaque.

L'intérieur de la maison de Mlle Pechnot est à son image : rustique. Ses meubles ne sont qu'un assemblage hétéroclite d'un autre temps, disposés sans aucun goût. Seule la cuisine, visiblement neuve, sans doute issue du catalogue du célèbre vendeur suédois, dénote de l'ensemble.

J'attends patiemment qu'elle m'invite à m'installer, mais elle semble perdue en contemplation par la fenêtre. Son affreux clébard ne la lâche pas d'une semelle. D'ailleurs, je n'aime pas du tout les regards qu'il me lance. S'il m'approche encore une fois, je le transforme en tapis.

– Pourrions-nous commencer, Mlle Pechnot ?

Enfin, elle reconnecte avec la réalité. Les joues rosies par la gêne, elle me désigne une chaise à l'assise en paille près de son immense table à manger en bois sombre. Un rapide coup d'œil aux pieds en forme d'animaux, comble du mauvais goût selon moi, fait naître un soupir que j'étouffe avec difficulté en m'asseyant.

J'ouvre le dossier, puis dépose ma sacoche tachée en tentant de conserver une attitude professionnelle. Pechnot s'installe en face de moi, les mains posées à plat devant elle comme une élève sur le point de passer un examen.

– Bien, entamé-je en étalant les feuilles sur la table. Pour commencer, il manque plusieurs éléments comptables qui auraient pourtant dû être versés au dossier avant votre passage au tribunal.

Aucune réaction de sa part. Elle se contente de me regarder avec la vivacité d'un poisson rouge oublié dans son bocal par un gosse sadique.

– Votre comptable a dû vous les transmettre. De plus, j'aimerais voir le bilan de chaque année depuis la création de l'entreprise. Le montant dû au Trésor public me paraît anormalement élevé. Quant à votre bénéfice...

Je n'ai pas le temps d'achever ma phrase que ma cliente quitte la table. Elle disparaît dans un couloir qui, je suppose, mène à la partie nuit, me laissant seul avec son chien dont le regard confirme qu'il me considère comme un intrus à chasser. Sa maîtresse revient finalement avec un énorme sac-poubelle à la main. Elle déverse son contenu sur le plateau en chêne sous mes yeux surpris. Heureusement, il ne s'agit pas d'ordures, mais d'un monticule de feuilles.

– Qu'est-ce que...

– Les papiers que vous voulez. Ils doivent être là-dedans, déclare-t-elle en commençant à fouiller dans son fourbi.

J'ai l'habitude d'une certaine désorganisation des dirigeants, mais là, elle décroche la palme.

– Je crois qu'il va falloir vous enseigner les bases de la gestion, lâché-je en saisissant le document qu'elle me tend.

Il s'agit bien d'un feuillet de comptabilité à moitié froissé. Encore effaré par le spectacle qu'elle m'offre, je ne peux m'empêcher d'ajouter avec aigreur :

– Je comprends mieux pourquoi il manque des pièces au dossier. Vous savez, vous pouviez demander à votre trésorier d'effectuer le dépôt des documents demandés.

– Je sais, réplique-t-elle en s'asseyant à nouveau. Mais est-ce que vous avez une idée du montant qu'il facture pour ce genre de prestation ? Au cas où vous ne l'auriez pas deviné en parcourant ce dossier à la con, je n'ai plus un rond. Il est hors de question que le peu qu'il me reste parte dans les poches de mon comptable, même s'il est sympa... pour un comptable.

Waouh, elle est capable d'aligner plus de trois mots ! Magnifique, nous progressons ! Cependant, si elle pense qu'elle va me faire pleurer sur sa situation, elle se met le doigt dans l'œil et jusqu'au coude. Dans mon secteur, on ne peut pas se permettre de flancher ou de faire dans le sentimentalisme.

– Il va falloir que vous fassiez preuve d'un peu de bonne volonté si vous espérez sortir la tête de l'eau. Pour commencer, le duo sac-poubelle comptabilité ne fonctionne pas. Je suppose que vous possédez un logiciel adapté ?

Je devine sa colère sous-jacente grâce à l'éclair qui illumine ses yeux bruns. Elle se pince les lèvres et hoche finalement la tête.

– Vous me transmettrez donc par e-mail les informations nécessaires à mon travail.

Je retourne son feuillet comptable pour y noter rapidement la liste détaillée des pièces manquantes.

– Vous me confirmez que l'inventaire en ma possession est à jour ? demandé-je en tapotant le papier en question.

Je connais la réponse avant même qu'elle ne me la donne. D'ordinaire, ils ne sont jamais à jour. Les mauvais gestionnaires se contentent de prendre celui de l'année précédente et d'en changer quelques chiffres, parce que le réactualiser est long et particulièrement chiant. Le genre d'activité que personne n'apprécie, pas même moi. D'autant que généralement, je me frotte à un bordel monstrueux qui complique la tâche.

– En quelque sorte, murmure-t-elle en rentrant la tête dans les épaules.

– Autrement dit, non, cinglé-je.

– Pas vraiment...

Inspire, expire, garde ton calme, Amaury ! Oui, tu as fait des heures de bagnole pour ça... Ce dossier boiteux va te prendre un temps fou alors que la conclusion est déjà trouvée. Cette société va couler, comme toutes les autres, parce que ces gens sont incapables de comprendre que diriger une boîte, ça ne s'improvise pas. *Ne flanche pas, serre les dents et reste concentré sur ton objectif : en finir le plus vite possible.*

– Je vois. Est-il possible d'effectuer une visite de l'exploitation, afin que je me fasse une première idée du patrimoine ?

Pechnot jette un rapide coup d'œil par la fenêtre avant d'accepter d'une voix morne.

– Évidemment...

CHAPITRE 5
Tamara

Inventaire, comptable, bla-bla-bla... Je n'ai pas la moindre envie de jouer les guides touristiques pour ce type, et encore moins de l'écouter une minute de plus. Je crois que je suis à deux doigts de le laisser en tête à tête avec Tantor après avoir délégué à celui-ci, les pleins pouvoirs de ma société moribonde. Après tout, au point où j'en suis, mon chien ferait certainement un meilleur patron que moi. La vision fugace et ô combien hilarante de mon compagnon canin, vêtu d'un costume trois-pièces m'arrache un discret sourire tandis que je me dirige vers la porte pour commencer la visite.

Le mandataire sur mes talons, je prends la direction de la grange. Sous l'immense bâtiment en tôle, un tracteur John Deere, plus vieux que moi mais encore fonctionnel, stationne en plein milieu. Plusieurs remorques accompagnées d'outils pour labourer et faucher les champs de fourrage stationnent ici et là.

– Nous sommes bien d'accord que tout ce qui se trouve ici appartient à la société ?

– À qui voulez-vous que ce soit ?

– Je vais essayer d'être plus clair... réplique-t-il avec lassitude tandis que ses doigts se serrent autour du calepin qui lui permet de lister mes biens. Pouvez-vous me confirmer qu'il n'y a pas de crédits en cours ou de contrat de location longue durée sur ce matériel ?

– Tout m'appartient et tout est payé, confirmé-je en croisant les bras sur ma poitrine.

Il plante son regard gris cendre dans le mien.

– Techniquement, ça appartient à la société, vous en avez seulement le libre usage du fait de votre statut de gérante.

Traduction : tout ça peut m'être arraché et volé par la justice, s'il décide que mon travail ne vaut pas la peine d'être sauvé. J'ai beau avoir fait l'autruche en ce qui concerne les courriers, je sais parfaitement ce qui me pend au nez. Si cet ignoble personnage n'est pas convaincu dans les six prochains mois de la viabilité de l'exploitation, la moindre chose que je possède sera vendue aux enchères pour rembourser mes créanciers. Le pire dans tout ça, c'est que ma plus grosse dette, je la dois au Trésor public, à l'État.

Je sais que payer la flopée de cotisations générées par mon métier est obligatoire. J'ai essayé de demander des échéanciers pour tenter d'étaler les paiements. C'est à peine si mon interlocuteur ne m'a pas ri au nez. Pensant que j'avais encore dû mal m'exprimer, j'ai même demandé à mon comptable d'essayer une négociation avec les services de l'État. En vain.

Pour survivre, j'ai arrêté de payer. C'était ça ou faire abattre une partie de mon cheptel afin de vendre la viande… J'ai choisi de conserver mes bêtes plutôt que d'opter pour une funeste solution de toute manière temporaire.

La présence du mandataire est le fruit d'une année de malchance. Douze petits mois pendant lesquels je n'ai cessé de m'enfoncer plus profondément dans une impasse, à cause de la terrible sécheresse de l'été dernier. La canicule a carbonisé les champs d'herbe, destinés au fourrage ainsi que les pâtures en dormance qui aurait dû faire le bonheur de mes vaches. J'ai donc dû acheter des balles de foin encore et encore pour les nourrir.

Je ne suis pas la seule à avoir souffert de la canicule. Plusieurs collègues ont rencontré le même problème. Les plus chanceux avaient assez de trésorerie pour faire face à ces dépenses supplémentaires, les raisonnables ont vendu leurs cheptels à l'abattoir et les inconscients, comme moi, se sont foutus dans une merde noire.

Je déglutis et chasse ces pensées qui menacent de me rendre dingue, pour me concentrer sur le mandataire qui ne cesse de griffonner sur son calepin et de prendre des photos. Je patiente jusqu'à ce qu'il me fasse signe de continuer. Il recommence dans la salle de traite, inventoriant le moindre écrou.

Tantor chouine derrière la porte. Il n'aime pas que je sois seule avec un étranger sans lui. À chacun de ses gémissements, la fossette sur la joue gauche du mandataire se creuse. J'ignore s'il se réjouit des plaintes de mon chien ou bien si ça l'angoisse.

Soyons honnêtes, je m'en contrefous, mais je n'ai pas mieux à faire que de le regarder. Sa tâche achevée, je réprime un soupir. Nous retrouvons Tantor qui exprime sa joie en bondissant comme une chèvre de soixante kilos. Je me dirige vers le pâturage des vaches sans faire attention à mon invité. Lorsque j'ouvre la clôture pour y entrer, je remarque qu'il est toujours sous le hangar. Il observe tour à tour la boue et ses chaussures, perplexe.

– Vous ne voulez pas voir les filles ?

– Je m'en passerai. J'ai seulement besoin de connaître leur nombre.

– Soixante, lancé-je avant de refermer pour le rejoindre.

Nous retournons dans la cour. Je longe la maison de mes parents, veillant à regarder droit devant moi de peur d'apercevoir leur silhouette à la fenêtre.

Il y a un autre champ par-là, qui héberge la rock star de l'exploitation.

– Que nous reste-t-il à voir ? m'interroge mon invité – non désiré – en accélérant pour se placer à mon niveau.

Je l'ignore et siffle entre mes doigts. Un beuglement sonore me répond suivi de Porthos qui arrive au galop. Une fois au sommet de la colline, il marque une pause, comme pour nous laisser en tant qu'humbles spectateurs, le temps de l'admirer. Il a toujours eu l'âme d'une diva, il est beau et il le sait.

Mon taureau parcourt le reste de la distance au petit trot. Ses muscles puissants roulent sous sa robe pie typique de Prim-Hosltein. Tantor qui se tenait près de moi recule de quelques mètres. Il flâne régulièrement dans le pâturage des filles, mais avec Porthos c'est un peu plus compliqué. Les deux mâles s'ignorent royalement.

– Voilà Porthos, révélé-je en caressant le mufle tendu de celui-ci.

– D'accord.

– Il a remporté la médaille d'or au Salon de l'agriculture, il y a sept ans, ajouté-je, fière de moi.

– Je suppose que ça lui donne plus de valeur.

– Ouais, soupiré-je, dépitée de voir ce que j'ai de plus cher, réduit au rang de simple marchandise.

– Parfait, je ferai des recherches à ce sujet. Je dois admettre ne pas être à jour dans le domaine agricole.

Tiens, il admet avoir des failles ?

Je suis surprise, il a plutôt l'air d'un type incapable de reconnaître ses lacunes.

– Si nous en avons terminé, je vais récupérer mes affaires et vous laisser. Je contacterai votre comptable afin d'obtenir tous les documents nécessaires à mon travail.

– OK.

Une dernière grattouille pour Porthos, puis nous retournons chez moi. Le mandataire rassemble ses dossiers avant que je l'accompagne jusqu'à sa voiture. Il y dépose son fourbi boueux sans se soucier que ça puisse abîmer sa banquette en cuir, puis me tend une carte de visite.

– Voici mes coordonnées en cas de besoin. Je vous recontacte rapidement, toutefois si vous souhaitez faire des achats pendant ce délai, il vous faudra passer par moi.

– Quoi ? répliqué-je perplexe.

– Vous n'avez plus la main sur vos finances, Mlle Pechnot.

Il balance sa bombe avec flegme, comme si ça n'avait pas la moindre importance.

Je reste figée avec sa carte entre les doigts.

– C'est pour le bien de votre société. À partir d'aujourd'hui, rien n'entre ou ne sort de cette entreprise sans mon accord préalable.

– Donc, si j'ai besoin de régler des frais vétérinaires en urgence, je fais comment ?

– Vous m'appelez.

– Et si j'ai besoin de m'acheter du café, c'est pareil ? Sérieusement ?

Il fronce les sourcils.

– Vous utilisez les comptes de la société pour votre usage personnel ?

Bordel, il ne peut pas parler normalement pendant plus de dix secondes ? Il me gave avec son langage pompeux !

– Je ne vais quand même pas vous apprendre que l'argent de la société n'est pas le vôtre ? Vous avez un salaire pour subvenir à vos besoins.

– Quel salaire ? aboyé-je en perdant mon calme. Les quatre cents balles par mois que je ne me verse plus depuis des mois ?

Les gens normaux possèdent un verrou mental leur permettant de museler leurs émotions afin de se plier aux usages de la société. Chez moi, il est inexistant. Pendant longtemps, ma scolarité l'a construit tant bien que mal, mais mon quotidien l'a gangrené. À force de discuter plus souvent avec Tantor qu'avec des humains, j'ai perdu une bonne partie de ma capacité à garder pour moi ce que je ressens. Ce qui a pour conséquence que dès qu'une émotion trop forte m'envahit, passant outre mes barrières, elle est visible, genre vraiment très visible.

Là, je suis furieuse, épuisée et une haine brûlante m'habite. Parce que ce qui m'arrive n'est pas juste ; je travaille sept jours sur sept, plus de dix heures par jour et je me retrouve à devoir quémander le droit de vivre à un type qui ne sait rien de mon quotidien !

– Je fais comment ? Hein ? Bordel, je fais comment pour vivre ? enchaîné-je en agitant les mains comme une hystérique.

– Mlle Pechnot, je ne suis pas responsable de votre situation, je comprends que...

– Si vous osez dire que vous savez ce que je ressens, tête de gland, je vais péter un câble !

– Calmez-vous ! Piquer une crise comme une enfant mécontente ne vous avancera à rien. Je suis votre dernière chance de conserver votre entreprise, alors j'attends un minimum de respect, cingle-t-il sans ciller.

Du respect ? Il se moque de moi le pignouf ?

Pourquoi lui, il aurait droit à du respect alors que moi, j'ai juste le droit de me taire pendant que ma vie se casse la gueule, et qu'on me traîne dans la boue ?

L'injustice m'étouffe, la colère me fait perdre pied. Mes émotions m'échappent et se transforment en une véritable tempête. Tantor, sentant mon malaise, s'assied contre ma jambe et cherche du regard la source du problème. Il fixe son attention sur le mandataire, tandis qu'un grognement sourd émane de sa poitrine d'ours.

– Maintenant que les choses sont claires, je vous souhaite une bonne soirée, conclut ce dernier en jetant des coups d'œil inquiets à mon garde du corps velu.

– Ça vous glisse dessus tout ça, n'est-ce pas ?

– Je ne fais que mon travail.

– Moi aussi, mais on m'empêche de le faire.

– Hurler à l'injustice ne redressera pas la situation précaire de votre société. En revanche, il est possible que moi, j'y parvienne. Il serait donc judicieux de régler votre problème de colère intempestive ainsi que de tenir informés vos parents de la situation afin d'éviter un moment aussi gênant que tout à l'heure. Sur ce, je vous laisse à vos occupations !

Il monte dans sa voiture sans tarder. Le claquement de la portière couvre le retentissant « connard ! » qui m'échappe… ou pas… Peu importe. L'essentiel est qu'il parte d'ici. L'idéal serait qu'il ne revienne jamais, mais j'ai arrêté de croire en mes rêves il y a longtemps.

Je fourre sa carte de visite dans la poche de ma salopette en observant sa bagnole s'éloigner.

J'attends de longues secondes pour expirer puis me tourne vers la maison de mes parents et avance sans réfléchir.

Je dois le faire…

Tantor trotte devant moi. J'abandonne mes bottes sur le pas de la porte et entre sans frapper. Comme d'habitude, mon père est dans son fauteuil, un vieux modèle à l'assise déformée, totalement inconfortable sauf pour son postérieur.

Un agréable fumet émane de la cuisine, embaumant toute la maison. Je ne peux pas m'empêcher d'inspirer à pleins poumons pour deviner le menu. Je parierai sur un poulet rôti accompagné de pommes de terre cuites dans le jus de cuisson. J'ai un vrai nez de renard. Je ne connais pas d'odeur plus réconfortante que celle des petits plats de ma mère.

Elle émerge à cet instant du couloir menant aux chambres. Une tristesse furtive passe dans son regard lorsque je le croise, mais il retrouve rapidement sa chaleur habituelle. Ma mère est incapable d'en vouloir aux gens, encore moins à moi. Son credo est simple : tu as commis une erreur, on en fait tous, l'essentiel est de continuer d'avancer et d'apprendre. Ressasser encore et encore ne sert à rien, personne n'a le pouvoir de revenir en arrière. Je connais son discours par cœur. Je sais qu'elle ne me tient pas rigueur de mes cachotteries. En revanche, avec mon père, ça risque de ne pas être la même histoire.

Je m'installe en silence dans le canapé, en attendant les questions inévitables, mais rien ne vient. Ma mère sert deux verres de muscat, saisit un bol de cacahuètes déjà préparé sur le plan de travail avant de me rejoindre. Le rituel de l'apéritif est toujours le même, sauf ce soir, le verre de mon père déjà servi, est vide. Une preuve supplémentaire de son agacement, de sa déception. Je ne peux pas lui en vouloir.

Je saisis ma boisson d'une main hésitante. Tantor, assis de l'autre côté, surveille le bol avec attention. Ma mère se charge de lui jeter une friandise qu'il attrape au vol. Elle en profite également pour briser le silence.

– Eh bien, quelle drôle de journée !

Ni mon père ni moi ne réagissons.

– Vous allez vous regarder en chiens de faïence toute la soirée ? J'aime beaucoup Tantor, mais il n'est pas très doué pour faire la conversation. En plus, je le soupçonne de me faire les yeux doux dans le seul but d'obtenir le bol de cacahuètes.

Le concerné baisse la tête d'un air coupable, provoquant un petit rire de ma part.

– Ah, voilà qui est déjà mieux que la tête que tu tires depuis ton entrée, s'enthousiasme ma mère. Maintenant, il ne reste plus qu'à réparer ton père, car je crois qu'il a perdu l'usage de la parole.

– J'ai le droit d'être en colère, Christine ! rétorque-t-il aussitôt.

– Est-ce que j'ai dit le contraire ? Je ne compte pas supporter ta mauvaise humeur ni le fait que vous vous fassiez la tête pendant des jours. La vie est assez difficile comme ça, alors s'il vous plaît, épargnez-moi votre comédie habituelle.

Bam, dans les dents !

Ma mère n'a pas sa pareille pour nous remettre les idées en place. Cependant, la honte me noue encore la gorge. Mon père me dévisage, attendant probablement des excuses de ma part. Excuses qu'ils méritent tous les deux.

Allez, Tamy, tu peux le faire !

Tantor, mon sauveur vient à ma rescousse, bousculant sans vergogne la table basse pour me rejoindre.

– Je suis désolée, commencé-je en glissant une main dans la fourrure de mon chien.

Voilà, les vannes sont ouvertes, ces trois petits mots déclenchent une avalanche incontrôlable.

– Je suis désolée... J'aurais dû vous en parler avant, mais je pensais vraiment pouvoir redresser la barre avant que ça ne vire à la catastrophe. Puis... j'ai eu peur. L'argent rentre et sort aussitôt. C'est devenu incontrôlable.

Papa m'observe sans dire un mot tandis que ma mère me frotte doucement le dos pour m'encourager à continuer.

– C'est à cause de cette putain de sécheresse et du prix du lait qui ne cesse de descendre. Je sais que j'aurais dû agir avant et faire comme les autres en vendant une partie du cheptel pour arranger les finances. Mais je n'ai pas pu.

– Oh, Tamy, tu aurais dû nous le dire, soupire maman.

– Je sais, avoué-je en abandonnant le contact rassurant de Tantor pour plonger ma tête entre mes mains.

– Ce type, là, le mandataire. Il a dit quoi ? reprend mon père.

Je déglutis avec difficulté, puis me redresse pour affronter son jugement ainsi que sa question.

– J'ai six mois pour changer la situation...

– Alors tu sais ce qu'il te reste à faire.

J'acquiesce lentement.

– Tu vas y arriver, Tamy. C'est juste une sale période à passer. Tu sais, nous aussi on a connu des moments compliqués. C'est normal, ajoute ma mère avec un sourire sincère.

C'est vrai, la vie ne les a pas épargnés. Mon père s'est lourdement endetté pour s'installer ici. Ils ont travaillé comme des forçats durant toute leur vie pour me transmettre une exploitation fonctionnelle et saine. Rien ne leur a été offert, au contraire c'est le fruit de sacrifices et d'un travail acharné.

– Je suis désolée, répété-je une fois encore.

– Rien n'est perdu, ma fille, rien, affirme maman en terminant son verre.

Elle se lève pour vérifier la cuisson de sa volaille, me laissant en tête à tête avec mon père. Le silence s'étire entre nous. Ce n'est pas inhabituel, il n'a jamais été un grand bavard. On s'aime, on se comprend la plupart du temps, mais discuter, c'est toujours compliqué.

Tantor positionne sa truffe sous ma main pour réclamer une caresse. Je m'exécute par habitude, même si mon malaise augmente. Heureusement, ma mère nous appelle pour passer à table.

Le dîner se déroule dans une ambiance étrange. Maman tente d'instaurer une discussion banale tant bien que mal, malgré ses efforts mon père reste plongé dans un profond mutisme. J'avale difficilement quelques bouchées et quitte la table à la fin du repas pour me réfugier chez moi.

Une fois dans mon antre, je libère les larmes contenues depuis trop longtemps. Je glisse le long de la porte verrouillée sous le regard attristé de Tantor. Il s'installe aussitôt sur mes jambes comme un bébé chien de soixante kilos. Je fourre mon nez dans sa toison et me laisse aller sans vergogne contre lui. Il ne bouge pas, encaissant mon chagrin, mes doutes, avec une force que je lui envie. J'ignore combien de temps s'écoule, mais lorsque je me relève, mes yeux brûlent, ma gorge est asséchée par de trop nombreux sanglots.

J'ouvre un tiroir du buffet de l'entrée pour récupérer mon paquet de cigarettes de secours ainsi qu'un briquet. J'en allume une. Aussitôt une quinte de toux me secoue, mais je ne renonce pas à mon poison.

Je devrais aller me coucher. Ma journée commence dans à peine quatre heures, toutefois, je sais que je ne trouverai pas le sommeil. La clope coincée entre mes lèvres, je me sers un grand verre de vin, d'une bouteille oubliée dans le frigo depuis je ne sais combien de temps. Je me vautre dans mon canapé et sirote ma boisson en regardant l'écran éteint de ma télévision. Toute ma journée tourne en boucle dans ma tête.

Mon verre se termine beaucoup trop vite, tout comme ma cigarette. Je récupère le reste de la bouteille avec la ferme intention d'anesthésier mon cerveau à coups de vin blanc. J'ai besoin de chercher une solution et je m'y prends comme un pied étant donné que personne n'a jamais obtenu de réponse au fond d'un verre. Seulement, je n'ai pas trouvé mieux à cet instant.

Soudain, ma vessie se rappelle à moi. Je décale la tête de Tantor qui s'est installé sur mes genoux, afin de me lever.

Assise sur la cuvette, je pousse un soupir à l'allure d'un grognement. L'alcool accentue mon côté ours. Au même moment, un rectangle coloré sur le sol m'interpelle. Je me penche pour le saisir, manquant de me vautrer. Une élégante calligraphie forme les mots : « Amaury Mabeck, mandataire judiciaire » ainsi qu'un numéro de téléphone. C'est la carte de visite du blaireau. Elle a dû tomber de ma poche lorsque j'ai défait ma salopette.

Sur mon trône de faïence, une bouffée de haine envahit ma poitrine. Je saisis mon portable, toujours dans ma poche par je ne sais quel miracle et compose les chiffres sous mes yeux. Les tonalités s'enchaînent, je me prépare à laisser un message acide sur son répondeur. Message que je regretterai certainement demain matin, enfin, tout à l'heure, vu que nous sommes en plein milieu de la nuit. Pourtant, une voix ensommeillée décroche :

– Quoi ?

CHAPITRE 6
Amaury

Heureusement pour moi, la circulation est plus fluide pour le trajet du retour. En revanche, un demi-paquet de clopes y passe pour tenter de me calmer. Ce dossier est merdique, il n'y a plus de doutes à avoir. Vu l'heure à laquelle j'arrive à Toulouse, je décide de ne pas m'arrêter au bureau, préférant rentrer directement chez moi. Je pourrais me pencher sur le cas Pechnot sans prendre le risque de croiser mon père alors que mon niveau de patience est au plus bas.

J'adore mon appartement même s'il m'a coûté une véritable fortune. C'était le prix de la perfection et surtout du luxe incontestable d'une place de parking réservée qui m'épargne la recherche quotidienne d'un lieu où me garer. Après un rapide passage dans l'ascenseur, j'accède au dernier étage de cet immeuble des années 1940, niché dans une charmante ruelle du quartier Jean Jaurès. Seuls deux logements se partagent ce niveau, le mien et celui d'un couple de retraités parisiens qui n'y vit d'habitude qu'à la période de Noël. Je profite donc d'une tranquillité exceptionnelle la majorité de l'année.

Je claque la porte derrière moi pour savourer avec joie la solitude de mon foyer. Première étape, me débarrasser de mes vêtements tachés par l'affreuse bestiole. Je balance l'ensemble dans la panière de la salle de bains, hésitant une seconde à les jeter aux ordures. Seconde étape, une douche brûlante suivie de l'enfilage d'un vieux jogging molletonné et d'une paire de chaussettes épaisses. Troisième étape, un verre de rhum ambré d'une vingtaine d'années dans lequel une gousse de vanille macère.

Je suis maintenant dans de bien meilleures dispositions pour affronter cette affaire. Je m'installe sur mon canapé, étale l'ensemble des papiers et plonge dans la vie de Tamara Pechnot. Tout en sirotant ma boisson, je découvre qu'elle a seulement vingt-cinq ans et qu'elle gère l'exploitation depuis cinq ans. Elle a repris le flambeau après l'obtention d'un BTS productions animales.

Sa comptabilité n'est pas mauvaise, elle a même généré un maigre bénéfice annuel jusqu'à l'année dernière. Pourtant, je ne m'explique pas l'augmentation soudaine des dépenses, même après plusieurs relectures, quelque chose m'échappe. Je pourrais passer un coup de fil à mon père pour savoir s'il a déjà eu des cas présentant la même problématique, mais mon orgueil ainsi que mon envie de passer une soirée agréable m'en empêchent. D'autant que j'ai un ami capable de répondre à mes questions grâce à sa redoutable efficacité : Google.

J'abandonne la paperasse pour prendre ma tablette et pianote à la recherche d'événements notables dans le domaine laitier. Les articles insignifiants sur la vie des agriculteurs s'enchaînent. Je lève les yeux au ciel en terminant mon verre. Il va m'en falloir un second si je veux supporter de lire la triste vie de Léon, Marcel ou José, héros déchus de la campagne française. J'ai horreur des gens qui s'exhibent dans les médias. Pour moi, un tel comportement dénote d'un manque de pudeur plus que d'une dénonciation. Raconter sa vie à des journalistes de bas étage dans l'espoir de s'attirer de la compassion ou je ne sais quoi, est une véritable perte de temps. Ils ne comprennent pas qu'ils s'offrent ainsi en pâture à un troupeau de voyeurs adeptes de la misère humaine. Conserver un minimum de fierté devrait être rendu obligatoire par la

Constitution. Nous vivons dans un monde où la faiblesse n'a rien d'une qualité.

Après une longue recherche sans intérêt, je tombe enfin sur des articles qui me permettent de formuler une hypothèse : la sécheresse. L'année dernière, on a atteint par endroits 40 °C à l'ombre sur la région, du jamais vu. De plus, la situation va certainement se reproduire étant donné qu'on fout en l'air la planète. J'apprends au fil des mots que beaucoup d'exploitants laitiers produisent eux-mêmes le fourrage nécessaire à l'alimentation des vaches pendant l'hiver. Par conséquent, la canicule a ravagé leurs plantations, les forçant donc à se fournir ailleurs.

Je compare l'article et le montant des dépenses inexpliquées de Tamara. Je pense tenir mon explication. Parfait ! J'en profite pour me renseigner sur le cours actuel du lait et amorcer quelques rapides calculs. Je dois avouer que je suis assez surpris des montants que j'obtiens. Habituellement, il faut juste optimiser un peu la gestion pour générer des bénéfices suffisants à la bonne santé de l'entreprise, or dans ce cas précis, je n'obtiens que des miettes. Agacé, je reprends les chiffres, en regrettant mon rhum qui parasite ma capacité à calculer. Malheureusement, le constat est le même après plusieurs vérifications. Malgré une optimisation maximale, les bénéfices ne sont pas assez importants.

Dépité, j'abandonne pour ce soir et rassemble les documents dans un coin avant d'attraper la télécommande de ma télévision. Le reste attendra demain, que je sois de meilleure humeur avec des neurones fonctionnels. Le logo Netflix apparaît à l'écran, signe d'une soirée tranquille. Je commande rapidement mon dîner en quelques clics sur Uber, puis me laisse happer par la saison 4 de *The Walking Dead*. Je l'ai déjà vu des dizaines de fois, pourtant je ne m'en lasse pas. Il y a un truc addictif dans les histoires de zombies.

Une sonnerie ! Une sonnerie terriblement agaçante m'arrache à mon sommeil. Je grogne en me redressant et réalise que je me suis endormi sur mon canapé. Je saisis mon portable qui beugle sur la table basse, non loin d'un sac de fast-food vide. Je ne regarde même pas avant de décrocher avec la ferme intention d'envoyer se faire foutre celui qui ose me réveiller à 2 heures du matin.

– Quoi ?!

– CONNARD !

L'insulte me réveille à la vitesse de l'éclair.

C'est quoi cette mauvaise blague ?

Éberlué, je ne trouve rien à répondre à part un grognement incompréhensible.

– T'es qu'un connard sans cœur !

Je connais cette voix féminine. Ce n'est pas celle d'une ancienne conquête de mauvais poil, mais plutôt d'une cliente. J'hallucine !

– Pechnot ?

– Ouais, Mabeck !

– Mais enfin, qu'est-ce qui vous arrive ? Vous êtes dingue ?

– Non, pauvre naze, elle n'est pas dingue la bouseuse, seulement très énervée !

Je peux au moins lui reconnaître qu'elle a du culot ou bien elle est complètement timbrée, comme je le soupçonnais.

J'expire profondément en tentant de réaligner tous mes neurones encore un peu engourdis.

– Mlle Pechnot, je suis prêt à faire comme si cet appel n'avait pas eu lieu, si...

– Moi j'aurais surtout aimé que ta visite n'ait pas eu lieu ! J'aurais aimé ne jamais croiser ta sale gueule de con !

J'exerce un métier très peu apprécié. Mes clients m'accueillent rarement à bras ouverts, mais là, elle dépasse les bornes, la paysanne !

– Écoute-moi bien, folle furieuse, tu vas te calmer avant que je m'énerve, aboyé-je en perdant mon sang-froid.

– Sinon quoi ? Tu vas foutre ma vie en l'air ? Ne t'en fais pas, c'est déjà fait...

Sa voix se brise.

Il y a un étrange écho, comme si elle m'appelait depuis les entrailles d'un sous-marin. Un sanglot m'égratigne le tympan. *Merde...* Un silence s'ensuit, puis la communication se coupe brutalement. Je reste comme un con, le téléphone à l'oreille, puis le balance sur le canapé.

– Elle est vraiment dingue, murmuré-je.

Il est plus que temps que j'aille me coucher et que j'oublie cet épisode catastrophique. Je m'étire avant de m'extraire des coussins avec la ferme intention de me vautrer dans mon lit. Lorsque je m'empare à nouveau de mon portable, la détresse de son sanglot résonne encore dans mon esprit.

Je ne suis pas assistant social.

Mon job n'est pas de reconstruire la vie des gens, cependant j'ai un cœur... Il y a surtout des chiffres que je connais très bien, qui me flanquent à chaque fois le moral dans les chaussettes : le taux de suicide chez les entrepreneurs. C'est un fait que la société dissimule sous le tapis, parce qu'entrepreneur rime avec chef d'entreprise et qu'on refuse de croire qu'il puisse souffrir d'une quelconque façon. On pousse les gens à croire qu'il n'existe que des *success stories*, ou bien que le patron n'est qu'un monstre qui se gave sur le dos de ses pauvres salariés. C'est le cas parfois, malheureusement, mais ce n'est pas le plus courant.

Mes dossiers sont remplis d'histoire de gens qui ont construit leur société à la sueur de leur front, qui ont sacrifié toutes leurs économies pour concrétiser leurs rêves. Et lorsque tout s'effondre, il n'est pas rare que la dépression fasse son apparition et ronge tout espoir d'un jour meilleur.

Dans un recoin de mon esprit, il existe une liste funèbre à laquelle je ne préfère pas penser. Pourtant, à cet instant, elle s'impose à moi avec férocité : Jeanne Lide, morte dans un accident de voiture le jour de la liquidation de sa société. On ne parle pas de suicide, mais d'un endormissement au volant, car c'est plus facile de dire qu'elle s'est assoupie plutôt qu'elle ait volontairement percuté ce platane. Stéphane Nourmo, retrouvé pendu dans son entrepôt la veille de la vente aux enchères de son matériel... Il y a des dizaines de noms. Je n'en ai oublié aucun.

Donc, même si Pechnot est désagréable, je n'ai pas la moindre envie de voir son patronyme s'ajouter à la liste. Elle est déjà beaucoup trop fournie.

Voilà mon enfer personnel : vivre déchiré entre une réalité cruelle à laquelle je me suis déjà heurté et l'attitude de connard nécessaire à ma santé mentale.

Je change de cap en renonçant au sommeil pour me préparer un triple expresso et la rappeler pendant que le liquide coule. Une petite voix me souffle qu'il est peut-être déjà trop tard, que mon coup de colère l'a achevée de la convaincre de se foutre en l'air. Une culpabilité acide s'insinue dans mes veines. Mes bonnes intentions et moi avons sérieusement besoin d'un café.

J'attrape ma tasse chaude, mais elle m'échappe et s'écrase au sol.

– Putain ! braillé-je.

– Connard !

Évidemment, il fallait qu'elle décroche pile à ce moment...

CHAPITRE 7
Tamara

J'ai à peine le temps de sortir des toilettes que mon portable sonne.

C'est lui !

Je suis incapable de faire autre chose que l'insulter comme la dernière des sauvages, jusqu'à ce que le sanglot coincé dans ma poitrine s'échappe. Je pleure encore et encore, le téléphone greffé à mon oreille.

L'incarnation de mon cauchemar garde le silence. Il a au moins la décence de ne pas se moquer de moi. Victime d'une tempête d'émotions, je me suis laissé choir au milieu de mon couloir. Après un ultime reniflement tout sauf élégant, je parviens enfin à articuler :

– Désolée...

– Il fallait que ça sorte, je suppose.

– Oui, je crois.

J'entends sa respiration aussi régulière qu'un métronome.

Pourquoi il ne me raccroche pas au nez ?

– Tamara, commence-t-il d'un ton incertain.

C'est étrange d'entendre mon prénom dans sa bouche.

– Tout n'est pas perdu.

J'aimerais partager sa conviction, mais ce soir, je n'en ai pas la force. Tantor s'est couché près de moi, sa grosse tête repose sur ma cuisse tandis que son regard de chien battu essaie de comprendre pourquoi je me suis transformée en loque.

J'enfonce mes doigts dans son épaisse fourrure. Certains jouent avec des balles antistress, personnellement je ne connais pas de meilleur antidépresseur que la présence rassurante et débordante d'amour de mon chien.

– La situation est loin d'être idéale, je le reconnais, mais c'est mon boulot de redresser la barre quand un bateau coule. Si tu me fais confiance, ta ferme s'en sortira.

Je déglutis en écoutant ces paroles rassurantes d'une familiarité surprenante.

Une partie de moi voudrait le croire, céder à cette humanité qu'il me semble entendre. Mais lui offrir ma confiance est aussi difficile que s'il me demandait un don d'organe. Rien chez ce type ne m'incite à placer ma vie entre ses mains, même si je n'ai pas d'autres options.

Cependant, je dois admettre que je ne m'attendais pas à ce qu'il fasse preuve d'autant de compassion à une heure pareille après notre échange d'insultes gratinées.

– Pourquoi je te croirais ? demandé-je en renonçant au vouvoiement vu qu'il en a fait autant.

– Parce que tu n'as pas le choix... Merde, ce n'est pas ce que je voulais dire, s'empresse-t-il de corriger. Écoute, techniquement tu n'as pas le choix, mais crois-moi, avoir la coopération du gérant, c'est essentiel pour réussir à remettre une affaire sur les rails. Au risque de passer pour un connard prétentieux, je sais ce que je fais.

Je serre les dents pour ne pas grogner. Puisqu'il semble disposé à me faire des confidences, j'ai besoin de lui poser la question qui me brûle les lèvres depuis notre rencontre :

– Comment tu pourrais m'aider alors que tu n'as pas la moindre idée du fonctionnement d'une ferme laitière ?

Le moins qu'on puisse dire c'est qu'il prend son temps pour répondre, un détail qui m'angoisse. J'essuie mes joues encore humides. J'aimerais beaucoup me moucher, mais Tantor m'immobilise. Il ne se formaliserait pas que je l'utilise comme mouchoir, mais ça serait franchement dégueulasse.

– Pas besoin d'être cuisinier pour sauver un restaurant ni d'être agriculteur pour venir en aide à une ferme. La santé d'une société se détermine par sa comptabilité et son chiffre d'affaires.

Il n'y a aucune animosité dans sa voix, c'est déjà un net progrès, sauf que je n'y décèle pas non plus de la passion. Ce sont juste des faits énoncés avec une froideur effrayante.

Je suis sûre que sa couleur préférée est le gris ou bien le taupe, des couleurs passe-partout, dénuées d'âme.

Comment peut-on être aussi lisse ?

Remarque, la vie doit être vachement plus simple quand on se comporte comme un robot.

– Peut-être que si les gens comme toi étaient capables de voir autre chose que des chiffres dans leurs putains de dossiers, de comprendre que derrière tout ça, il y a des êtres humains, des passionnés, l'humanité se porterait mieux.

Un petit rire, mi-moqueur mi-fatigué lui échappe avant de répliquer :

– L'humanité peut-être, mais pas le business.

Et c'est ce dernier qui l'emporte sur tout le reste. Je le sais, je ne suis pas idiote même si j'ai conservé un côté bisounours assez tenace. C'est d'ailleurs pour en préserver les vestiges que je mène ma vie loin de tout, avec mes vaches. Ainsi, me tenir à l'écart de la laideur grandissante de la société ne ronge pas l'optimisme qu'il me reste. Enfin, c'était le cas, jusqu'à mon passage au tribunal du commerce.

Désormais, j'ai l'impression qu'on m'a coupé les ailes, m'obligeant à un atterrissage d'urgence dans la boue. Toutes ces vérités révoltantes que je refuse d'écouter, au point de ne plus allumer ma télévision pour regarder les infos, sont maintenant face à moi.

Oui, Tamy, c'est comme ça que le monde tourne. On s'en branle que tu sois honnête. On s'en tamponne que tu prennes soin de tes bêtes. On se moque de tes heures de travail pour lesquelles tu ne te paies pas. Vas-tu enfin le comprendre ?

– Tu peux vraiment sauver la ferme ?

– J'ai horreur de perdre.

– Et si ça arrive ?

Encore un de ces silences infernaux.

– Tu cherches à passer un accord avec moi ? m'interroge-t-il avec surprise.

– Je risque de tout perdre, balbutié-je.

C'est humain de vouloir qu'il mette lui aussi quelque chose dans la balance, non ?

– Si malgré mon travail, ta société est placée en liquidation... Je... Qu'est-ce que tu veux que je mette en gage ? Ma bagnole ?

L'image de son bolide bourré de testostérones m'arrache une grimace.

– Certainement pas, qu'est-ce que je ferais d'une mocheté pareille ?

– Je vais faire comme si je n'avais rien entendu, s'offusque-t-il avant de poursuivre. Mon appartement serait-il suffisant pour Madame ?

Je ravale mon envie de lui dire que je n'ai jamais compris ce qu'on pouvait apprécier dans le fait de vivre entassés les uns sur les autres dans un immeuble.

– C'est ça ou mes chemises, mais je doute que tu les apprécies vu ce que tu penses de ma voiture...

Ah l'orgueil masculin...

Un sourire moqueur éclôt sur mes lèvres, puis je rétorque sans réfléchir :

– Ton appartement *et* tes chemises. Je suis sûre qu'elles seront super pour faire la poussière.

– Mon appartement et mes chemises, très bien. Nous avons un accord ? m'interroge-t-il d'un ton sérieux.

– Il semblerait.

– Dans ce cas, je vais te laisser. Il serait plus prudent que je dorme si je ne veux pas être SDF dans quelques mois. Bonne nuit, Tamara.

– Bonne nuit… Amaury.

Je raccroche dans la foulée, sous le choc de notre échange. Tantor et moi poussons un profond soupir. Je me laisse aller, m'allongeant à même le sol avec ma peluche géante toujours vautrée sur moi.

Mes neurones ont du mal à encaisser ce qu'il vient de se passer. C'était lunaire, sans doute une blague étrange qui n'aura plus de valeur à ses yeux dès le lever du jour, mais je compte bien lui rappeler qu'une parole est une parole. Même si je m'efforce de l'enterrer au plus profond de moi, une minuscule étincelle d'espoir vient d'apparaître dans ma poitrine.

CHAPITRE 8
Amaury

Je me réveille la tête embrumée et la bave aux coins des lèvres, avec une haleine de poney capable de tuer des mouches. Un vrai bonheur pour commencer ma journée.

Tandis que je m'extirpe du canapé sur lequel j'ai finalement passé la nuit, un relent alcoolisé aux arômes de rhum vanillé me râpe la gorge. Je me traîne jusqu'à la salle de bains de toute urgence pour que l'eau chaude me remette les neurones en place. Mon jogging s'échoue sur le carrelage, puis je plonge sous la douche avec délectation.

Immobile sous le jet brûlant, je me remémore ma conversation avec Tamara. J'ai fait une grosse connerie, mais pour ma défense, qu'est-ce que je pouvais faire d'autre ? Lui conseiller d'aller voir un psy ?

Elle n'est pas idiote, j'espère qu'elle a assez de bon sens pour se dire que notre discussion nocturne doit être oubliée ou au minimum rester entre nous.

Tout en me savonnant, je tente de planifier ma journée. Techniquement, j'ai un tas de dossiers à gérer en plus de celui de Pechnot. En revanche, je n'ai pas promis mon appartement à tous les patrons, heureusement…

Arrête, Amaury. C'est un accord stupide, il n'aura aucune conséquence.

Habillé, rasé et presque motivé, je suis prêt pour aller au boulot. Tous les jours, je me dis que je ferais mieux de m'y rendre à pied, vu les bouchons que je me tape. Pourtant, je persiste à me déplacer en bagnole, contre toute logique.

Enfin, il y a une raison, toute simple d'ailleurs, mais que les gens soi-disant bien-pensants refusent d'entendre : j'ai horreur de marcher. Arpenter les trottoirs c'est huit chances sur dix de foutre le pied dans une merde de chien, ou bien de se retrouver à jouer les mimes débiles avec un passant, car plutôt que de s'adresser la parole on préfère avoir l'air con en sautant d'une jambe sur l'autre. Il y a également les adeptes des bains de parfum dont l'odeur vous agresse les narines, ainsi que le risque potentiel de pluie alors que vous n'avez pas pris de parapluie. Utiliser ma voiture m'évite donc une flopée de désagréments. En comparaison de tout ça, mourir d'ennui dans les bouchons, c'est le paradis.

Je balance mon mégot par la fenêtre avant de m'engager dans le parking souterrain de nos bureaux. Une fois garé, je récupère ma sacoche, puis file vers l'ascenseur. Le claquement caractéristique d'une paire de talons résonne : Lucia, j'en mettrais ma main à couper. Je m'engouffre dans la cabine sans tourner la tête vers elle.

Cours morue, cours.

Un sourire sadique aux lèvres, je tends le doigt pour enfoncer le bouton de fermeture des portes, en prenant soin de ne pas accorder la moindre attention à cette vipère. Ainsi, je pourrais dire que je ne l'ai pas vue.

– Amaury !

Eh merde ! Je peux encore faire la sourde oreille... Non loupé, ce micro moment d'hésitation lui suffit pour me rattraper, elle envahit mon espace vital, rayonnante dans son trench ouvert couleur camel. Son décolleté ferait saigner les yeux d'un aveugle. Non pas que je n'apprécie pas ce genre de vue. Le corps des femmes est une véritable œuvre d'art, mais pas avec elle. Lucia est la réincarnation de Méduse et de la méchante sorcière de l'ouest : sexy, intelligente mais également vicieuse et redoutable. Si j'avais fait la connerie monumentale de la sauter, elle m'aurait probablement arraché la tête après le coït.

Son parfum capiteux provoque un nouveau relent acide dans mon estomac, un mélange entre dentifrice et vieux rhum envahit ma bouche.

– Alors, ton nouveau dossier ? Si tu as besoin d'un coup de main, je serais ravie de t'aider. Les exploitants laitiers, c'est une vraie galère.

Si j'ai le malheur d'accepter, mon père sera mis au courant immédiatement.

Sainte Lucia venant au secours de son fils !

Encore un argument en faveur de la sorcière. Hors de question que je le lui serve sur un plateau.

– C'est bon, je gère. Le dossier n'a rien de compliqué, répliqué-je tandis que la cabine entame son ascension vers l'étage de nos bureaux.

– Si tu changes d'avis, tu sais où me trouver.

– Merci de la générosité.

Un sourire factice aux lèvres, je m'échappe de la cabine dès que les portes s'ouvrent.

Murielle, la secrétaire du cabinet, nous salue avec enthousiasme. Je me contente d'un hochement de tête avant de disparaître dans mon bureau. J'ai une heure à tuer avant de devoir partir pour le tribunal. Autant la mettre à profit pour me replonger dans le dossier de Tamara. L'assurance dont je débordais la nuit dernière s'est un peu étiolée. Je dois trouver un axe solide pour sauver sa boîte.

Assis derrière mon écran, je réajuste ma chemise pendant que mon ordinateur s'allume. Mes doigts effleurent le tissu gris perle.

Mes chemises et mon appartement, rien que ça...

Qu'est-ce que je peux être con quand j'ai picolé ! Et qu'est-ce que je ne dirais pas comme conneries pour redonner le sourire à une fille en pleurs...

J'espère que Tamara ne m'a pas trop pris au sérieux.

Une petite voix me souffle le contraire.

– Tu n'en as pas marre de te mettre dans la merde tout seul ? murmuré-je en ouvrant le dossier Pechnot.

Je plonge dans le monde laitier, essayant vainement de calculer la production moyenne d'une vache à l'année. Sauf qu'établir un prévisionnel de production pour un animal imprévisible, c'est tout simplement ridicule.

L'heure tourne, je dois m'arrêter là. Dépité par le résultat de mon travail, j'abandonne pour l'instant. Il semblerait que je ne puisse pas établir un plan de redressement correct sans l'assistance de l'exploitante en personne. Je redoute déjà le pire...

À mon retour du tribunal, je me replonge une dernière fois dans le dossier Pechnot et m'apprête à appeler ma cliente quand mon père pousse la porte de mon bureau. Mes muscles se crispent un à un tandis qu'il franchit le seuil. Il fait partie de ces hommes qui donnent l'impression que tout leur appartient. Dans le cas présent et pour ce lieu, c'est vrai, mais ça n'en reste pas moins hyper oppressant.

– Je peux faire quelque chose pour toi ? lancé-je en redressant les épaules avant de m'adosser à mon fauteuil avec une nonchalance calculée.

Il s'installe face à moi avec cette même nonchalance qui me renvoie en pleine tronche à quel point nous nous ressemblons. Enfin... à quel point je lui ressemble...

– Lucia m'a parlé de ton refus.

Le prénom de ma collègue à l'ambition débordante, m'irrite les tympans.

– Un refus ? répliqué-je avec prudence.

– De l'aide dans le dossier que je t'ai confié hier.

– Je vois… J'ai refusé car ce cas est simpliste, aucune n'aide n'est nécessaire.

– Je l'espère, Amaury.

– Le cas est simpliste, répété-je après un claquement de langue, agacé.

– Il est crucial que tu le gères parfaitement.

Une oreille extérieure pourrait penser que mon père est sourd, qu'il n'entend pas mes paroles, mais ça serait une erreur. Il est seulement doté de l'expressivité d'une bétonnière. Mon statut de fils m'offre un léger privilège, car j'ai appris depuis longtemps à décoder le moindre tressaillement de ses rides du lion, ce qui reste un exercice compliqué. En revanche, je sais que mon père possède une mémoire diabolique, chacun de mes mots pourra m'être renvoyé en pleine face au moment opportun. Alors, il est important de les choisir avec soin.

D'autant qu'un non-dit persiste entre nous. Un non-dit à l'allure d'un prénom. Un de plus sur la liste que nous partageons.

– Je suis apte à mener un redressement, articulé-je avec une lenteur calculée.

Ses iris gris cendre s'ancrent aux miens.

Les hommes Mabeck s'affrontent en silence. Nous maîtrisons l'art d'y ajouter n'importe quel reproche, menace ou avertissement.

Il s'étire entre nous jusqu'à ce que mon père se relève après un hochement de tête approbateur.

– Parfait, il était temps que tu te remettes sur les rails.

CHAPITRE 9
Tamara

Pour les gens de mon âge, faire une nuit blanche n'a que rarement des conséquences douloureuses. D'autant que lorsqu'on bosse dans un bureau sur lequel on peut ronfler en toute impunité, ça facilite grandement la vie. Dans mon cas, c'est plus compliqué, et surtout plus pénible d'effectuer sa journée de travail avec la tête comme un compteur à gaz.

J'ai manqué de m'endormir dans la salle de traite, depuis je me traîne comme un zombie, effectuant mes tâches quotidiennes avec une lenteur affligeante. Je n'ai même pas les souvenirs d'une nuit débridée pour me réconforter, seulement les échos de cette étrange discussion avec le mandataire, que je m'efforce d'appeler Amaury, sans grand succès.

Alors que je m'offre une micro pause en lançant un bâton à Tantor pour tenter de réaligner mes derniers neurones fonctionnels, la sonnerie de mon portable m'arrache à mes pensées.

Numéro inconnu.

C'est dingue à quel point ce genre de truc fait naître des angoisses quand on doit de l'argent à quelqu'un. J'en suis à espérer un appel agaçant de démarchage pour l'isolation à un euro.

Je pourrais ne pas décrocher, ce que je faisais régulièrement jusqu'à aujourd'hui, mais s'il y a bien une chose que j'ai comprise dernièrement, c'est que je dois arrêter de faire l'autruche si je veux sauver la ferme. Alors, je saisis le peu de courage qu'il me reste pour prendre l'appel.

– Mlle Pechnot, Amaury Mabeck, à l'appareil.

Son ton est formel, pour ne pas dire glacial, bien loin de celui qu'il utilisait il y a à peine quelques heures.

– Oui ?

– J'aimerais que nous convenions d'un rendez-vous assez rapidement afin d'élaborer un premier plan de redressement.

– Oui, répété-je bêtement, un peu déçue de la disparition du tutoiement.

– En fin d'après-midi, vers 17 heures, ça vous irait ?

– La traite du soir est à 18 h 30.

– Dans ce cas, 16 heures me paraît plus convenable.

– OK, lâché-je, vaincue.

– Je vous dis à tout à l'heure, conclut-il avant de raccrocher.

Dépitée, je m'apprête à ranger mon téléphone dans ma poche quand celui-ci sonne à nouveau. À la différence cette fois-ci que je vois un nom apparaître.

– Salut, Élise.

– Ouh, tu as une petite voix !

– J'ai mal dormi, expliqué-je à mon amie de toujours.

– Tu ne dormiras pas plus ce soir, ça te dit qu'on sorte avec les garçons ?

Traduction : faire un billard dans un bar qu'on affectionne à quelques kilomètres, en compagnie de son mec Arthur, et de nos amis Jérémy et Antoine que nous connaissons depuis la maternelle.

– Je suis crevée.

– Tu es toujours crevée ! Je passe te prendre à 20 heures.

– T'es chiante.

– Moi aussi, je t'aime ! Pense à enfiler un truc qui n'est pas recouvert de poils de Tantor, bye bye.

Pour la deuxième fois d'affilée, on me raccroche au nez. Élise a au moins pris la peine de me gratifier de son « bye bye » habituel.

Je passe une main sur ma nuque, pour tenter d'en chasser la tension grandissante. Sortir ne me tente absolument pas, mais quelque chose me dit que prendre l'air ne me fera pas de mal après mon rendez-vous avec le mandataire, alias cauchemar ambulant.

Il faut également que j'annonce ma triste situation à mes amis. Tout comme mes parents, j'ai pris soin de les laisser dans une parfaite ignorance. Élise suspecte un truc depuis plusieurs mois, mais son propre job d'institutrice lui prend un temps fou. Autrement, elle m'aurait démasquée depuis un bail.

Je boucle ma matinée avec mon énergie souffreteuse. Le déjeuner avec mes parents est aussi tendu que le dîner d'hier malgré les efforts de ma mère. En sortant de chez eux, j'envisage même de faire la sieste tant la fatigue me pèse.

Malheureusement ce n'est pas possible. Les filles ont saccagé leur pâture actuelle, il est temps que je les change de secteur. Il faut également que je contrôle certaines d'entre elles qui ne vont pas tarder à être en chaleur, il sera donc l'heure de les mettre en compagnie de Porthos.

Autrement dit, ma journée est loin d'être terminée, d'autant que je vais devoir faire une pause à 16 heures...

Je m'autorise un rapide détour par chez moi afin d'avaler un mug géant de café et de m'emparer d'une canette de Red Bull dans mon frigo, puis m'attelle à ce charmant programme.

En fin de journée, je suis dans le pré, occupée à observer mes vaches quand une berline s'engage sur le chemin de la ferme. L'heure d'une activité peu réjouissante vient de sonner. Je termine mon Red Bull qui ne suffit pas à me sortir la tête du pâté et ordonne à Tantor de rester près de moi, histoire d'éviter un accueil un peu trop enthousiaste.

Ma canette vide à la main, je me dirige d'un pas lourd vers la cour pour saluer mon « invité ». Nouvelle chemise, nouvelle sacoche, nouveau sourire. Il détonne beaucoup trop par rapport à la simplicité du paysage.

– Bonjour, bougonné-je avant de me racler la gorge pour m'éclaircir la voix.

Tantor effectue un pas dans sa direction, je siffle immédiatement pour le rappeler au pied, puis ajoute :

– Si tu joues encore les stylistes de mauvais goût, je t'empaille, le menacé-je d'une voix faussement autoritaire.

Il pousse un couinement à fendre le cœur.

– Comédien, soupiré-je en lui caressant le crâne.

– Mlle Pechnot, me salue à son tour le mandataire.

– Je suppose qu'il va falloir s'asseoir et parler chiffre.

– Quelque chose dans ce genre-là.

Je hoche la tête tout en me dirigeant vers ma maison. Une fois à l'intérieur, je me risque à lui proposer :

– Café ?

– Sans sucre, merci.

Non, je n'ai pas décidé de jouer les hôtesses ni d'être charmante, seulement de m'accrocher à la dernière main tendue dont je dispose, même si ladite main n'est pas celle que j'aurais voulue.

Il veut peut-être me faire croire que notre discussion nocturne était une blague sans importance, malheureusement pour lui, c'est loupé.

Je m'affaire à la préparation des boissons, dépose une tasse près de lui avant d'ajouter :

– Jolie chemise !

Et oui mon cher, tu me les as toutes promises, ainsi que ton appartement...

Nous échangeons un regard trop long pour être naturel.

Il sait.

Je sais.

Maintenant, nous pouvons nous pencher sur le reste de mon dossier. Et je compte bien imiter son attitude d'ours polaire condescendant.

Je m'assieds en face de lui pendant qu'il étale ses affaires sur la table.

– Bien, pour commencer, combien de lactation les vaches ont-elles par an ?

Bah dis donc, il a un peu bossé le sujet. Je suis sûre que c'est la première fois qu'il prononce le mot « lactation ».

– Une seule fois, pour la moitié du cheptel.

– Pourquoi est-ce que la totalité du troupeau ne produit-elle pas du lait en permanence ?

Même si je sais qu'il pose cette question pour une notion de rentabilité, elle m'agace. En effet, beaucoup de mes confrères éleveurs me regardent de travers quand j'explique ma façon de travailler. Ça paraît inconscient d'avoir soixante têtes à nourrir et de n'en avoir que trente qui rapportent. En fait, quand on voit ma situation financière, c'est même suicidaire. Toutefois, je n'ai pas pris cette décision par masochisme, mais pour le bien-être des filles. Enchaîner les veaux chaque année sans prendre une pause, c'est rentable, c'est sûr, cependant ça flingue la santé des vaches.

– Parce que j'aime mes bêtes, lâché-je d'un ton aigre, prête à encaisser une réplique dégoulinante de jugement.

– Quel rapport ?

– Avez-vous conscience de ce qu'est la lactation ? rétorqué-je en m'efforçant de conserver un ton professionnel même si mon envie de céder à la colère ne cesse d'augmenter.

– Je ne suis pas idiot.

Non, mais tu ne connais strictement rien à mon monde, abruti. Tu as ouvert une page Google pour tenter de pallier ton ignorance, mais ça ne suffit pas à faire de toi un professionnel du milieu. D'autant que je suis certaine que tu faisais partie des ignorants qui pensent que les vaches laitières produisent du lait 365 jours par an. Sauf qu'on a jamais vu une vache produire du lait sans avoir eu préalablement un veau.

– Bien, dans ce cas, je vais préciser ma pensée. Enchaîner les gestations sans tenir compte du bien-être des bêtes, c'est un truc d'industriel qui n'aura jamais lieu dans cette ferme. Les filles méritent d'avoir un peu de repos entre deux naissances, voilà pourquoi le cheptel est divisé en deux parties afin de ne pas solliciter chaque année les mêmes vaches.

Une bouffée de fierté me traverse. C'est à croire que le manque de sommeil m'aide à pondre des tirades particulièrement piquantes.

– C'est un énorme manque à gagner.

– User prématurément une vache le serait aussi. La lactation dure en moyenne 300 jours après le vêlage, c'est suffisant.

– Vous avez pourtant une perte de production bien avant ce délai.

Je soupire, pince mes lèvres pour ne pas céder à mon envie de l'envoyer se faire foutre.

Pédagogie Tamara. N'oublie pas que tu as besoin de lui que tu le veuilles ou non.

– Chose tout à fait normale étant donné que la production de lait suit le cycle hormonal de la vache.

Amaury reste silencieux tout en observant ses notes, puis lâche :

– Il va falloir faire des concessions dans votre façon de travailler.

– Concession oui, vendre mon âme au diable, certainement pas.

J'expire et m'accroche à mes convictions pour ne pas sombrer dans une colère stérile.

– Seul compte le résultat. Le tribunal ne vous laissera pas continuer à exercer à moins que je ne lui présente un plan de redressement en béton armé. L'agriculture est un milieu sinistré, aucune banque ne pariera sur la société Pechnot en l'état, il va donc falloir mettre vos convictions de côté jusqu'à ce que vous retrouviez le luxe de pouvoir en avoir.

Si je serre encore plus les dents, je vais exploser ma couronne. Or, je n'en ai pas les moyens, ni l'envie d'être torturée par un dentiste.

Je souffle avant de me lever de table.

– Suis-moi, lancé-je en me dirigeant vers la porte sans attendre.

J'emmerde le vouvoiement. Je ne supporte pas la diplomatie et les tirades alambiquées. Ce n'est pas moi tout ça. Une fois encore, j'ai la preuve que je n'en suis pas capable même quand j'essaie. Ça ne marchera pas car je ne changerai jamais.

Ma dernière carte à abattre, c'est de tenter de faire comprendre à Amaury pourquoi je travaille de façon raisonnée et espérer que l'infime humanité que j'ai sentie lors de notre échange d'hier, n'était pas feinte.

Tantor sur mes talons, je sors de la maison.

– Nous avons encore du travail ! s'exclame-t-il sur le seuil.

– On n'arrivera à rien si tu gardes tes œillères de mandataire à la con !

Oups...

– Mlle Pechnot ! s'offusque-t-il d'un ton paternaliste.

– Quoi ? À quoi tu joues, Amaury ! répliqué-je. Pourquoi tu te planques derrière ce masque de citadin hautain qui pense qu'il vaut mieux que moi ? Si tu veux garder ton appartement et tes chemises, il faut que tu comprennes pourquoi je me bats et donc pourquoi *tu* te bats ! Tu ne le trouveras pas dans les bilans comptables.

Mon rythme cardiaque s'emballe, je fais volte-face, direction la grange afin de rejoindre la pâture des filles. Immobile près de la poignée permettant d'entrer sans risquer de subir un coup de jus à cause de la clôture électrique, j'attends, le cœur battant.

Rien. Il ne m'a pas suivie.

Espèce d'imbécile !

Tantor s'appuie contre ma jambe avant de pousser un gémissement dépité qui illustre parfaitement mon état d'esprit à cet instant. Je glisse mes doigts dans ses poils quand il lève brusquement la tête.

Splotch, splotch.

J'en connais un qui a eu le courage de ruiner ses mocassins dans la boue.

Il n'est peut-être pas aussi incapable que je le pensais.

CHAPITRE 10
Amaury

Elle va me rendre dingue !

Je suppose que je devrais me réjouir d'avoir réussi à mener une conversation vaguement professionnelle l'espace d'un instant avant que Tamara n'explose à nouveau. Quand elle sort en trombe de chez elle, je reste comme un con quelques secondes avant de l'interpeller depuis le pas de la porte.

Ma tentative échoue. Elle se barre après m'avoir traité de con. Je me maudis car j'ai l'impression d'être dans les bottes de mon père. Moi qui fustige régulièrement mon géniteur à cause de son comportement qui me donne la sensation d'être un moins que rien, voilà que j'agis comme lui sans même m'en rendre compte. S'il me voyait, je pense qu'il serait fier de moi pour la première fois de mon existence.

Cette pensée me fait frissonner autant qu'elle me flanque la nausée. Je secoue la tête pour éloigner ce nuage toxique et m'élance à la suite de la volcanique éleveuse. Mes chaussures s'enfoncent dans la boue, et j'évite une glissade de justesse en m'aventurant dans la grange.

De dos, Tamara est immobile. Son monstrueux clébard assis près de ses jambes me voit. Sa queue balaie le sol tel un métronome détraqué. Sa fourrure blanche est encore plus crade que mes mocassins.

– J'ai déjà vu les vaches, lancé-je en parvenant à son niveau.

– Tu les as vues, mais tu ne les connais pas.

Elle saisit la poignée en plastique pour pénétrer dans la pâture, puis exécute une parodie de courbette pour m'inviter à entrer. Mon regard passe du sol boueux à mes chaussures déjà noircies par la terre, je soupire et avance. Le chien s'élance dans le pré, il caracole comme un chiot débile sous le regard énamouré de sa maîtresse.

– Et donc ? demandé-je en essayant d'ignorer l'humidité grandissante sous mes pieds.

Je note dans un coin de ma tête d'effectuer un arrêt dans la première jardinerie que je croise pour investir dans une paire de bottes similaires à celle de Tamara.

– Attends, bougonne-t-elle avant de positionner son pouce et son index entre ses lèvres.

Un sifflement résonne dans les airs. Après le taureau de l'autre jour qui rapplique comme un épagneul, aujourd'hui c'est un troupeau entier qui déboule en beuglant. Une vache n'est pas vraiment un animal effrayant. Cependant, je dois admettre qu'en voir une cinquantaine rappliquer, ça flanque un peu les pétoches.

Ces demoiselles se radinent, l'une d'elles souffle sur le chien qui réplique par une léchouille sur le museau. Une autre pose son mufle gigantesque sur l'épaule de Tamara pendant que son associée tente de fouiller ses poches. J'étais sur le point de me féliciter de ne susciter l'intérêt d'aucune d'entre elles lorsqu'une queue se lève, me gratifiant d'une bouse monstrueuse à seulement quelques centimètres de moi.

Tamara éclate de rire pendant que je m'efforce de conserver mon calme.

– Et donc ? répété-je sèchement alors qu'elle est encore en proie à l'hilarité.

Elle essuie ses joues des larmes qui lui ont échappé avant de me répondre.

– La malpolie s'appelle Cunégonde.

J'adresse un regard austère à la vache en question pendant que Tamara continue les présentations.

– Prospérine, Fa dièse, Barrique...

Les prénoms s'enchaînent, mettant à mal ma patience. Cependant, je parviens à tenir jusqu'à la fin.

– Elles ne sont pas juste des numéros, elles ont chacune leur personnalité.

Tamara attend une réaction de ma part, son regard planté dans le mien. Je sais ce qu'elle essaie de faire. Une part de moi comprend qu'elle considère ses bêtes autrement qu'un moyen de gagner sa vie. Toutefois, je ne peux pas me laisser convaincre par ce genre d'arguments.

Nous vivons dans une société où le bien-être humain passe après le business, le bien-être animal est donc tout en bas de la liste. C'est triste, mais c'est ainsi que fonctionne le monde. Les convictions ne remplissent pas le frigo. L'honnêteté ne paie plus depuis longtemps. C'est ainsi...

J'expire, en cherchant une manière d'expliquer la réalité de la vie à Tamara. J'ai l'impression d'être le tonton bourré le soir du réveillon qui annonce aux enfants que le père Noël n'existe pas.

Jouer le connard ne me fait pas plaisir, malheureusement c'est indispensable. Je souhaiterais cependant trouver une façon de lui faire ouvrir les yeux sans provoquer ses foudres. Or, la seule qui a fait ses preuves a été de balancer aux ordures les conventions inhérentes au rôle de mandataire comme lors de notre échange téléphonique d'hier soir.

J'avale ma salive avec difficulté.

Je n'ai jamais géré un dossier sans me planquer derrière ce masque car j'en connais les risques. Échouer à redresser la société d'un étranger est déjà extrêmement douloureux, mais voir la vie de quelqu'un avec qui on a créé des liens voler en éclats, c'est encore pire...

– Rien ne t'interdit de les aimer, mais si tu veux vraiment être rentable, tu n'as pas d'autres choix que de revoir ta façon de travailler, argumenté-je avec le plus de tact possible.

– Je n'irai pas à l'encontre de mes principes juste pour quelques billets de plus.

– Alors, je n'ai rien à faire ici. Bon sang, si tu ne cesses de freiner des quatre fers avant même que je n'aie commencé à changer la moindre chose, je perds mon temps !

Difficile de s'éloigner dignement quand on est en chaussures de ville dans la boue, pourtant j'essaie. Je slalome entre les vaches pour rejoindre la clôture jusqu'à ce que Tamara m'interpelle :

– Tu as dit que tu m'aiderais !

– Je ne suis pas un putain de magicien ! répliqué-je, excédé.

Merde, je suis en train de perdre mes moyens. Ce n'est pas bon... du tout.

J'essaie de rétablir un masque impassible au plus vite, mais son timbre fêlé par la supplication me prend de court.

– Je voudrais seulement que tu m'écoutes.

Déstabilisé, déchiré entre ce que je devrais répondre et la franchise que je n'ai pas le droit d'avoir dans mon métier, je m'étouffe avec ma salive.

Allez Amaury, reprend le contrôle. Tu ne dois pas te louper, merde !

J'expire et plante mon regard dans celui de ma cliente. Car oui, Tamara est une cliente, c'est un nom dans un dossier. Je ne suis pas responsable de son destin. Je dois maintenir cette distance vitale pour exercer mon métier, je l'ai déjà trop minimisée entre nous.

Pourtant, quand je parviens à reprendre la parole, ce n'est pas Amaury Mabeck, le mandataire qui s'exprime.

– Je ne fais *que* ça, Tamara ! Je passe plus de temps à t'écouter parler qu'à bosser. Tu changes d'avis plus vite que ton chien perd ses poils !

Le concerné m'adresse un regard outré pendant que je réprime une envie de hurler de frustration. Je perds complètement les pédales, cette ferme a un terrible effet sur moi.

Tamara lève les yeux au ciel, pousse un profond soupir, puis lâche :

– Je suis désolée. Je suis crevée, je pensais que...

– Que j'avais la gueule du génie de la lampe ? complété-je avec aigreur du tac au tac alors que je me fustige intérieurement de ne pas être capable de remettre notre échange sur des rails professionnels.

– Que tu pourrais comprendre pourquoi je me bats, corrige-t-elle.

– Si tu mettais un quart de cette énergie à suivre mes conseils, ta société serait déjà dans la bonne direction.

Une moue contrariée tord ses lèvres.

– Je refuse d'épuiser le cheptel. Il faut trouver autre chose.

Pour éviter de répliquer quelque chose de méchant, je me pince l'arête du nez, puis souffle. Je vais considérer ça comme un pas en avant de la part de Tamara plutôt qu'un énième « va te faire foutre » déguisé.

J'essaie de reprendre le fil de mes pensées afin de proposer une autre piste que j'ai trouvée lors de mes recherches.

– Les céréales... commencé-je avant d'être coupé.

– Ah non !

Effaré par son refus immédiat, je ne peux pas m'empêcher de lui adresser un regard assassin. Ses joues rosissent, mais son obstination reste inébranlable.

– Je n'ai rien dit, c'est bon, j'écoute.

Peu convaincu par sa sincérité, je lui présente tout de même mon idée :

– Les cours des céréales ne cessent de monter en ce moment. Développer cette activité pourrait peut-être absorber le déficit que génère le lait.

– Sauf que je ne suis absolument pas équipée pour ça et comme tu l'as fait remarquer tout à l'heure, aucune banque ne pariera sur moi.

Un argument qui se tient et est totalement véridique. Nous nous frotterons au même problème que mon idée d'agrandir le troupeau. Tamara n'a plus les moyens d'investir.

Son chien qui reniflait une touffe d'herbe se redresse brusquement. J'aperçois une voiture sur le chemin menant à la ferme.

– Elle a choisi son jour pour être en avance, râle-t-elle avant d'adresser un ordre à son monstre. Pas bouger !

– La seule chose qui reste c'est augmenter le prix de ton litre.

– C'est la coopérative qui gère ça.

– Justement ça, c'est un point qu'on peut changer.

Il est vrai que, pour une petite exploitante comme Tamara, passer par une coopérative qui négocie en amont le prix du litre auprès des industriels simplifie la vie. En s'associant à d'autres producteurs, la négociation leur est généralement plus favorable. Du moins, ça devrait être le cas, en théorie. Sauf que je suis de plus en plus sceptique à ce sujet.

– Tu as déjà essayé de contacter un industriel directement ?

D'un mouvement de tête, elle m'informe que non. Le départ éclair de son chien la distrait.

– TANTOR !

Nous nous tournons vers la voix avec une surprenante coordination. Une jeune femme à la chevelure blond cendré et au visage moucheté de taches de rousseur arrive au niveau de la barrière. Elle accueille le chien avec enthousiasme. Sa façon d'esquiver ses salutations boueuses me laisse admiratif.

Une fois qu'il la laisse tranquille, son regard surpris se pose sur moi, puis sur Tamara.

– Merde, elle ne devait pas arriver aussi tôt. C'est Élise, une amie, m'explique-t-elle en se frottant la nuque.

– Laisse-moi deviner, elle n'est pas au courant de ta situation.

– Je comptais lui en parler ce soir.

– Les secrets peuvent être extrêmement toxiques.

– Merci, j'avais remarqué, rétorque-t-elle en s'avançant vers son invitée.

Je lui emboîte le pas d'une démarche hésitante en prenant garde à ne pas me vautrer. Tamara me distance sans difficulté. J'envie vraiment ses bottes de plus en plus.

Elle atteint la clôture avec aisance tandis que j'avance comme un escargot pour préserver ma dignité déjà trop égratignée.

CHAPITRE 11

Tamara

J'avais un plan parfait. Je comptais tout dire à Élise autour d'une bière pendant que les garçons se seraient engueulés lors d'une partie de billard. Ça devait bien se passer, enfin c'est ce que j'espérais…

Élise est une fille bourrée de qualités, mais elle est incapable d'être ponctuelle. Être à la bourre est une véritable pathologie chez elle. C'est comme ça que je l'aime, avec ses défauts et ses qualités. C'est un véritable pilier pour moi depuis le jour où nous avons décidé de manger le même ver de terre dans la cour de récré de la maternelle.

Alors pourquoi décide-t-elle de se pointer en avance pour la première fois de sa vie ?

Je peux voir son regard noisette passer au crible Amaury que j'ai abandonné dans le pré. J'y devine une lueur appréciatrice ainsi qu'une flopée de questions qui va bientôt m'engloutir.

J'expire, redresse les épaules et lui sers mon plus beau sourire commercial auquel elle est totalement insensible puisqu'elle était avec moi quand je m'entraînais devant le miroir pour arrêter de passer pour une mégère avec les inconnus.

– T'es en avance, lâché-je en guise de salut tout en ouvrant la clôture.

– Cache ta joie, réplique-t-elle en gloussant sans quitter Amaury des yeux.

Je l'imite, curieuse de comprendre pourquoi elle le mate à ce point. Il n'est pas mal, certes, mais généralement Élise ne regarde jamais un homme plus de cinq secondes. Seul Arthur, l'homme de sa vie depuis toujours, trouve grâce à ses yeux. Ces deux-là ont décidé de ne plus se quitter dès la première semaine de notre entrée au CE1.

Il faut reconnaître que le tableau est plutôt hypnotisant. Amaury a de la boue presque jusqu'aux genoux, seule sa chemise est encore épargnée. Il avance à pas précautionneux comme s'il craignait que le sol ne le dévore. Il est tellement concentré sur le fait de sortir d'ici en un seul morceau qu'il ne remarque pas Prospérine s'approcher de lui par-derrière.

Une petite voix me souffle que je devrais le prévenir, car je sais ce qui va arriver. Voilà un avantage de connaître mes bêtes sur le bout des doigts : leur comportement ne me surprend jamais. Prosp est une comique à l'affection débordante et quelque chose me dit qu'elle a succombé au charme d'Amaury. Elle accélère pour atteindre son but et baisse sa tête.

Trop tard, je ne peux plus l'arrêter.

Amaury blêmit quand le mufle de Prospérine heurte son postérieur. Il sursaute de surprise, mais ses mocassins aux semelles glissantes l'empêchent de se réceptionner correctement, il trébuche et tombe, cul par terre. Élise, sans pitié, éclate d'un rire tonitruant. Mes lèvres frémissent, car je meurs d'envie de l'imiter.

Prospérine, ravie que l'objet de sa convoitise se soit arrêté, pousse un beuglement sonore qui attire l'attention des autres. Je ravale mon envie de m'esclaffer pour aller secourir Amaury avant qu'il ne soit piétiné par le troupeau. Je réduis rapidement la distance qui nous sépare, repousse Prosp d'un coup d'épaule et tend la main à mon cher mandataire dont la chemise a finalement rendu l'âme.

– Prospérine adore renifler les fesses, expliqué-je en tentant de conserver mon sérieux.

Amaury me dévisage d'un air assassin. Il observe tour à tour ma main, puis mon visage mais ne bouge pas.

Un râle agacé m'échappe face à ce comportement de mâle refusant une aide pourtant nécessaire. Alors que je m'apprête à lui balancer ma réflexion dans les dents, il m'empoigne et me tire vers lui. Surprise par son geste, je bascule en avant, m'offrant à mon tour un bain de boue non désiré.

L'hilarité d'Élise redouble tandis que je bascule sur le flanc et essuie mon visage pour retrouver la vue. Je découvre Amaury debout, l'air goguenard, la main tendue vers moi. Sonnée par ce qu'il vient de se passer, je reste bouche bée quelques secondes avant de saisir ses doigts pour me relever.

Quand je tente de me libérer, il resserre sa poigne et murmure :

– Maintenant que je suis tombé devant toi, tu accepteras peut-être mon aide plus facilement.

Il me lâche et je frémis, mais ça n'a rien à voir avec la boue humide dont je suis recouverte.

– C'était un coup en traître, grogné-je en me dirigeant vers la sortie.

Amaury garde le silence jusqu'à ce que nous soyons sortis de la pâture. Il essuie sa paume sur son pantalon taché avant de se présenter.

– Amaury Mabeck.

– Élise Dutreuil. Il faut excuser Tamara, elle adore traumatiser les commerciaux trop bien habillés. J'essaie depuis des années de lui faire comprendre que ce n'est pas parce qu'un homme porte une chemise qu'il est forcément envoyé par Satan, explique-t-elle les yeux encore brillants des larmes dues à son fou rire.

Elle le prend pour un commercial.

Mon cœur s'accélère face à ce cadeau du destin, mais mon soulagement est de courte durée. Amaury s'empresse d'éclaircir la situation :

– Visiblement, elle réserve le même traitement aux mandataires judiciaires.

Mon amie arque un sourcil. Je pourrais presque entendre les rouages de son esprit analyser cette révélation.

Elle se tourne vers moi la mine dépitée.

– Qu'est-ce que c'est que cette histoire ?

– Je t'expliquerai. J'avais prévu de le faire, j'ai juste...

Plus une goutte de courage depuis des semaines. Et je n'ai pas envie que tu me regardes avec cette pitié teintée d'affection. Des explications à mon comportement, j'en ai en pagaille sauf que je n'en assume aucune.

D'un raclement de gorge, Amaury se charge de rompre le silence qui s'est installé.

– Je vais récupérer mes affaires et vous laisser.

Il avance dans la grange le plus élégamment possible, étant donné l'état de ses vêtements. Tantor l'accompagne en bondissant comme un cabri autour de lui. Je prie tous les dieux de la création pour que mon chien n'inflige pas une cascade supplémentaire à Amaury.

Alors que je suis sur le point de le suivre, Élise me saisit par le bras et demande :

– Depuis combien de temps ?

– Pas maintenant.

– Je te préviens, je ne te lâcherai pas tant que je n'aurai pas compris ce qu'il t'arrive exactement.

– Je sais, soupiré-je.

Une fois ses affaires récupérées, Amaury nous retrouve dans la cour. Il adresse un hochement de tête poli à Élise avant de planter son regard dans le mien.

– Je vous appellerai afin que nous convenions d'un nouveau rendez-vous.

Son ping-pong névrosé entre le glacial vouvoiement et un tutoiement qui me donne l'impression d'avoir affaire à un être humain me flanque le tournis.

– OK, soufflé-je avant qu'il ne s'éloigne pour retrouver sa voiture.

Tantor l'escorte jusqu'au bout. Je le rappelle avant qu'Amaury ne l'écrase en faisant demi-tour. Mon fidèle compagnon s'assied à mes pieds pendant que je regarde la berline s'éloigner.

Élise me sort de ma torpeur en me flanquant un coup dans les côtes.

– Alors ? Raconte.

– Il me reste la traite à faire et j'ai besoin d'une douche.

– Je ne vais pas te dire le contraire, j'ajouterai aussi qu'il faut que tu te changes, mais ça ne t'évitera pas de me répondre.

– Je sais.

Heureusement pour moi, mes parents sont absents pour la journée. Ils sont partis rendre visite à mon oncle qui passe une retraite paisible à quelques kilomètres d'ici. Autrement, ma mère serait déjà en train de papoter avec Élise et lui aurait tout balancé.

Je soupire en me dirigeant vers ma maison.

– Tamy...

– Je suis en redressement judiciaire ! répliqué-je sans cesser d'avancer.

– Oh putain, non... Comment ? Mais pourquoi ? Sérieusement ? Qu'est-ce qui s'est passé ?

J'ouvre la porte, puis m'engouffre dans mon antre sans prendre la peine de retirer mes bottes boueuses. Mes poings se serrent, j'expire et trouve le courage de faire face à mon amie.

– J'en sais rien ! Je bosse comme une dingue du matin au soir. Je fais tout ce que je peux pour que ça marche et c'est un putain d'échec ! Comment c'est possible de travailler autant sans réussir à payer toutes ces factures de merde ? Je veux bien que tu m'expliques parce que ça fait un bail que je cherche la réponse !

La colère m'anime. Je vomis toutes ces questions brûlantes sur cette pauvre Élise qui n'a pourtant rien à voir dans cette histoire. Il semblerait que j'ai atteint un point de non-retour. L'explosion était inévitable ou bien mon inconscient sait qu'Élise est la seule à pouvoir encaisser sans m'en vouloir ensuite.

Son regard se met à briller de larmes, ce qui muselle aussitôt ma crise de nerfs.

– Oh non, merde ! J'ai déjà l'impression d'être une merde alors si en plus je te fais pleurer, ça va m'achever.

Un sourire tremblotant éclôt sur ses lèvres, tandis qu'elle essuie rapidement sa joue.

– C'est rien, je suis juste triste de ne pas avoir vu que tu allais aussi mal.

– Arrête, c'est bon. Je vais trouver une solution.

– Tamy, un redressement judiciaire c'est pas un petit truc que tu peux gérer sans aide.

Un râle aigre m'échappe.

– J'ai de l'aide. Tu viens de le rencontrer. Un parfait imbécile qui n'avait jamais mis les pieds dans une exploitation laitière. Toute ma vie est entre ses mains douces et propres de citadin à la con. Et bien évidemment, sa première solution a été d'épuiser mes vaches en augmentant le nombre annuel de gestations. Parce que pour faire du fric, il faut oublier les valeurs que tu défendais jusque-là !

Élise connaît mes convictions à ce sujet. Je me suis déjà disputée avec un autre exploitant qui n'avait aucun remords à utiliser ses bêtes au mépris de leur santé.

– Il doit bien y avoir d'autres moyens de te renflouer, lâche mon amie en croisant les bras sur sa poitrine.

– Amaury veut tenter de passer outre la coopérative afin de vendre directement aux industriels. Vu qu'aucune banque ne financera le moindre agrandissement ou investissement pour la ferme, c'est la seule solution, expliqué-je en me dirigeant vers ma salle de bains.

Élise m'accompagne, ainsi que Tantor puis je retire mes fringues dégueu. Non pas que j'aie un goût pour l'exhibition, mais ça fait des années que la barrière de la pudeur a disparu entre mon amie et moi.

Ce qui me stresse en revanche, c'est son soudain silence. Je lui jette un rapide coup d'œil en tirant le rideau de ma douche. Sa narine droite frémit, signe qu'elle est en pleine réflexion.

Je me glisse sous l'eau brûlante en attendant qu'elle reprenne la parole.

– Amaury, hein ? lance-t-elle en gloussant.

Je m'attendais à des questions, mais certainement pas à une remarque dans ce genre. Mon flacon de shampoing m'échappe des mains, je grogne avant de le ramasser et tire légèrement le rideau pour la dévisager.

– Sérieusement ? Je t'explique que je suis dans une merde noire et que ma vie est entre les mains d'un étranger qui pensait sans doute que le lait au chocolat provient des vaches marron, et toi, c'est tout ce que tu trouves à me dire ?

– Tu feras l'offusquée devant quelqu'un d'autre. Je te connais sur le bout des doigts. Quand tu parles d'un commercial ou de n'importe quelle autre personne qui a le malheur de te contrarier, tu n'utilises *jamais* leur prénom. J'ai droit à « l'autre tache » ou bien « ce pauvre con », certainement pas à « Amaury » !

Je me renfrogne, lève les yeux au ciel, puis me concentre sur le lavage de ma tignasse plutôt que sur le délire d'Élise.

– *No zob in job*, Tamy ! claironne-t-elle. Surtout pas avec le type, aussi mignon soit-il, qui doit te sortir d'affaire.

À l'abri, derrière le pare-douche alors que j'essaie de démêler mes cheveux, Élise ne peut pas voir mes joues changer de couleur. En revanche, moi, je sens parfaitement une chaleur gênée les envahir.

– Tu ne trouves rien à répliquer ? Hum, ça confirme donc qu'il est à ton goût.

– Arrête tes conneries ! C'est un emmerdeur et j'ai d'autres choses à penser !

– OK ! Sinon, tu vas l'annoncer comment aux garçons ?

Je grimace.

– Je ne pense pas qu'il y ait de bonnes façons de le dire.

– Non effectivement, c'est compliqué de balancer ça à ses amis alors qu'on aurait dû le faire depuis des mois. Parce que les amis, ça sert à ça, t'es au courant ? L'idée c'est d'être présents les uns pour les autres quand les emmerdes se profilent à l'horizon et pas de se retrouver spectateurs d'une catastrophe.

OK, je l'ai bien méritée celle-là.

– Je...

– Suis désolée ? complète Élise. J'espère bien, imbécile. Sérieusement, Tamy, tu aurais dû nous en parler !

– Qu'est-ce que ça aurait changé au juste ? répliqué-je en sortant de la douche avant de m'enrouler dans une serviette.

– Voilà, c'est reparti ! Tu vas me sortir le refrain du cow-boy solitaire qui lutte envers et contre tout, sans jamais demander de l'aide ? On n'aurait peut-être rien changé à ta situation, mais au moins tu n'aurais pas traversé ça toute seule. Je suis sûre que tu ne l'avais même pas dit à tes parents et que tu as joué les autruches jusqu'à ce que ça te pète à la gueule. J'ai tort ?

Mon regard suffit à confirmer sa théorie. C'est à la fois génial et infernal d'avoir dans sa vie quelqu'un qui vous connaît aussi bien.

– Allez, habille-toi ! Je crois qu'on a vraiment besoin d'aller prendre un verre !

– J'ai encore la traite à terminer.

– Je sais, allez, change-toi. Tu t'occupes de tes vaches et on se tire.

CHAPITRE 12
Amaury

Il faut que je prenne une douche, que je brûle mes vêtements et peut-être même ma voiture vu l'état dans lequel se trouve mon siège quand je sors de l'habitacle. Le pire dans tout ça, c'est que je ne peux pas remettre mon boulot à demain comme il m'arrive parfois de le faire. Je dois passer au bureau car, que je le veuille ou non, le dossier de Tamara n'est pas le seul dont je m'occupe et mon escapade dans le Gers ne m'a pas aidé à prendre de l'avance.

J'abandonne ma sacoche sur les sièges arrière, rescapés de mon état boueux, et m'engouffre dans l'ascenseur pour rentrer chez moi.

Ma douche parvient à bout de la terre sur ma peau, mais j'ai beaucoup moins d'espoir concernant celle sur mes vêtements. Je n'ai pas le temps de m'en préoccuper que j'enfile une tenue propre avant de retourner au parking avec de quoi couvrir mon siège dégueulasse.

Une fois encore, les bouchons du centre-ville achèvent de me mettre de mauvaise humeur. Le seul point positif de me pointer à cette heure au bureau, c'est qu'avec un peu de chance mon père sera déjà parti.

Lorsque je sors de l'ascenseur, je remarque que l'accueil est vide. Murielle n'est pas là, or elle ne quitte jamais son poste sans l'aval de mon paternel. Un rapide coup d'œil vers l'antre de celui-ci confirme ma théorie. Je soupire, soulagé d'éviter un énième accrochage alors que j'ai déjà l'impression d'avoir les nerfs à vif.

Depuis des mois, nous sommes incapables de nous parler sans nous crier dessus. Notre relation a toujours été compliquée, mais là, c'est de pire en pire. Il est persuadé que je le pousse vers la porte, que je veux qu'il prenne sa retraite. Une idée stupide que l'autre vipère lui a mise dans la tête. Enfin, une idée stupide... Tout est relatif. J'avoue que l'idée de travailler sans nos éternelles disputes ne me déplairait pas.

Si seulement il savait... Je me contrefous de tout ça, de ses bureaux, de cette plaque gravée de notre patronyme dont il est si fier. Tout pourrait cramer demain que ça ne me ferait ni chaud ni froid. Une chose que je me garde bien de lui dire car c'est pour son entreprise qu'il a sacrifié sa vie entière.

Chez les Mabeck on est des bourreaux de travail de père en fils. Le mien a pissé le sang pour tout ça et moi, je suis censé posséder la même hargne pour hisser l'entreprise familiale encore plus haut. Il n'y a pas un putain de matin où je n'espère pas ressentir cette rage qui a porté mon père vers la réussite.

J'ai été formaté pour ça. Mon destin est de reprendre le flambeau depuis... toujours. Si je dois être honnête, une partie de moi le souhaite, enfin je crois... J'ai toujours eu du mal à dissocier ma volonté de celle qu'a instillée mon père dans mon éducation. Un jour, je me lève avec la fureur chevillée au corps, l'envie de conquérir le monde et de réaliser toutes ses aspirations. Le lendemain, j'imagine l'immeuble s'écrouler et la franche rigolade qui m'animerait face à ce spectacle.

Parfois, je me dis que je suis fou.

Le truc, c'est que je crois que je n'ai pas fini d'attendre que la flamme de la constance naisse en moi. J'ai donc développé la capacité d'agir sans me soucier de mes désirs, digne d'un acteur de Hollywood.

Je m'engouffre dans mon bureau en maudissant ses parois en verre qui n'offrent aucune intimité. À peine ai-je posé mes fesses dans mon fauteuil que le bruit des talons aiguilles de Lucia m'arrache une grimace.

Qu'est-ce qu'elle fout encore ici ?

Sa silhouette gracile, moulée dans une combinaison longue bleu foncé, se dessine sur le seuil de ma porte. Ses lèvres laquées d'un rouge cerise esquissent un sourire empreint de fausse timidité. Sa crinière châtain cascade sur sa poitrine. Chez elle, le moindre geste est millimétré. Cette femme maîtrise comme personne l'art de la manipulation. Son physique avantageux n'est que la face visible de l'iceberg pour laquelle la majorité des hommes, même les juges les plus intelligents de la région se font avoir. Et vu que Lucia est loin d'être stupide, elle obtient généralement ce qu'elle veut, que ce soit dans un tribunal ou dans la vie.

Je me suis toujours demandé pourquoi elle s'est orientée dans cette branche, elle aurait fait des ravages en tant qu'avocate carnassière spécialisée dans le pénal.

– Je ne pensais pas qu'on te verrait aujourd'hui.

– Je bosse Lucia, j'étais coincé au tribunal ce matin et j'avais un rendez-vous pour le dossier Pechnot.

Putain, mais pourquoi je me sens obligé de me justifier devant elle ?

– Ma proposition de t'épauler tient toujours.

– Tu n'as pas assez de boulot ? Je croyais qu'on m'avait refilé ce redressement parce que tu ne savais plus où donner de la tête, répliqué-je avec aigreur.

Sans se départir de son sourire, Lucia entre puis s'installe dans un des fauteuils en face de moi habituellement réservés aux clients. Bientôt, elle va pisser sur le parquet pour prouver qu'elle est chez elle.

– Je n'aime pas laisser un collègue en difficulté. Et j'ai un peu honte que tu te retrouves avec du travail en plus à cause de moi. Ton père n'aurait pas dû agir ainsi, je ne lui ai jamais demandé d'alléger mon planning.

– Super, ravi de le savoir.

– Bon sang, Amaury ! Pourquoi es-tu toujours aussi désagréable ? J'essaie de te tendre la main encore et encore, mais tu ne fais que mordre avant même de réfléchir, comme un roquet mal élevé.

J'expire pour ne pas exploser, pose les coudes sur mon bureau, les mains à plat, puis articule froidement :

– Le roquet mal élevé a du boulot, tu ferais mieux de sortir.

Provocatrice jusqu'au bout des ongles, elle croise ses jambes, me montrant clairement qu'elle ne bougera pas avant de l'avoir décidé. Une attitude qu'elle ne se permet qu'en l'absence de mon paternel.

– Je t'ai vexé ? ronronne-t-elle.

– Pour me vexer, il faudrait que je porte un minimum d'importance à ce qui sort de ta bouche, or ce n'est pas le cas. En revanche, tu me fais perdre mon temps.

– Tu as trouvé un angle d'attaque pour Pechnot ?

– Pourquoi tu t'intéresses autant à ce dossier ? répliqué-je, les dents serrées.

– Je suis curieuse, tu n'as pas eu à gérer de redressement depuis un petit moment...

Mes doigts se crispent, faisant couiner le bois de mon bureau.

– Depuis le dossier Faure, complété-je en sentant chacun de mes muscles se tendre un à un.

Dans le brouillard de ma fureur grandissante, mon cerveau assemble les morceaux du puzzle. Le dossier Pechnot n'est pas un hasard, c'est le coup ultime de Lucia pour m'achever et je n'ai rien vu venir.

Qu'est-ce que j'ai pu être con...

Pauline Faure, le dernier nom de la liste. Le dossier après lequel j'ai décidé de ne plus accepter les cas de redressements.

J'étais dans un tel état que même mon père a accepté de me laisser travailler uniquement sur les liquidations. Ces dernières sont de simples exécutions, la société est condamnée à disparaître, le job consiste donc en une montagne de paperasse. Les contacts avec les clients se cantonnent à quelques mails.

La similitude entre le dossier de Tamara et celui de Pauline me saute désormais aux yeux. Mon self-control vole en éclats, je me lève de mon siège, l'envoyant valser dans mon élan. Pour la première fois depuis que je la connais, l'arrogance de Lucia s'estompe au profit de la crainte. Je la saisis par le poignet et elle couine de surprise plus que de douleur. Je la force à se lever pour la traîner hors de la pièce, puis la pousse dans le couloir.

Avant de claquer la porte, je grogne :

– Tu ne m'auras pas comme ça, Lucia !

Les parois en verre vibrent sous l'impact. Il n'y a qu'une fois installé à mon bureau, après avoir recouvré mon masque d'impassibilité, que je m'autorise à jeter un coup d'œil à l'endroit où j'ai laissé Lucia.

Une bouffée de soulagement me réchauffe la poitrine en le découvrant vide. Elle est partie.

Avec son attitude manipulatrice, elle risque d'obtenir le contraire de ce qu'elle souhaite. Si elle me foutait la paix, je finirais peut-être par y voir plus clair au sujet de mon avenir. Qui sait, peut-être que je partirais de ce bureau pour apprendre à jouer de la guitare ou élever des chèvres dans le Larzac. Lucia aurait donc le champ libre. Elle deviendrait la seule à pouvoir reprendre les rênes de la boîte. Mon père serait aux anges d'avoir un repreneur parfait…

Sauf que je n'ai qu'une seule réaction lorsqu'on me pique encore et encore : j'attaque. Je ne vais pas m'incliner pour lui laisser la place. Ouais, je suis capable de m'acharner, juste pour l'emmerder. Et puis, mon job n'est pas qu'une torture, car un redressement bien mené sauve des vies.

Amaury, le chevalier boiteux qui persiste à vouloir secourir des gens malgré la mort qu'il sème dans son sillage... C'est risible.

J'agrippe mes cuisses agitées de tremblements incontrôlables pour tenter de me calmer.

C'est marrant le destin, pile-poil quand j'oublie pourquoi je continue à me battre pour mon job, il m'envoie un coup suffisamment fort pour me le rappeler.

Je vais sauver la ferme de Tamara, coûte que coûte !

CHAPITRE 13
Tamara

Je passe tellement de temps dans ma tenue de travail que lorsque j'enfile des vêtements « civils » j'ai l'impression de me déguiser. Le cache-cœur à la teinte cerise qu'Élise m'a poussé à mettre me gratte affreusement.

Je suis sa voiture tandis qu'elle met son clignotant pour tourner et entrer dans Cologne. Le village est paisible en cette fin de journée. Sur la place, seule brille la devanture de Vers l'infini et l'au-delà.

Lorsque Rodrigue, accro à Buzz l'Éclair, et Malicia, un couple de trentenaires d'Espagnols a racheté le bar du village pour le transformer en bar à tapas, ça a fait grincer quelques dents. Mes amis et moi, on a plutôt sabré le champagne, ravis de voir un établissement dans le genre s'installer près de chez nous.

À la campagne, le changement est toujours vu d'un mauvais œil. Il faut du temps pour s'y faire, mais une fois qu'on ouvre notre cœur, c'est pour toujours. La preuve, l'endroit est toujours bondé du soir au matin.

Je me gare à côté d'Élise et réajuste mon haut avant de sortir de la voiture.

– Qu'est-ce qui te gêne le plus, porter un truc à ta taille ou avoir abandonné ce pauvre Tantor ?

– Les deux, grogné-je.

– Il n'avait pas l'air malheureux quand tu es partie.

– Il aurait préféré venir, contré-je avec assurance.

– Tu sais que je l'aime comme mon neveu, mais s'il fait encore un tour en cuisine, Rodrigue va finir par nous foutre à la porte.

Je me marre en repensant à ce coup d'éclat de mon fidèle compagnon.

– Tu ne trouvais pas ça drôle sur le moment, me rappelle Élise.

– Maintenant si, rétorqué-je.

– Tant mieux, parce qu'il va falloir que tu gardes cet entrain pour discuter avec les garçons. Alors, arrête de penser à Tantor qui doit sans doute manger sur ton pauvre canapé le fémur de bœuf que tu lui as donné. Maintenant, prépare-toi à passer une bonne soirée avec tes amis qui ont le droit de connaître la vérité.

– Ouais...

Elle crochète son bras au mien, puis me donne un petit coup de hanche d'encouragement :

– Ça va aller.

Les garçons sont déjà tous là, discutant près de la table de billard que nous avons réservée. Arthur nous remarque en premier, confirmant qu'il possède un véritable radar pour sentir la présence de sa chère et tendre.

Je salue d'un geste de la main Malicia, la patronne en plein coup de feu derrière son bar, avant de suivre Élise. Son homme m'adresse un de ses sourires solaires inimitables. Arthur a une belle gueule, son boulot de pompier entretient sa silhouette athlétique, sans parler qu'il est loin d'être con. C'est le genre de mec sur qui la plupart des filles se retournent. Il aurait pu se transformer en affolé du slip qui enchaîne les nanas, mais non. Pour lui, il n'y a qu'Élise. Salma Hayek pourrait se trimballer en culotte devant lui, qu'il ne la regarderait même pas.

Il me donne une accolade après avoir embrassé la femme de sa vie, puis je fais la bise à Jérémy et Antoine, les autres membres de la bande. Ils sont tout le contraire d'Arthur. En fait, on est tous très différents les uns des autres, je crois que c'est grâce à ça que notre amitié perdure. Chacun apporte quelque chose de particulier au groupe. Nous vivons ainsi depuis si longtemps que je doute que l'un de nous puisse faire autrement.

– Ah, Tamy, ça fait plaisir de te voir sortir de ta grotte ! déclare Antoine.

– Je t'emmerde ! Il faut bien que je bosse, répliqué-je en m'installant sur un tabouret.

– Un vrai rayon de soleil, qu'est-ce qu'on ferait sans toi !

– Lâche-la, Antoine, rétorque Élise avec une pointe d'agressivité qui ne lui ressemble pas.

– Quoi ? Je déconne ! Qu'est-ce que t'as ? Y a un gosse qui te fait des misères ? On vous a bouffé le foie à toutes les deux ?

Antoine est comme ça, il possède la délicatesse d'un tracteur. Un truc qui nous fait rire d'habitude, mais moins aujourd'hui. C'est vrai qu'Élise a tendance à sortir les griffes quand elle estime que je ne suis pas en état de me défendre.

– C'est bon, c'est rien, affirmé-je en tentant de calmer ma lionne de meilleure amie.

Jérémy m'aide à calmer la tempête qui couve en proposant :

– On boit un coup ou bien ?

Il prend nos commandes et se dévoue pour aller les chercher au bar. On pourrait croire que c'est le gars le plus serviable de la planète, mais c'est surtout de l'impatience. Il sait très bien qu'on est capable de bavasser pendant des plombes avant de penser à aller chercher quelque chose à boire.

Mais malheureusement, même lorsqu'il revient avec une bière pour chacun dans les mains, ça ne suffit pas à dérider Antoine.

– Allez, fais pas la gueule ! lancé-je.

– Je ne fais pas la gueule, réplique-t-il.

– Oh, monsieur mauvaise foi ! Tu crois que je ne te connais pas ? insisté-je en souriant.

– C'est elle qui a commencé.

Je lève les yeux au ciel alors qu'Élise ouvre déjà la bouche pour se défendre.

– Si tu étais moins lourd aussi...

– STOP ! beuglé-je attirant tous les regards sur moi, y compris ceux des autres clients.

Je déglutis, leur adresse un geste d'excuse, puis me concentre à nouveau sur mes amis.

– Élise a enfilé sa tenue de pitbull parce qu'elle a appris un truc important, commencé-je avant d'avaler une gorgée de bière pour me donner du courage. Il faut d'ailleurs que je vous en parle aussi.

L'expression des garçons change avec une coordination effrayante, bonne humeur et bougonnerie se dissipent au profit de l'inquiétude. Arthur interroge sa moitié du regard mais celle-ci secoue la tête, puis me désigne du menton.

– La ferme est en redressement judiciaire. Je suis dans une merde noire.

Boom, voilà c'est dit !

Je rentre les épaules sous le poids de leurs interrogations silencieuses. De toute ma vie, je n'ai jamais eu autant envie d'être une tortue. Je me serais ratatinée dans ma carapace rapido presto. Pourtant, je le sais, mes amis ne me jugent pas. Cela n'empêche que j'ai un violent désir de disparaître pour ne plus supporter la pitié qui suinte de chacun d'entre eux.

– Voilà, voilà... articulé-je d'une voix étranglée.

Jérémy est le premier à parler.

– Merde, ça fait chier.

– Bordel, mais pourquoi tu ne nous en as pas parlé avant ? explose Antoine dans la foulée.

– Qu'est-ce que ça aurait changé ? répété-je comme pour Élise, piquée au vif par sa hargne.

– J'en sais rien ! Mais maintenant c'est trop tard pour le savoir !

Mon poing se serre autour de ma bière tandis que je crache :

– Ça n'aurait strictement rien changé !

– Oh ben oui, parce qu'une fois de plus on a la preuve que tu préfères en chier dans ton coin plutôt que de nous demander un coup de main. La grande, la fière et l'invincible Tamara Pechnot n'a besoin de personne dans sa vie, hein ?

Antoine est sanguin. On lui passe régulièrement ses coups d'éclat, mais parfois il va trop loin et il faut le remettre en place. La plupart du temps, Arthur ou Jérémy s'en charge, cependant cette fois, je ne laisse pas le temps aux garçons de faire quoi que ce soit.

Car le venin qu'il crache n'a rien à voir avec ses petites crises classiques, non, c'est ciblé. Tout ça parce qu'on a eu le malheur de s'envoyer en l'air il y a quelques mois. Une belle idée de merde, chose que j'ai très vite réalisée au petit matin quand l'apéro de la veille a déserté mon cerveau. Sur le moment, c'était tentant, il était seul, plutôt charmant même si je me moque régulièrement de sa coupe de cheveux de viking. On se connaît depuis toujours alors à force d'être les éternels solitaires de notre petit clan, d'être spectateur du bonheur digne d'un téléfilm d'Élise et Arthur, on a essayé...

Depuis cette triste décision et malgré la discussion pendant laquelle on s'est juré que ça ne changerait rien entre nous, un truc foire. Les autres ont mis la mauvaise humeur exacerbée d'Antoine sur le stress du lancement de sa brasserie artisanale, mais je suis persuadée que ce n'est pas le fond du problème.

Encore un secret qui parasite l'équilibre de notre groupe. Encore une connerie dont je suis responsable, même si Antoine était clairement consentant.

– Je n'ai surtout pas besoin qu'on me gueule dessus ! aboyé-je en me levant pour lui faire face.

– Hé oh ! intervient Arthur. Vous allez vous calmer deux secondes ou bien vous préférez régler ça sur le trottoir comme dans un mauvais film ?

Antoine soupire, puis lui adresse un regard brûlant de colère.

– Ce n'est pas le moment de déconner.

– Ce n'est pas non plus le moment de vous écharper. On est amis, je vous rappelle. Tamara est dans la mouise, OK. Elle aurait dû nous en parler, c'est sûr. Mais maintenant, notre job c'est de l'aider à remonter la pente, réplique calmement le compagnon d'Élise.

Celle-ci ajoute aussitôt :

– Et ce n'est surtout pas comme ça que tu vas la persuader de t'accorder une seconde chance, imbécile.

Mon regard s'agrandit sous la stupeur. Ma mâchoire s'ouvre tandis que je dévisage mon amie. Elle ne me laisse pas le temps d'articuler quoi que ce soit et hausse les épaules avant de poursuivre :

– Oui, je suis au courant. Antoine l'a dit à Arthur et je te rappelle qu'on a aucun secret l'un pour l'autre. Et dans un souci d'équité, il a bien fallu en parler à Jérémy. On attendait juste que vous vous décidiez à lâcher le morceau. Mais bon, quitte à vider le sac des non-dits ce soir, autant y aller à fond.

Son sourire triomphant m'achève. Un frémissement de colère me parcourt alors que je plante mon regard dans celui d'Antoine :

– Tu ne pouvais pas la fermer ?

La colère que je m'attendais à encaisser de sa part ne vient pas. Une lueur étrange brille dans ses iris avant qu'il ne détourne la tête et fasse volte-face en grognant :

– Je me casse.

Éberluée par sa réaction, je le regarde s'éloigner. Arthur s'empresse de le suivre et je pousse un râle dépité. Je pensais que ma situation ne pouvait pas s'empirer, j'ai désormais la preuve du contraire. Mes amis, c'est tout ce que j'ai. L'idée d'en perdre un pour une histoire aussi stupide me flanque la nausée.

Élise me ramène sur terre en me donnant un petit coup de coude.

– Il va se calmer.

– Je vais aller filer un coup de main à Arthur, annonce Jérémy avant de partir rejoindre les garçons qui ont disparu à l'extérieur.

Je soupire avant de m'affaler sur un tabouret, puis Élise s'installe en face de moi.

– Il était temps de crever tous les abcès.

– Ou pas, complété-je, avec aigreur. Personne ne souffrait de tout ça avant que j'ouvre ma bouche ou la tienne.

– Et toi, imbécile ? Tu vas me dire que tu le vivais bien, peut-être ? Bon sang, Tamy, on est des adultes, tu n'as pas besoin de nous préserver et de gérer seule toutes tes emmerdes.

– Comme tu dis, ce sont mes emmerdes. C'est normal que je ne veuille pas qu'elles éclaboussent tout le monde.

– Qu'est-ce que tu peux être butée...

– Réaliste.

– Tu ne dois pas être son premier dossier, Amaury a l'air de connaître son travail.

– Ouais, enfin, je pense que c'était la première fois qu'il salissait ses chaussures dans une ferme en débarquant chez moi.

– Oui, bon, c'est un citadin. Tu sais que ce n'est pas une maladie. Oublie tes a priori, sinon tu fonceras dans un mur. Je l'ai trouvé plutôt sympathique et sérieux.

Mes lèvres se tordent tandis que ma conversation nocturne avec Amaury s'impose à mon esprit. Je n'ai pas eu l'impression d'avoir affaire au même mec à ce moment-là. Peut-être parce qu'il n'était pas en face de moi. Ou bien juste parce que j'avais besoin de croire qu'il y avait vraiment quelqu'un prêt à se battre avec moi pour sauver l'exploitation.

Mes doigts tapotent ma bouteille.

C'est la soirée des confidences pourries, alors si je veux l'avis d'Élise, c'est le moment ou jamais de m'épancher. Pourtant, au lieu de vider mon sac, je ne peux pas m'empêcher de me planquer derrière mon amertume habituelle.

– C'est un emmerdeur.

Élise pouffe, puis lâche avec une lassitude exagérée :

– Tu sais, cocotte, ça fait un bail que je sais reconnaître quand tu caches ton intérêt pour un mec.

– T'es dingue.

– Non, je te connais jusqu'au bout des doigts.

– Quand bien même j'admettrais qu'il a une belle gueule, tu l'as dit toi-même : *no zob in job.*

– Tout à fait, mais si tu arrêtes de te comporter comme une ourse incapable d'accepter de l'aide, tu pourras peut-être finir avec une société sauvée et un mec.

Je lève les yeux au ciel.

Son optimisme sans bornes est une vraie malédiction, mais c'est pour ça que je l'aime.

CHAPITRE 14
Amaury

Après plusieurs heures à bosser sur mes autres dossiers, j'observe mon agenda rempli de rendez-vous au tribunal. Il y a des saisons dans la liquidation judiciaire, notamment en fonction du secteur d'activité. L'automne signe généralement le début pour les restaurateurs car la saison estivale est terminée. Les établissements installés dans les zones touristiques font les comptes pour savoir s'ils peuvent passer la basse saison. Une épreuve que certains parviennent à surmonter... ou pas. Et quand la banque refuse d'octroyer un découvert pour cause de cessation de paiements... La fin est inévitable.

Malgré tous mes efforts pour enterrer les paroles de Lucia, cet effarant constat est la goutte d'eau qui fait tout déborder. Mes souvenirs de Pauline remontent à la surface. Ils envahissent mon esprit alors que je fixe mon écran d'ordinateur d'un air hagard. Elle tenait un *coffee shop* à quelques rues d'ici. Elle y proposait également de la petite restauration le midi. C'est là-bas que je l'ai rencontrée. Difficile de résister à son sourire ainsi qu'à sa bonne humeur. Impossible de ne pas craquer face à son sandwich au jambon de parme, roquette, parmesan et tomate séchée.

Ma mère disait toujours qu'il est très simple de séduire un homme : de ses vingt à ses trente ans, c'est par la braguette, au-delà, c'est par son estomac.

Pauline m'a montré à quel point ma mère avait raison et que j'étais plutôt précoce à ce niveau. J'approche à peine de la trentaine. J'ai pris cinq kilos à force de déjeuner chez elle tous les jours en cherchant un prétexte pour l'aborder. À chaque fois qu'elle posait les yeux sur moi, je me retrouvais dans les godasses d'un puceau incapable de faire autre chose que de bégayer.

Peu de gens croient au coup de foudre et j'en faisais partie avant de croiser la route de Pauline. J'en étais encore à chercher comment l'inviter sans passer pour un blaireau quand un dossier au nom de son établissement a atterri sur mon bureau.

Comme un imbécile, j'y ai vu le prétexte parfait. Le destin me filait un coup de main un peu glauque pour entrer dans sa vie. Une aide que je comptais bien mettre à profit en devenant le sauveur de sa boutique.

Un putain de chevalier blanc.

J'y croyais tellement.

Je secoue la tête dans une vaine tentative de chasser les fantômes du passé. J'éteins mon ordinateur avec la ferme intention de rentrer chez moi. Il faut que je me change les idées avant de devenir dingue, sinon Lucia va gagner. La solution n'est donc pas de m'enterrer dans mon appart, à la place je saisis mon portable, trouve le contact que je cherche et lance l'appel en haut-parleur. Les tonalités s'enchaînent tandis que je masse ma nuque pour tenter d'évacuer les tensions accumulées.

– Wesh, gros !

– Sérieux Théo, tu sais qu'on a plus dix-huit piges ?

Mon pote se marre.

– Trente ans c'est pas non plus un âge pour devenir vieux et chiant. Sinon, quoi de neuf ? Ça fait un bail que tu ne donnes pas de nouvelles.

– Boulot, grogné-je.

– Comme d'hab, quoi.

Théo est l'antithèse de ce que je suis. On s'est rencontrés en terminal, classe qu'il redoublait pour la deuxième fois. Un détail sur lequel il ne se formalisait absolument pas. En fait, je crois que Théo ne se formalise jamais de quoi que ce soit. Tout coule sur lui sans l'égratigner, peu importe la gravité des emmerdes.

On se voit quand j'ai le temps, quand j'y pense, même après des mois de silence comme ce soir. Il répond toujours présent, m'écoute me plaindre et me force à lâcher du lest à grands coups de rhum arrangé. Un rituel qui date du lycée.

Théo est mon Lexomil.

– On sort ? lancé-je en déboutonnant mon col.

– Ouais, je suis chaud. Il faut juste que j'arrive à savoir ce que j'ai foutu de mon fute.

Du grand Théo !

Et dire que ce mec gagne deux fois plus que moi quand il a envie de bosser. Car oui, mon pote fait partie de ces génies complètement allumés de la tête qui vivent en marge de la société. On pourrait croire que son double redoublement de sa terminale était le signe de difficultés scolaires, mais pas du tout. Il avait juste décidé que son envie de rester au lycée était plus forte que celle de partir à la découverte de la fac. J'aime à croire que c'est ma détermination et mon ambition dévorante qu'ils l'ont forcé à revoir sa copie. Il n'en est évidemment rien... Théo a finalement décidé de suivre son pote plutôt que de faire une énième année de lycée.

Il a débarqué en fac de science, un peu au hasard, a enchaîné deux licences qu'il a obtenues haut la main pendant que je galérais dans mon cursus de comptabilité. Un laboratoire suédois l'a repéré alors qu'il candidatait à différentes thèses. Le poste qu'ils lui ont proposé aurait enthousiasmé n'importe qui... sauf Théo. La simple idée de quitter sa ville natale lui flanque des sueurs froides. L'argent n'influence jamais ses décisions. Il a donc refusé ce job dont tous les étudiants rêvent, envoyé balader la science pour s'essayer à l'informatique. Sans surprise, il excelle dans ce nouveau domaine.

En ce moment, il bosse pour Samsung et supervise quatre mecs. Un truc qui me perturbe encore à l'heure actuelle. Imaginer Théo en meneur d'hommes, c'est plus qu'improbable.

– Tu sais que la plupart des gens ne perdent pas leur pantalon ?

– Rien à carrer de la plupart des gens, je préfère être exceptionnel.

J'éclate de rire avant d'articuler :

– Je serai là-bas dans un quart d'heure.

– Ça roule.

Il raccroche.

Inutile de préciser l'endroit, notre fief est le même depuis un moment. Je rassemble mes affaires pour les ranger dans ma sacoche. Mes doigts effleurent le dossier de Tamara. Je ne peux pas tout parier sur une négociation directe avec un industriel. Il faut que je trouve autre chose au cas où, un plan B. Pourtant, malgré mes efforts, rien ne vient. Théo m'aidera à y voir plus clair. Si quelqu'un peut pondre une idée aussi géniale que dingue, c'est lui.

Je m'engage enfin dans la rue Gambetta, malgré la brise automnale et repère quelques mètres plus loin, la terrasse de La Cale sèche, une rhumerie dans laquelle nous avons nos habitudes. Je patiente à proximité d'un chauffage d'extérieur et allume une clope sans même vérifier si Théo m'attend à l'intérieur. Je sais bien qu'il n'arrivera pas avant une bonne dizaine de minutes. Enfin, tout dépend de s'il a réussi à retrouver son pantalon...

Les clients sortent et entrent à un rythme régulier. Les effluves de la multitude de bouteilles de rhum arrangé du bar me titillent les narines. Je tire une ultime taffe quand mon pote apparaît. Le poncho à franges multicolores qu'il a sur le dos me fait frémir d'effroi. Où a-t-il déniché une horreur pareille ?

Un sourire moqueur orne ses lèvres tandis qu'il m'adresse son majeur tendu en guise de salut.

– Je savais qu'il te plairait.

– Sérieux, tu vas bosser dans cette tenue ?

Il hausse les épaules alors que mon regard sonde avec dépit ses sandales en corde qu'il a enfilées avec des chaussettes de sport.

– Ma proposition de relooking tient toujours, enchaîné-je.

Il chasse mes paroles d'un geste de la main digne d'un baron du temps jadis.

– Jamais de la vie. Bon, on va boire un coup ?

J'ouvre la porte en guise de réponse et Théo m'emboîte le pas. Nous nous installons au comptoir après avoir salué Patrick le patron des lieux, fidèle au poste derrière son comptoir. On commande un assortiment de shooters composés des différentes saveurs disponibles. Autrement dit, vingt verres chacun, de quoi bien commencer la soirée.

– Alors, qu'est-ce que tu racontes ? L'autre emmerdeuse te fait encore des misères ? entame Théo avant de boire cul sec son rhum kiwi.

Je hausse à mon tour les épaules.

– Lucia se comporte comme... Lucia. Je crois que mon père la saute.

– Ah ouais ? Il te l'a dit ?

– Non, c'est juste une impression.

– Elle n'a pas eu le fils, il fallait bien qu'elle se rattrape.

– Ouais... Sauf que si mon paternel pouvait réfléchir autrement qu'avec sa queue, ça m'arrangerait.

– Euh, c'est l'hôpital qui se fout de la charité, non ? Ton père n'est pas con.

– Si tu le dis, maugréé-je en avalant mon shooter rhum cannelle. Changeons de sujet, j'ai voulu sortir pour oublier cette harpie. Toi, quoi de neuf ? Tout va bien chez Samsung ?

– J'ai démissionné il y a une dizaine de jours, balance-t-il avec nonchalance.

Rien d'inattendu de sa part, cependant je ne peux m'empêcher de soupirer.

– Je te demande pourquoi ou bien c'est comme d'habitude ?

– Comme d'hab, c'était devenu trop chiant.

Du Théo tout craché, il s'emmerde donc il s'en va. Quand quelque chose ne le stimule plus, la sentence est sans appel.

– C'est quoi maintenant le programme ? Vacances ? Nouveau poste en vue ?

Peut-être que son poncho à la con est le signe imminent d'un road trip péruvien à dos de lama. C'est la seule raison pour laquelle je lui pardonnerai de porter ce truc.

– Ouais, j'ai trouvé un truc.

– Eh bah raconte, pourquoi tu fais autant de manières ? répliqué-je, surpris.

Habituellement, lorsqu'il a un nouveau boulot dans le collimateur, Théo est intarissable sur le sujet. La nouveauté le galvanise.

– J'ai eu un entretien à la charcuterie alsacienne à côté du marché Victor Hugo.

Je manque de m'étouffer avec mon rhum banane. Je tousse, puis articule en déglutissant :

– Hein ?

Même pour lui, c'est un choix totalement improbable.

– C'est un poisson d'avril en retard ? demandé-je en arquant un sourcil.

Théo secoue la tête, l'air très sérieux.

– Non, gros, c'est pas une blague.

– Tu vas devenir charcutier ?

– Techniquement, vendeur.

– Tu quittes Samsung pour une charcuterie, résumé-je en espérant que ça me permette d'encaisser la nouvelle.

– Va falloir t'en remettre, Amaury.

– Non, mais ça va. C'est juste un poil inattendu.

– Eh bah justement, c'est le but. J'ai fait le tour des boulots qui correspondent à mon CV et je m'y fais terriblement chier. Alors, pourquoi ne pas m'essayer à un domaine pour lequel je n'ai a priori aucune qualité ? Je me dis que c'est peut-être la solution.

Voilà, un raisonnement cent pour cent Théo, hyper con de prime abord mais digne du Dalaï-Lama quand on prend la peine d'y réfléchir.

– Ouais c'est bon, fais comme si je n'avais rien dit, lâché-je vaincu par son argumentaire.

Il m'adresse un clin d'œil, puis tend son verre pour trinquer :

– À une nouvelle carrière !

– Tu sais qu'on a déjà trinqué des dizaines de fois à ça ?

– Et alors ? Il faut bien que je compense, vu que tu préfères te fossiliser dans ton job.

– Je t'emmerde, répliqué-je du tac au tac sans perdre mon sourire.

– Je sais que t'aimes ça.

On vide nos verres en même temps et j'essuie mes lèvres du revers de la main. J'interpelle Patrick pour commander une planche de charcuterie afin d'éponger l'alcool.

Mon shooter de rhum vanille entre les doigts, je décide d'aborder le sujet qui me préoccupe le plus.

– Il faut que je te parle d'un truc. J'ai un dossier… un peu compliqué…

– Du genre ?

– Un redressement.

Une lueur de compréhension passe dans les iris chocolat de Théo.

– Oh... souffle-t-il.

– Ouais, comme tu dis.

– Allez, raconte.

Je m'attelle à lui brosser un résumé de la situation de Tamara. À la fin de mes explications, mon ami hoche la tête, le regard perdu dans les vagues, signe que les rouages de son esprit s'activent pour trouver quelque chose à dire.

CHAPITRE 15
Tamara

Reprenant son attitude d'institutrice capable de dompter n'importe quel gamin récalcitrant, Élise ne lâche pas l'affaire.

– Il va quand même falloir y mettre un peu du tien, jeune fille, rétorque mon amie d'un ton exagérément sérieux. Ce pauvre Amaury ne va pas pouvoir sauver ta ferme sans ta coopération.

– J'essaie.

– Menteuse.

J'hésite encore à lui balancer la contrepartie qu'a proposée Amaury en cas d'échec de mon dossier.

– Allez, dis-moi ce qui te trotte dans la tête.

– Parfois, je me demande si tu n'es pas voyante.

Un sourire fier éclôt sur ses lèvres.

– Je te connais par cœur Pechnot, pas besoin de pouvoirs magiques.

– Ça n'empêche que tu peux être diabolique, bougonné-je en me pinçant les lèvres. Je l'ai appelé le soir de sa première visite. J'étais ronde comme une queue de pelle.

Le visage d'Élise se fige sous la surprise et l'effarement mais je ne laisse pas ce détail m'arrêter.

– Je l'ai traité de connard avant de me mettre à chialer.

– Noooon, lâche-t-elle complètement sous le choc.

– Eh si…

– Et il a quand même accepté de continuer à s'occuper de ton dossier ? Ma parole, c'est un saint, ce mec ou un adepte du masochisme.

– Peut-être, d'autant plus que ça ne s'arrête pas là.

Élise me regarde comme si j'allais lui annoncer le potin de l'année.

– Il m'a promis son appartement et ses chemises en cas d'échec du redressement, lâché-je dans un souffle.

Mon amie reste bouche bée avant d'éclater de rire. Elle se tape la cuisse en tentant de calmer son hilarité sans succès. Quelques larmes roulent sur ses joues tandis qu'elle articule :

– Sans déconner, il n'y a que toi pour réussir un truc pareil.

– Je suis sûre qu'il a dit ça comme ça… Ou bien son humanité ne se manifeste qu'au milieu de la nuit ou il s'agit d'un gremlins inversé qui devient gentil seulement après minuit. Je te jure qu'au téléphone, il avait l'air… presque bienveillant. Rien à voir avec le blaireau glacial que tu as croisé tout à l'heure.

– Peut-être qu'il est un peu plus difficile à cerner que les types que tu fréquentes d'habitude. À moins que ce ne soit ta vie d'ermite qui est endommagée ta capacité d'analyse de la gent masculine. D'ailleurs, si tu crois que je ne vais pas remettre le sujet d'Antoine sur le tapis, tu te plantes.

Aïe.

J'ignore ce qui me fatigue le plus : parler de cette histoire de sexe qui n'aurait pas dû avoir de conséquences ou d'Amaury.

– Mais pour en revenir à ton mandataire, reprend Élise en posant les mains sur la table. Il a certainement juste voulu te rassurer en te proposant ce deal tordu.

– Ce n'est pas si tordu, ça prouve qu'il se battra pour mon dossier.

– C'est délirant, Tamy. Il a le droit d'échouer, même si je ne le souhaite pas.

– Un accord est un accord, grogné-je. Si c'est un homme dont la parole ne vaut rien, je doute qu'il soit capable de me défendre.

– Il est mandataire judiciaire, pas avocat pénaliste.

– Et alors ? Il a ma vie entre les mains.

– Ton job, ton héritage, mais pas ta vie. Et dans des conditions merdiques à affronter, car la crise économique n'épargne personne.

– Oh pitié, pas ça, râlé-je en sentant le pamphlet politique approcher.

– Quoi ? s'offusque mon amie. Tamy, je t'aime, mais ton secteur d'activité est en souffrance. On ne compte plus les bons professionnels qui finissent par mettre la clé sous la porte.

Je frissonne incapable de rester de marbre face à cette vérité que je côtoie au quotidien.

Élise recouvre ma main de la sienne.

– Si quelqu'un peut s'en sortir, c'est toi, souffle-t-elle en plantant ses yeux dans les miens. Et tu n'as qu'à lui demander de rédiger un accord signé si ça peut te rassurer.

Pourquoi je n'y ai pas pensé avant ?

– Tamara, je plaisantais, s'empresse d'ajouter Élise.

– Pourquoi ? C'est génial comme idée.

– J'aurais dû me taire... Il y a une chance que tu oublies ?

Je secoue la tête et elle soupire en lâchant ma main.

– Je vais avoir besoin d'une autre bière, déclare-t-elle, vaincue.

– Bonne idée, confirmé-je en fixant la porte. Ils en mettent du temps.

– Laisse-les discuter.

– C'est moi qui devrais être en train de lui parler, lâché-je brutalement.

– Tu crois que vous êtes capables de faire ça sans vous hurler dessus ?

– Il va bien finir par comprendre que c'était une connerie sans conséquence.

Élise fronce le nez, un signe manifeste de son désaccord.

– Tu devrais commencer par ne plus qualifier ça de « connerie ».

Je me renfrogne aussitôt.

– C'est pourtant ce que c'était : on avait picolé.

– Je sais.

– C'était rien, putain ! Pourquoi il en fait tout un plat ?

Je n'attends pas vraiment de réponse, pourtant mon amie réplique :

– Tu n'as vraiment pas une idée, tu as l'empathie d'un caillou ou quoi ?

Je perçois le message sous-jacent et attaque aussitôt :

– T'es au courant de quoi au juste ? Tu as dit qu'il voulait une deuxième chance, pourquoi ?

– Ce n'est pas à moi de t'expliquer, mais réfléchis une seconde.

– Euh, c'est toi qui voulais une soirée révélations !

– Oui, mais là c'est différent.

– C'est toujours différent quand ça t'arrange, grogné-je en quittant mon tabouret.

– Où tu vas ?

– Poser la question à Antoine, vu que tu ne veux pas me répondre.

– Tamy, ne fais pas ça, c'est une idée de merde.

– Sans doute, lancé-je en tournant la tête. Mais tu avais raison, mieux vaut crever l'abcès.

Je me dirige vers la sortie sans ajouter un mot de plus. L'avantage des petits villages, c'est que hors fête du village ou autre événement notable, la place est plutôt déserte à la nuit tombée. Je n'ai donc aucun mal à localiser les garçons, en pleine discussion près de la voiture d'Antoine. Je trotte jusqu'à eux pour lancer à ce dernier :

– Toi et moi, il faut qu'on parle.

Le silence s'installe aussitôt. Jérémy et Arthur ouvrent la bouche, pour finalement opiner du chef avant de retourner dans le bar.

Antoine reste muet malgré le départ de nos amis. À la place, les bras croisés sur sa poitrine, il me dévisage d'un air glacial.

– C'est quoi ces conneries de deuxième chance ? grogné-je sans préambule.

– Élise exagère.

– Alors c'est quoi ton problème ? On s'est juré que ça ne changerait rien, mais depuis tu fais la gueule en permanence. Tu as une idée du courage qu'il m'a fallu pour vous raconter mes emmerdes ? Je m'attendais à autre chose qu'à un coup de gueule de ta part.

– Désolé de ne pas déborder de compréhension hypocrite comme les autres. Tu as déconné, Tamy. Il faut que tu l'assumes si tu veux te sortir de ce bordel.

J'inspire, cherchant à me calmer. Personne n'aime qu'on le mette face à ses erreurs. Ceux qui disent le contraire mentent, ou bien n'ont jamais commis d'erreurs de leur vie. Ce qui n'existe pas !

– Je vais passer outre le fait que tu traites nos amis d'hypocrites. Je te laisse une chance d'exprimer ce que tu as à me dire, une seule. Après ça, je te rangerai dans la case « connard ».

Mon avertissement lui glisse dessus, à juger par son sourire narquois.

– Rien, il n'y a strictement rien, affirme-t-il avec obstination. Le peu de choses qu'il pouvait y avoir a disparu ce soir. Ne t'en fais pas.

Il me ment et je le sais. Même si je meurs d'envie de lui aboyer dessus toutes les horreurs du monde, Antoine est mon ami. C'est un des piliers de ma vie. Le seul dans notre groupe à s'être lancé en tant qu'indépendant. Celui avec qui j'ai pu partager mes galères et mes craintes lors de ma reprise de la ferme. Celui que j'ai épaulé lorsqu'il a décidé de ne pas reprendre l'exploitation céréalière de ses parents pour ouvrir la brasserie artisanale qui le faisait rêver.

Même si j'aime Arthur et Jérémy de tout mon cœur, Antoine est celui avec lequel j'ai le plus de points communs. Nous avions une belle complicité avant cette stupide idée de vouloir être autre chose que des amis. Mes ennuis pros m'ont empêchée de trop penser à tout ça. C'était un des rares bénéfices de ma situation financière catastrophique.

Je me suis totalement plantée. J'ai laissé Antoine de côté plutôt que d'affronter la situation. Notre amitié s'est dégradée sans que je m'en aperçoive. Si je suis honnête, je suis autant fautive que lui. Depuis notre erreur, j'ai cessé de l'appeler, me contentant de le voir lors de soirées entre amis alors qu'Antoine habite à seulement quelques kilomètres de chez moi. Avant, j'avais l'habitude d'y traîner régulièrement le temps d'un café ou pour demander à son père de me prêter du matos.

J'ai bien merdé.

Maintenant il faut que j'assume, jouer l'autruche n'est plus possible, que ce soit en amitié comme au boulot. Je me suis toujours targuée d'avoir les épaules assez solides pour tout supporter. Dernièrement, j'ai compris à quel point je me mentais à moi-même. Je ne pourrais pas tout gérer seule, j'ai besoin de mes proches.

Je suis prise d'un tremblement incontrôlable dans ma jambe gauche. Je sens les larmes me monter aux yeux. J'ancre mon regard dans celui d'Antoine en consacrant mes dernières forces à ne pas éclater en sanglots comme une enfant.

Je sais pourquoi je l'évitais et pourquoi j'ai couché avec lui ce soir-là. Mais je sais surtout ce qu'Élise a voulu dire tout à l'heure. Je crois que je l'ai toujours plus ou moins su. Au lieu de l'affronter, j'ai fermé les yeux car j'ai toujours ignoré comment gérer cette situation sans blesser mon ami. Antoine méritait mieux que ça. Ses sentiments méritaient d'être pris en compte, même s'ils me terrorisent.

– Je t'aime, tu sais, murmuré-je.

La lueur d'espoir dans ses yeux me tord les entrailles. Je ne dois pas craquer, mais être franche avec lui. Alors qu'il entrouvre les lèvres pour répondre, je m'empresse de l'en empêcher en ajoutant :

– Pas comme ça. J'aurais aimé, vraiment, ma vie aurait été plus simple.

Je déglutis pour lutter contre le tremblement dans ma voix. Je guette la moindre réaction d'Antoine, car je n'ai aucune idée de comment il va digérer ça.

Il ne bouge pas d'un cil. Je ravale mon envie de le secouer jusqu'à ce qu'il parle. Heureusement pour lui, il s'exécute avant que je ne passe à l'acte.

– Alors, c'était quoi cette nuit-là ?

Je manque de lui répéter « rien », mais je ne suis pas cruelle à ce point. Antoine a besoin que je sois honnête.

– Je n'ai pas de réponses que tu as envie d'entendre.

– Depuis quand tu t'inquiètes de ce genre détail ?

– Depuis que j'ai l'impression de t'avoir fait du mal, imbécile, un truc que je voulais pourtant éviter.

– Je peux encaisser, assure-t-il.

Je me pince l'arête du nez, exaspérée par son attitude.

Pourquoi ne voit-il pas que j'essaie de le préserver ?

– Je n'avais pas envie de rester seule ce soir-là.

– C'est tout ?

Enfoiré, il sait parfaitement que ça va au-delà de ça.

– J'en avais envie, OK ? T'es content ? Je me suis dit qu'on était peut-être passé à côté de quelque chose toi et moi. Qu'on pouvait être comme Élise et Arthur mais c'était très con !

À chacun de mes mots, je baisse les yeux, jusqu'à observer la pointe de mes chaussures. Incapable d'affronter Antoine plus longtemps, je tressaille lorsqu'un de ses doigts effleure ma joue pour cueillir une larme vicelarde qui s'est échappée. Je relève aussitôt la tête.

– Et le verdict est définitivement non ? m'interroge-t-il avec douceur.

– Je suis désolée, Antoine, articulé-je tant bien que mal.

– Pas autant que moi.

Il n'y a plus la moindre animosité dans sa voix, seulement une profonde tristesse qui me transperce de part en part. Je crois que je n'ai jamais autant souhaité aimer quelqu'un qu'Antoine. Mon incapacité à le considérer autrement qu'en ami me donne envie de hurler et l'idée de le perdre me fend le cœur.

Je me mords la lèvre inférieure en sentant un sanglot me brûler la gorge.

Encore un peu de courage, Tamy. Tu ne dois pas pleurer. Hors de questions. C'est toi qui ne l'aimes pas comme lui dans cette histoire. Il ne va pas en plus te consoler, déconne pas !

Trop tard, les vannes explosent. Je hoquette contre la poitrine d'Antoine tandis qu'il referme ses bras autour de moi. Je pensais ne plus avoir la moindre larme en stock, visiblement, je me suis plantée. Au lieu de me repousser, mon ami gère ma crise avec une patience qui ne lui ressemble pas.

Après de longues minutes à pleurer comme un veau, je parviens à me calmer, et Antoine esquisse un sourire timide. Je secoue la tête en reculant et m'excuse à nouveau :

– Je crois que je deviens folle, désolée.

– Tu l'as toujours été, réplique-t-il.

– Pas faux, soupiré-je en essayant de retrouver un peu une contenance. Viens, on retourne à l'intérieur et on oublie tout ça ?

Mon espoir s'évapore quand son sourire disparaît.

– Laisse-moi un peu de temps, OK ? propose-t-il en jouant avec ses clés de voiture.

Je n'en ai pas la moindre envie, mais je n'ai pas le choix.

– OK, lâché-je à contrecœur. On s'appelle ?

– Je passerai quand j'aurai le temps.

Autrement dit, n'appelle pas, reste à distance, monstre sans cœur.

Je déglutis, puis hoche la tête. Il ouvre sa portière et s'installe. J'ai la ridicule impression que je ne le reverrai jamais. Avant qu'il ne la referme, je ne peux m'empêcher d'ajouter :

– Tu es toujours mon meilleur ami.

– Je sais, souffle-t-il.

Pas de « moi aussi ». Alors que j'ai horreur des fausses promesses, pour une fois, j'aurais aimé en entendre une.

Après son départ la soirée n'a plus la même saveur, même si les autres s'efforcent de me faire penser à autre chose. Arthur va même jusqu'à me laisser gagner au billard, un truc qu'il ne fait qu'en cas d'extrêmes urgences. Ma victoire usurpée a un goût de plâtre. Dépitée, je passe ma queue à Jérémy pour qu'il affronte notre champion et retrouve Élise à table.

– Tu veux en parler ? entame ma meilleure amie.

– À ton avis ?

– Non, mais tu as l'air d'en avoir besoin. Tu fais la gueule depuis qu'Antoine est parti.

– Tu n'aurais jamais dû foutre ce sujet sur le tapis. On s'en sortait très bien jusque-là.

– À d'autres ! Vous vous adressez à peine la parole depuis des mois.

– Il aurait fini par comprendre…

– Ou pas. Tamy, il te regarde avec des grands yeux de crapauds morts d'amour depuis la cinquième. Tu aurais dû te douter que l'inviter dans ton lit foutrait le bordel.

Les reproches d'Élise sont toujours faits avec amour, cependant ils n'en restent pas moins des reproches. J'encaisse tant bien que mal, car tout ce qu'elle dit est malheureusement fondé. Une part de moi le savait, mais le problème c'est qu'une autre faisait tout pour le nier, or je suis hyper douée pour faire l'autruche, ce n'est plus à prouver.

– C'était une belle connerie, soufflé-je.

– Voilà un point sur lequel nous sommes d'accord. Maintenant, laisse-lui un peu de temps et ça devrait revenir comme avant. Il avait besoin d'un électrochoc pour passer à autre chose et toi, de ton côté, tu as des urgences à gérer.

Pas sûr que remettre sur le tapis le sujet d'Amaury, soit une bonne idée pour me dérider.

– Tu as quand même de la chance dans ton malheur, tu n'as pas écopé d'un mandataire de soixante ans sans cheveux. Il est plutôt charmant ton blaireau.

– Comme tous les blaireaux, soupiré-je.

– Tamy, je te jure que je t'aime, mais pour une fois dans ta vie, il va falloir que tu laisses tomber le déguisement de la nana aigrie et bourrue. Tu as besoin d'aide et il peut t'en apporter, alors fais un peu profil bas.

– Négocier avec les industriels, c'est voué à l'échec.

– Bon sang, mais qu'est-ce que tu en sais ? Essaie avant de t'avouer vaincue ! Ta ferme le mérite, non ?

Je pince les lèvres. Élise attend une réponse que je refuse de lui fournir. Je l'adore, sauf qu'elle n'a aucune idée de ce que je traverse.

– Allez, Tamy, m'encourage-t-elle avec douceur.

– Je suis crevée, je vais rentrer, répliqué-je en quittant mon tabouret.

Élise souffle, exaspérée.

– Tu es pire que mes élèves.

– Je vais prendre ça comme un compliment. Écoute, je sais tout ça. J'entends ce que tu me dis, mais moi aussi j'ai besoin d'un peu de temps...

Même si le mien est compté.

Après avoir salué mes amis, je rentre chez moi retrouver le mâle de ma vie qui m'accueille avec son enthousiasme brutal habituel. J'abandonne mon sac à main dans l'entrée, m'empare d'une veste et de mon paquet de clopes d'urgence, puis sors faire un tour avec Tantor. Il caracole devant moi, ravi de se défouler. Nous longeons la pâture des filles pour leur souhaiter bonne nuit. Je tire sur ma cigarette en tentant de mettre de l'ordre dans mes pensées.

Il y a un point que je peux accorder à Élise : la priorité reste ma ferme. Antoine devra panser ses blessures tout seul.

Même si je frémis d'angoisse à l'idée de me retrouver à négocier avec un directeur de supermarché, il va falloir que je le fasse. Le taux de réussite est vraiment faible, mais ensuite, Amaury sera obligé de trouver une autre solution pour me sortir de cette galère.

J'avance sur le chemin menant à la ferme lorsque mon regard se pose sur la boîte aux lettres. C'est dingue à quel point un objet insignifiant peut devenir terrifiant. Je palpe la poche de ma veste, la clé s'y trouve comme je le pensais. Animée par un élan de courage puant le désespoir, je parcours la distance qui m'en sépare, puis l'ouvre. Je passe en revue les enveloppes, la dernière m'arrache un gémissement. Le symbole du Trésor public me provoque des frissons.

Il faudrait que je l'ouvre, cependant, je décide de m'épargner cette torture pour ce soir. Le courrier attendra demain, ou mieux, une visite d'Amaury. Car, après tout, mon cher mandataire a bien précisé que je n'avais plus le moindre pouvoir sur ma propre société. Donc, techniquement, cette lettre est pour lui.

Tantor et moi rentrons à la maison. J'abandonne l'enveloppe sur le buffet de l'entrée. Après un dernier coup d'œil à mon portable pour m'assurer que je n'ai pas manqué d'appel, je décide d'aller me coucher. Retrouver mon pyjama et le confort de mon lit m'arrache un gémissement de satisfaction. Je ne tarde pas à sombrer dans un rêve chaotique peuplé de pièces d'or et de bières.

CHAPITRE 16
Amaury

J'ai le temps de m'enfiler trois *shooters* supplémentaires avant que Théo se décide à parler. L'alcool embrase mes sens, il enveloppe mon cerveau d'un coton moelleux qui apaise toutes mes inquiétudes. Pourtant, quand mon ami révèle son idée, je ne suis clairement pas assez saoul pour la prendre au sérieux.

– Elle peut utiliser les réseaux sociaux pour se faire connaître.

Ce n'est pas une blague, si j'en crois sa mine satisfaite de faux prophète venant d'énoncer le présage qui sauvera le monde.

– Tu me déçois, lancé-je. C'est nulle comme idée, un énième producteur qui chouine sur les réseaux, ça ne rapportera pas un centime.

Théo secoue la tête, avale son rhum framboise, puis lâche :

– Tu as vraiment une approche d'abruti. Déjà, ce n'est pas un vieux bourru, mais si j'en crois tes dires, une jeune emmerdeuse à grande gueule. Ça change de l'image que donnent les médias du monde agricole. Même si ces dernières années de plus en plus de jeunes s'intéressent à ce métier, et que les agriculteurs sont devenus le parti rêvé de certaines citadines célibataires à la recherche du bonheur dans le pré, on ne voit que très peu de femmes à la tête d'une exploitation agricole.

– Depuis quand tu t'intéresses à ça ?

– Quand je te dis que je m'emmerde au boulot, ce n'est pas une blague. Sans compter que c'est un des nombreux domaines pour lequel notre cher gouvernement fait preuve d'une hypocrisie particulièrement élevée. On est soi-disant un pays de terroirs, fier de sa terre, de ces hommes qui la cultivent. On se rêve en nation indépendante, capable de nourrir ses habitants, sauf que la majorité des Français ne peuvent pas se nourrir avec du *made in* France. On veut que les agriculteurs se mettent au bio, pour ne plus souiller notre chère terre maltraitée, mais le cahier des charges pour obtenir le label est un véritable parcours du combattant. Tu veux que je te dise, même si on m'offrait une ferme sur un plateau d'argent, je n'en voudrais pas. Trop d'emmerdes, trop de sacrifices et une reconnaissance plus basse que celle que reçoit un chien pour faire ce job. Il faut être un putain de passionné.

Théo vient encore de frapper avec une de ses grandes tirades qui me donne l'impression d'être un imbécile ou un connard sans cœur. Il a raison sur toute la ligne, comme toujours. Je noie mon dépit face à ce constat glaçant à grands coups de rhum vanille.

– Bref, je m'égare, reprend mon pote. Ta cliente a l'air d'avoir le profil pour présenter une autre facette de l'agriculteur en détresse, joue là-dessus. Tu m'as dit qu'elle aimait ses vaches, qu'elle leur a même filé des prénoms à la con, c'est de l'or en barre ce truc. Un compte Instagram bien foutu, ça lui apportera une belle visibilité, plutôt que perdre ton temps avec des industriels qui finiront par la lui faire à l'envers. J'imagine bien un système de parrainage. Imagine un peu le truc : Dalida, belle génisse de trois ans, aimant les blagues nulles, cherche une marraine sympathique pour se marrer avec elle. Bon, peut-être revoir la formulation, parce que ça risque de rameuter tous les pervers de la création, il faut un peu affiner. Mais je suis sûr qu'une flopée de citadins serait ravie d'adopter une vache, de pouvoir la traire et récupérer son lait. Tu calcules le coût d'entretien mensuel de chaque bête pour que le parrainage le couvre et c'est réglé. Personne ne viendra traire sa vache deux fois par jour, ta cliente pourra profiter du lait restant et toutes ses charges seront couvertes.

Je vais avoir besoin d'une bouteille entière. C'est le plan de redressement le plus délirant que j'ai jamais entendu. Le pire c'est que si ça marche, Tamara n'aurait plus le moindre problème de rentabilité. Les chances de réussite sont totalement aléatoires, mais après tout, pourquoi pas ? Elle ne risque rien à essayer. Il n'y a aucun investissement à faire, pas de banque, rien...

Seul problème, c'est que si j'inscris un truc pareil dans son dossier, je vais passer pour un dingue.

C'est à mon tour de me perdre dans mes pensées. Il me faut toujours quelques minutes pour accepter une idée de Théo et tenter de la traduire d'une façon réalisable pour le commun des mortels comme moi.

– Je vais quand même tenter le coup avec les industriels, lâché-je incapable d'amorcer le plan de mon ami sans avoir essayé une solution plus traditionnelle.

– T'es vraiment chiant. Tu crois qu'un patron de grande surface va te faire un cadeau alors qu'il peut se fournir à moindre coût ailleurs ?

– Il y a de plus en plus d'enseignes qui cherchent à proposer des produits locaux, contré-je sans hésiter.

– Ouais, tu as déjà discuté avec un agriculteur qui bossait en direct avec un hyper ?

– Non...

– J'en étais sûr. Eh bah, figure-toi que c'est loin d'être tout rose. Une fois, j'étais sur un marché et j'ai rencontré un producteur d'endives super cool. J'étais en vacances dans le coin, alors j'ai accepté sa proposition de visiter son exploitation et de lui filer un petit coup de main. Le mec te sortait des légumes, mon pote, je te jure que je n'en avais jamais vu des comme ça.

Il illustre la taille monstrueuse d'une endive imaginaire. Sentant qu'il attend une réaction de ma part, j'esquisse une grimace impressionnée, sauf que j'ai surtout envie de savoir où il va en venir.

– Ouais, une dinguerie. Ce mec produit des légumes magnifiques, genre incroyables. Un hyper, pas très loin, lui achète toute sa production. Tu vas me dire top ! Sur le papier, je suis d'accord, sauf que dans les faits, c'est de la merde pour deux raisons. Premièrement, le supermarché ne prend que des légumes calibrés. Les endives sont donc effeuillées pour atteindre un poids demandé, ça revient à jeter un tiers du poids de chacune, comme ça, poubelle. Alors que c'est parfaitement consommable. Deuxième point, je vais te le mettre dans les dents alors que tu devrais y avoir pensé : avec un seul client, elle devient hyper dépendante ta miss agriculture. Conclusion, rien ne dit qu'elle ne se retrouvera pas à nouveau dans la merde quand il faudra renégocier le contrat, si toutefois tu y arrives à en signer un.

Son deuxième argument m'agace, car c'est quelque chose auquel j'ai déjà réfléchi.

– Il y a eu la campagne des légumes moches, rappelé-je à Théo pour essayer de démonter une partie de sa plaidoirie improvisée.

– Il y a eu, comme tu dis, c'est du passé... Depuis combien de temps tu n'as pas croisé un légume un peu cabossé dans les rayons ? Le légume moche, c'était à la mode quand toutes les rock stars de la cuisine tournaient en boucle à la télé.

– Alors le problème c'est le consommateur, pas forcément le distributeur.

– Si tu veux qu'on se lance dans l'analyse de la nature humaine ou dans la dissection du consumérisme, il va falloir qu'on reprenne à boire, balance-t-il d'un air dépité.

– Non, ça va aller, il faut que je cogite. Revenons plutôt sur ta décision de devenir vendeur dans une charcuterie. Ça paie ?

Il lève les yeux au ciel.

– On s'en branle, ce n'est qu'un détail.

– Question de point de vue...

– Arrête, je suis proprio de mon appart, de ma bagnole et de mon poncho. Qu'est-ce qu'il me faut de plus, hein ? Qu'est-ce que tu cherches avec autant d'obstination ? Je suis sûr que tu as bien plus que nécessaire sur ton compte. J'ai jamais compris pourquoi tu t'accroches autant au pognon. On dirait ma grand-mère qui ne pouvait pas s'empêcher de stocker assez de bouffe pour tenir un siège. Mais elle, elle avait l'excuse d'avoir grandi pendant la guerre.

– Eh oh, ça va ! Tu comptes me tailler un costard de connard superficiel encore longtemps ?

– C'est mon job, gros, et faut avouer que tu adores jouer le connard en costard.

– L'appart, la bagnole, je valide, mais pas le poncho, répliqué-je pour détendre un peu l'atmosphère et surtout occulter sa remarque que je ne veux pas affronter.

J'écope d'un nouveau doigt d'honneur comme réponse.

– Quand tu seras venu bouffer une choucroute à la maison, tu comprendras pourquoi je suis content d'aller taffer dans une charcuterie alsacienne.

Je me marre, car il est tout à fait sérieux. On se reprend une tournée, qui m'obligera à rentrer à pied ou avec un Uber, mais je m'en fous.

Nos discussions s'enchaînent, sans prises de tête. Ça me fait un bien fou, mais je ne peux pas m'empêcher de penser au dossier Pechnot et à l'idée de Théo. Malgré mes réticences, une partie de mon esprit commence à assembler un plan d'action pour mettre en marche ce projet de parrainage.

L'heure de la fermeture de La Cale sèche sonne, nous nous dirigeons d'un pas mal assuré vers la sortie.

Théo rentre chez lui après m'avoir fait jurer de l'appeler un peu plus souvent. J'attends mon Uber, adossé à un mur en fumant une clope. Mon téléphone à la main, je passe rapidement en revue la liste d'appels en absence, pour m'assurer que je n'ai rien raté.

Rien.

Tamara est avec son amie, pourquoi elle m'appellerait en pleurant ?

Je tire sur ma cigarette tandis que l'excès d'alcool me réchauffe les veines. J'essaie d'imaginer sa tête si je lui exposais le plan de Théo. Elle me prendrait pour le dernier des branquignoles.

Je réalise que j'ai oublié d'évoquer avec mon ami l'accord que j'ai passé avec Tamara. J'aurais pourtant été curieux de découvrir sa réaction.

Tant pis... Ça animera notre prochaine soirée.

Mon chauffeur arrive enfin et je me vautre avec délectation sur la banquette de sa berline.

J'ai presque commencé ma nuit dans la voiture, alors quand je m'étale sur mon lit, le sommeil ne se fait pas attendre.

✦ ✦ ✦

Je suis accueilli par le sourire radieux de Murielle, notre secrétaire. À mon grand plaisir, Lucia n'est pas en vue, m'offrant ainsi quelques instants de sérénité pour démarrer la journée. Je m'installe à mon bureau, ouvre mon agenda en grimaçant lorsqu'un relent de rhum me brûle la gorge.

Toute mon après-midi est bloqué au tribunal pour assister au jugement définitif des liquidations que j'ai eues en charge dernièrement. Même si je fais au mieux pour m'occuper du dossier Pechnot, je ne pourrai pas m'y consacrer aujourd'hui à moins de me jeter à corps perdu dans le boulot dès maintenant.

Je ne m'offre même pas le luxe de mon habituel café dans la salle de repos. J'enchaîne la paperasse sans sourciller malgré ma fatigue. C'est un des avantages d'un métier répétitif qui ne sollicite pas tous mes neurones, tant mes tâches sont devenues des réflexes. Je pourrais le faire les yeux fermés.

Lorsque j'émerge de mon brouillard pro frénétique, la matinée est déjà bien entamée. Il me reste moins d'une heure pour m'occuper de l'affaire de Tamara, et encore en rognant sur ma pause déjeuner. Mon estomac n'apprécie pas que je prenne ce genre de liberté, toutefois il devra s'y faire. Je commence donc à lister les supermarchés présents dans un périmètre de cent kilomètres autour de la ferme. La bonne nouvelle, c'est que toutes les grosses enseignes de la grande distribution sont présentes. La moins bonne, c'est que Tamara ne produit pas assez de lait pour que j'entame des négociations avec un responsable régional, or négocier avec l'un d'entre eux m'aurait évité de me transformer en démarcheur téléphonique. Je dois donc contacter directement les directeurs de magasins...

Une fois ma liste établie, je compose le premier numéro, même si au vu de l'heure, tout le monde doit être en pause. L'entrée de mon père dans mon bureau me coupe dans mon élan.

– Je t'invite à déjeuner.

Pas de bonjour. Il ne fait même pas semblant de me demander mon avis. Des détails sur lesquels je ne me formalise plus depuis longtemps. En revanche, la gorgone à ses côtés me hérisse. Lucia me sert un de ses sourires habituels que j'ignore royalement.

– Je n'ai pas le temps, objecté-je en reportant mon attention sur mon écran d'ordinateur.

– Ne m'oblige pas à convoquer une réunion des associés alors que nous pouvons régler ça autour d'un bon repas.

Je tique à la mention des associés. Même si mon nom de famille est bel et bien sur la plaque à l'entrée, ce n'est valable que pour Olivier Mabeck, mon paternel. Il a estimé que je devais gagner ma place. Une chose que je ne peux pas lui reprocher. Quant aux autres collaborateurs… C'est simple, aucun d'eux ne travaille encore entre ces murs. Ils ont conservé des parts dans la société, mais coulent tous une retraite paisible. Seul mon père tient encore la barre.

Je devrais me réjouir à l'idée que devenir un associé revienne enfin sur le tapis. Toutefois, la présence de Lucia me fait grincer des dents. Ce genre de décision ne la concerne pas, à moins qu'elle ne soit également sur les rangs. Une hérésie car même si mon père l'adore, elle n'est là que depuis quelques mois, merde !

– Je vais me libérer.

Un sourire satisfait étire les lèvres de mon paternel. Il savoure toujours une victoire.

Sans surprise, une réservation nous attend au Florida, une brasserie de la place du Capitole dans laquelle mon père à ses habitudes depuis la nuit des temps. Nous nous installons à l'étage, dans un coin plutôt calme.

Mon père commande une bouteille de Sauternes pour l'apéritif. *J'ai horreur du Sauterne.* J'interpelle le serveur avant qu'il ne disparaisse pour demander un rhum, tout en ignorant le regard de mon paternel face à cet affront. Il n'est pas bon de refuser de suivre les règles établies par Olivier Mabeck. Je le sais. Même si Théo trouve que je courbe l'échine en permanence, j'ai personnellement l'impression d'avoir le niveau de rébellion d'un éternel adolescent. Je ne peux pas m'empêcher de le contrarier grâce à de ridicules mesquineries comme le choix de l'apéritif. En revanche, quand je devrais lever mon bouclier pour défendre une opinion importante, je finis toujours par me ratatiner. J'ai cru qu'en vieillissant, ce détail changerait, mais ce n'est pas encore pour aujourd'hui. Peut-être que ce miracle se produira pour mes quarante ans...

Un silence glacé règne à table. Lucia n'a pas perdu son sourire agaçant qui me donne des envies de meurtres. J'ai la désagréable impression d'être tombé dans un piège dont je ne sortirais pas indemne.

Vu que personne n'a l'air décidé à lâcher le morceau, j'entame les hostilités en essayant de contrôler l'animosité dans ma voix :

– Alors, qu'est-ce qui se passe ?

La ride du lion de mon paternel se creuse sous la contrariété. Il aime mener la danse, le fait que j'attaque le premier ne le met pas dans de bonnes conditions.

– Un minimum de politesse est toujours requis à table.

Ma mâchoire se serre. J'ai l'impression d'être un chiot stupide à qui on vient de donner une tape sur le nez parce qu'il a pissé sur le tapis.

Le regard de Lucia brille d'une satisfaction tout juste contenue, elle se gargarise de chacun des coups que je reçois.

– Amaury possède le même don que son père pour la négociation agressive, roucoule-t-elle.

Mon paternel se gonfle aussitôt de fierté, puis réplique :

– Un art inutile quand on ne l'utilise pas au bon moment.

L'arrivée de l'apéritif m'empêche de répondre de manière impulsive. Je trempe mes lèvres dans mon rhum pour tenter de chasser l'aigreur qui envahit ma gorge, en vain. Cette sensation permanente d'étouffer va de pair avec un déjeuner « en famille ». Je pourrais respirer correctement quand il y aura à nouveau un minimum de distance vitale entre mon père et moi.

Alors que je jette un rapide coup d'œil à ma montre dans l'espoir que le temps se soit accéléré et que je puisse me rendre au tribunal, mon père reprend la parole :

– Je voulais exprimer ma grande satisfaction que tu te sois enfin repris en main. Tes dossiers sont traités rapidement, proprement.

Oh merde alors, ça ressemble à un compliment.

Le petit garçon en moi qui rêve encore que son père le trouve digne de lui manque de s'évanouir sous le choc. Mais l'adulte que je suis aujourd'hui se prépare à encaisser un coup douloureux car tout se paie avec Olivier Mabeck, y compris l'affection. Cette dernière est généralement hors de prix.

– Il était grand temps que tu reprennes les redressements. Ta petite crise a ajouté une charge de travail monumentale à Lucia. Elle s'en est brillamment sortie, toutefois, j'ai à cœur de maintenir une équité parfaite au sein de l'équipe.

Premier coup. Ce n'est pas assez violent. Même si qualifier de « petite crise » ce que j'ai vécu me donne envie de balancer mon verre à la tronche de mon père. Pauline mérite plus de respect. Et j'aime à croire que la douleur que j'ai ressentie mérite également de ne pas être rabaissée ainsi. J'ai eu mal, très mal. Le pire étant que je ne sais toujours pas comment je me suis relevé. Comment je suis passé d'un brouillard obscur, peuplé de pensées toxiques telles que « donne un petit coup de volant, tu vas voir, le platane suffira » à « boulot, boulot et encore boulot », sans pour autant ressentir la moindre satisfaction à la fin de mes journées ?

Sauf que ce genre de raisonnement n'atteint pas mon père, la faiblesse ne s'expose pas, ne se partage pas. Elle doit être étouffée à n'importe quel prix, c'est une question d'honneur.

Je n'ai toujours pas compris pourquoi il a accepté que je ne gère plus de redressements après Pauline, alors qu'il ignorait tout de mes sentiments pour elle. Je crois qu'une part de moi y a vu une preuve d'amour face à ma détresse. J'aurais aimé que ce soit le cas, or je sens au plus profond de mes entrailles que je me suis encore bercé d'illusions.

– Je n'ai jamais refusé le moindre dossier, lâché-je avant d'avaler une gorgée.

– Tu n'as pourtant pas montré beaucoup d'enthousiasme pour le dernier.

– Peut-être que le fait que je me sois retrouvé à en prendre connaissance dans ma voiture, car tu me l'as balancé sans préavis a un rapport.

Mollo, Amaury. Tu vas perdre à ce petit jeu, tu le sais. Alors, respire, encaisse, serre les dents. Il ne peut rien te faire que tu ne pourras pas supporter, rien qu'une bonne psychothérapie ne réglera pas. Même si pour ça, il faudrait que tu acceptes de mettre les pieds dans le cabinet d'un psy.

– Passons, ajouté-je avant que mon père n'explose. J'ai effectivement eu une période difficile, mais elle est derrière moi. Je peux parfaitement gérer la charge qui m'incombe. Je comprends que Lucia fatigue.

Le sourire carnassier que j'adresse à ma consœur n'est qu'une façade. Mon bouillonnement intérieur menace de me faire perdre mon calme.

Le serveur revient pour prendre la commande de notre déjeuner, offrant une courte pause dans cette conversation aux allures de tirs croisés.

– Ta sollicitude me touche, Amaury, rétorque-t-elle après avoir choisi son plat.

– Il est important que vous commenciez à travailler ensemble, balance soudainement mon père.

Un tressautement incontrôlable agite une de mes paupières face à sa demande. J'ai l'ignoble sensation qu'il n'a pas terminé. Mon paternel braque son regard sur moi et continue :

– Lucia est déjà au courant de ce premier point, il était grand temps que tu le saches aussi : je me retire à la fin de l'année.

– Tu prends ta retraite ? demandé-je, incrédule.

– Ne fais pas cette tête, il fallait bien que ça arrive un jour.

Non, pas vraiment. J'imaginais mon père juger l'humanité à l'abri de son bureau jusqu'à devenir octogénaire. Je m'efforce d'effacer toute surprise de mon visage.

– Je ne m'interdis pas de passer de temps en temps...

Voilà quelque chose qui lui ressemble plus.

– Cependant, il est l'heure qu'un nouvel associé soit nommé afin que l'un d'eux soit sur place au quotidien. Je me suis entretenu avec les autres. Philippe souhaite renoncer à ses parts, il se retire définitivement de la société sous réserve que le rachat soit effectué à un tarif convenable.

Autrement dit, je vais récupérer trente-trois pour cent de la boîte, Philippe étant un des créateurs au même titre que mon paternel. Ça signifie que j'aurais autant de poids que mon père dans chacune des décisions, sans parler des primes et de l'intéressement au chiffre d'affaires. J'en frémis d'enthousiasme.

– Ma chère Lucia, j'espère que vous disposez des liquidités suffisantes pour cette transaction. Rien ne presse, toutefois, j'aimerais pouvoir libérer mon vieil ami de ses obligations dans les meilleurs délais.

Cette dernière irradie de satisfaction alors que j'ai la sensation que le sol s'ouvre sous mes pieds.

– Olivier, je... Je ne m'y attendais pas, c'est une opportunité extraordinaire. Merci infiniment de m'offrir cette chance.

– Il ne s'agit pas de chance, mais de travail.

Mon rhum remonte dans ma gorge, et je ravale mon envie de vomir en grimaçant tandis qu'une explosion brûlante ravage ma poitrine. J'ignore comment je parviens à ne pas hurler face à cette trahison.

– Amaury, entame Lucia avec une douceur hypocrite. J'espère que ça te convient ? Je ne voudrais pas créer de tensions. Nous pouvons tout à fait travailler main dans la main.

– Amaury est assez intelligent pour comprendre qu'il est encore trop tôt pour faire de lui un associé. Mes parts lui reviendront le moment venu, conclut mon père.

Pourquoi m'infliger ce déjeuner alors que je n'ai pas mon mot à dire ? Il aurait mieux fait de m'envoyer un mail. Parfois, je le soupçonne de se réjouir de mon désarroi.

J'encaisse, car je n'ai pas le choix. Si je crie à l'injustice, ça ne lui offrira que des arguments supplémentaires pour me garder sous sa coupe. Alors j'encaisse, termine mon verre et bénis le serveur de se pointer avec la sole meunière que j'ai commandée.

Au prix d'un ultime effort, je parviens à articuler :

– Félicitations, Lucia.

Mon plat est excellent. Une bien triste compensation face à l'avalanche qui vient de m'ensevelir.

Lucia va devenir associée. Elle ne quittera jamais la boîte.

Alors que chacun d'entre nous entame son repas, le regard qu'adresse mon père à ce succube ne m'échappe pas. Là, dans ses iris gris de la même couleur que les miens, une fierté étincelle.

Finalement, j'aurais préféré qu'il la saute, ça aurait été plus simple de l'avoir comme belle-mère.

Je fais l'impasse sur le dessert et le café. Je m'efforce de rester poli en me levant de table, puis sors de la brasserie.

Mon père ayant insisté pour nous conduire, je me retrouve sans voiture et un coup d'œil à l'appli Uber m'indique que je n'aurai pas de chauffeur dans le bon délai. J'abandonne l'idée d'appeler un taxi et marche sur le trottoir. Pas sûr que me rendre à pied jusqu'au tribunal, alors que cette idée me flanque des boutons, soit une bonne chose pour ne pas aggraver mon humeur. Tant pis, je passerai pour un connard lors des audiences. Ce n'est pas la première fois, ça ne sera certainement pas la dernière.

Sans surprise, lorsque je franchis le seuil du tribunal de commerce, j'ai envie de sauter à la gorge de chaque innocent qui croise ma route. Les trottoirs étaient bondés et j'ai marché dans une crotte de chien monstrueuse dont l'odeur refuse de quitter mes chaussures. Un détail qui a au moins eu le mérite de me rappeler qu'il faut que je m'achète des bottes. Je les commande aussitôt sur mon téléphone tout en me dirigeant vers la salle d'audience.

Le poids des regards des commerçants, rassemblés dans le hall avec leur avocat respectif en attendant de passer devant le juge, ne me fait plus d'effets depuis longtemps.

Je m'engouffre dans la pièce sans prononcer un mot. Dès que j'entre, le greffier ouvre la bouche, il n'est pas rare qu'un patron las d'attendre tente de s'aventurer ici avant qu'on l'y autorise. Le greffier a fait du rabrouage d'entrepreneur, un véritable sport.

Heureusement pour lui, il me reconnaît avant de commettre un impair. Je ne suis pas connu pour ma patience en temps normal, mais vu mon humeur actuelle, mieux vaut ne pas tenter le diable.

L'absence des juges est déjà une source d'agacement suffisante. *Comment se débrouillent-ils pour être toujours en retard ?*

Je balance mon sac sur le bureau qui m'est dédié en poussant un râle irrité. L'après-midi va être long !

CHAPITRE 17
Tamara

Depuis mon étrange soirée d'hier, rien ne vient perturber mon quotidien bien huilé. Pendant quelques heures, je parviens à oublier tous mes problèmes et à profiter de mon métier sans angoisser. Même mon déjeuner avec mes parents est agréable. Mon père n'est jamais très content de quitter la ferme pour aller chez des amis ou de la famille, mais à chaque retour, la bonne humeur se devine sur son visage. Cette fois-ci ne fait pas exception, à mon grand soulagement.

Je commence à croire que le karma m'offre une petite pause. Une vraie bouffée d'air dans ma vie devenue toxique par la force des choses. Cependant, une voix venue des tréfonds de ma parano, ne cesse de me répéter que je dois rester vigilante. Les miracles n'existent pas. Une bonne journée ne change rien à ma situation.

Après la traite du soir, j'ai la confirmation que le destin est effectivement un salaud. Un SMS d'Amaury s'affiche sur l'écran de mon téléphone :

> Bonsoir,
> Nous avons rendez-vous lundi prochain avec le directeur de l'Intermarché de Beaumont de Lomagne. Il s'est montré intéressé par la possibilité de se

fournir localement. Je passe te prendre à 8 h 30. Je te recommande une tenue sobre mais élégante. J'espère avoir d'autres réponses d'ici là afin de condenser plusieurs rendez-vous sur la journée.
Je te tiens au courant,
Cordialement,
Amaury.

Je note qu'il a gardé le tutoiement depuis la dernière fois.

Alors que je prends ma douche, son SMS ne cesse de tourner dans mon esprit. Une fois lavée, j'enfile une robe de chambre, puis récupère mon portable abandonné sur la table basse. Je sais ce que je dois faire.

J'écris rapidement ma réponse :

C'est noté, toutefois nous devrons être de retour pour la traite du soir. De plus, j'ai un papier à te montrer qui va t'intéresser.
Cordialement,
Tamara.

Je n'attends que quelques secondes avant qu'un bip signale l'arrivée d'un nouveau SMS :

Envoie-le-moi par mail. Nous ne devons prendre aucun retard administratif.

Je lui réponds aussitôt :

Ça peut attendre lundi. Tu vas avoir besoin d'une explication.

Satisfaite, j'ignore les sonneries suivantes et fonce vers mon bureau. Une grimace me tord les lèvres face au fourbi de la pièce. Je réussis cependant à trouver une feuille ainsi qu'un stylo en état de marche.

Je m'installe sur ma table à manger et commence la rédaction d'un accord très peu courant. Plusieurs essais sont nécessaires avant de parvenir à quelque chose de compréhensible tout en ayant l'air sérieux. Une fois satisfaite, je me lance dans une séance de spéléologie pour dénicher une enveloppe. J'y insère ma feuille et la dépose sur le buffet près de l'autre courrier que je n'ai toujours pas envie d'ouvrir. Tout ça attendra lundi !

Ma semaine a comme toujours été éreintante. Il a fallu que je sélectionne les filles prêtes à fricoter avec Porthos pour qu'elles le rejoignent dans sa pâture. C'est toujours sportif de déplacer une trentaine de vaches ainsi qu'un taureau au comportement de diva. D'autant que j'ai eu la désagréable surprise de découvrir que ce gros patapouf a encore eu l'excellente idée de se frotter les fesses contre sa clôture. Résultat : un pan entier est couché.

Heureusement pour moi, il est aussi casanier qu'un vieux Gersois et malgré l'approche des chaleurs de ses petites chéries, il n'a pas eu l'idée de sortir de son champ. Sauf que celles-ci étant beaucoup plus aventurières, par mesure de précautions, j'ai dû effectuer une réparation de fortune. Maintenant, je croise les doigts pour que ça tienne jusqu'à demain matin, car j'ai besoin qu'il fasse jour pour poser une nouvelle clôture sans risquer d'y laisser un doigt à cause de l'obscurité.

Je m'effondre dans mon lit après avoir avancé mon réveil d'une heure pour jouer à Bob le bricoleur et finir la traite avant l'arrivée d'Amaury.

Je m'endors comme une masse.

Après quelques heures de sommeil et un bon litre de café, c'est reparti. Ma journée commence alors que le jour n'est même pas levé. J'entame avec une séance de body-building à la sauce agriculteur, que je vais devoir répéter matin et soir, le temps que les filles vivent séparées. Car pour se rendre à la traite, il va falloir qu'elles traversent la cour. Un détail, sauf si je ne les guide pas correctement, elles vont se faire un plaisir de flâner ou pire dévorer les œillets dans les jardinières de ma mère. Voilà pourquoi je balise désormais leur itinéraire avec des panneaux métalliques plus lourds que moi.

J'aurais pu m'épargner tout ça en laissant Porthos dans sa pâture habituelle, mais il adore ce changement de pré car il dispose d'une nouvelle vue donnant directement sur les voitures. Conclusion, une fois de plus, je me rajoute des efforts supplémentaires, juste pour faire plaisir à une de mes bêtes. Je me rassure en me disant que c'est temporaire. Une fois que Porthos aura fait son job, il retournera vivre sa vie de cow-boy solitaire.

Mais il y en a un autre qui est particulièrement content : Tantor. C'est le seul moment où je l'autorise à « chasser » les aventurières qui voudraient s'évader.

Une fois les panneaux en place, je m'assure que mon fidèle assistant est prêt, puis j'ouvre la clôture contre laquelle les filles se sont déjà agglutinées. Elles s'élancent dans un joyeux concerto de beuglement. Tantor les suit pour s'assurer qu'il n'y aura pas de ralentissement. J'accompagne la procession, lorsque la première entre dans le tunnel menant à la traite, je laisse Tantor finir le boulot pour commencer le mien.

Une fois cette mission terminée, je file dans la grange pour charger le quad du matériel nécessaire à la réparation de la clôture. Malheureusement, il semblerait que la batterie de mon jouet préféré pour crapahuter dans les champs soit HS. Dépitée, j'envisage sérieusement d'atteler une brouette à Tantor pour éviter de me transformer en mulet, mais la vision de la chose s'esquisse dans mon cerveau, me prouvant que c'est une très mauvaise idée. Je n'ai donc pas le choix, c'est à moi de pousser l'engin en essayant de ne perdre aucun piquet sur la route.

Lorsque j'atteins l'extrémité du pâturage, je suis en nage. Tantor, en revanche, ne montre aucun signe de fatigue. Il s'amuse avec les filles. Ce chien passe tellement de temps au milieu des vaches que je ne serai pas surprise qu'il se mette un jour à beugler plutôt qu'aboyer.

Moi, mes piquets et mon fil électrique, nous avons beaucoup de choses à nous dire. Porthos a littéralement écrasé certains d'entre eux avec son postérieur. Je n'ai pas d'autres choix que de les remplacer, mais avant, je dois retirer le câble. Un véritable enfer, car une fois qu'on a touché au fil, il faut vérifier la tension de celui-ci sur l'ensemble de la clôture.

Je soupire, secoue mes épaules pour me mettre en condition, puis attaque les réparations.

Le problème du bricolage, c'est que c'est foutrement chronophage. Le soleil levé depuis peu aurait dû me mettre la puce à l'oreille sur le retard accumulé. Pour ça, il aurait fallu que ce maudit fil électrique ne soit pas une création maléfique envoyée sur Terre pour me rendre dingue !

Les aboiements de Tantor me forcent à relever la tête après avoir éclaté un énième crochet censé maintenir mon foutu câble. Mon chien s'élance à travers champs, en direction de la cour. Mes neurones s'alignent lorsqu'un bruit de moteur résonne dans mes oreilles.

Aboiement, voiture, Amaury, le résultat de l'équation est simple : je suis en retard. Genre vraiment très en retard si j'en crois ma montre. Plutôt que de rester comme une imbécile avec ma brouette, je devrais rattraper Tantor avant qu'il ne gratifie mon visiteur d'un relooking boueux. Je doute qu'il apprécie le sacrifice d'une nouvelle chemise. Malheureusement, je n'ai pas la moindre chance de battre mon chien à la course, en revanche, j'ai la voix qui porte.

Bon sang, Tamy, bouge !

Une bouffée d'adrénaline me réchauffe les veines, alors je m'élance à la suite de Tantor.

Je porte des bottes 363 jours par an. Un détail qui me laisse penser que je suis une experte dans le domaine. Je peux tout faire en bottes quand la majorité de la population parvient seulement à adopter une démarche de canard ayant été bercé trop près du mur.

Je fonce comme une dératée, en espérant que ça suffise. En tout cas, mon sprint suscite l'attention des filles qui, toujours soucieuses de me soutenir, m'accompagnent dans mon imitation de Usain Bolt.

Une première glissade me rappelle à l'ordre alors que je parviens au milieu du champ. De là, j'aperçois Tantor ramper sous la clôture, la queue frétillante à l'idée d'accueillir un visiteur. Il se relève, le ventre couvert de boue. Je hurle son nom, sans ralentir. Il tourne sa grosse tête vers moi, m'adresse un sourire canin que je traduis par : « tu me pardonneras ce que je m'apprête à faire car je suis trop mignon », ce qui est malheureusement vrai. Je réitère mon appel avec toute l'autorité dont je dispose. Résultat : aussi efficace qu'un pet de mouche.

Tantor vire à droite et disparaît de mon champ de vision. Je puise dans mes dernières réserves, même si je suis désormais certaine d'arriver trop tard.

Ce que je découvre en déboulant dans la cour, couverte de transpiration et de boue, achève de me couper le souffle.

Amaury est là, mais aucune trace de pattes de chien n'est à déplorer. L'explication est simple, Tantor, couché devant la porte de la maison, se régale d'un gros morceau de viande.

Sans voix, j'observe tour à tour mon chien et Amaury. Celui-ci, devinant ma surprise, prend la parole :

– J'aime beaucoup cette chemise, alors je me suis arrêté à la boucherie pour prendre une assurance. Difficile de résister à une côte de Black Angus.

– Tu as acheté une côte de bœuf à un chien, résumé-je toujours ahurie.

– Je te l'ai dit, j'aime beaucoup cette chemise.

– Euh...

Incapable d'émettre une remarque plus constructive, je me tais.

– Au risque de passer pour un goujat, j'espère que tu as prévu de te changer ? lance Amaury.

Mon regard descend sur ma combinaison cradingue, puis je hoche la tête.

– Dans un délai rapide ? Car je te rappelle que nous avons rendez-vous dans moins d'une heure.

Encore trop perturbée pour lancer une réflexion piquante, je réponds :

– Quinze minutes. Il y a du café chaud, si tu veux.

Puis je me précipite chez moi. Je balance mes bottes dans l'entrée et entame une énième course contre la montre.

CHAPITRE 18
Amaury

Je bénis encore l'éclair de génie qui m'a poussé à m'arrêter à la boucherie. Même si quand le monstre m'a foncé dessus alors que sa maîtresse n'était pas là pour l'arrêter, j'ai prié pour ne pas être tombé sur le seul chien insensible à un bon morceau de viande. Une vague de soulagement a manqué de me couper le souffle quand il a chopé la côte de bœuf au vol alors qu'il me fonçait dessus. L'arrivée de Tamara m'a rassuré quant à la survie de mes fringues.

La semaine a été infernale. Depuis la promotion de Lucia, j'ai l'impression de ne plus être capable de respirer dans mon bureau. Le simple fait de la savoir entre ces murs provoque une véritable tempête de sentiments sous mon crâne. Or, j'ai besoin de mon cerveau pour bosser.

Je dois reconnaître que cette journée, loin d'elle, a été une bouée pour m'empêcher de céder à mon envie de l'étouffer. J'ai besoin de prendre de la distance. Négocier avec des patrons de supermarchés fera parfaitement l'affaire. D'autant que j'ai réussi à décrocher d'autres rendez-vous. Nous en avons jusqu'à la fin de l'après-midi.

Tamara disparaît dans sa maison. Je m'apprête à la suivre, car l'idée d'un café pour patienter est particulièrement séduisante, mais le grincement d'une porte qui s'ouvre m'interrompt. Je m'immobilise, puis tourne la tête vers la maison de ses parents.

– M. Mabeck, me salue son père.

– M. Pechnot.

– Vous avez quelques minutes à m'accorder ?

Techniquement, rien ne m'oblige à m'entretenir avec lui. Le redressement ne concerne que Tamara. J'ai beau souvent souhaiter avoir un cœur de pierre, ce n'est pas le cas. De plus, vu que toute la famille vit sur place, je ne peux que comprendre leur envie d'en savoir un peu plus sur la procédure.

– Bien sûr, soufflé-je tandis qu'il se rapproche.

Si je croisais Maurice Pechnot dans la rue, je le décrirais comme le parfait cliché du paysan. Les coutures de son pantalon gris sont élimées, les charentaises à ses pieds incarnent le comble du mauvais goût. Pourtant, il dégage une aura intimidante. Quelque chose me dit que si une de ses mains calleuses s'écrasait sur ma joue, j'en garderais une marque cuisante.

Cependant, au-delà de son allure démodée, empreinte de la force d'un homme habitué à travailler en extérieur, une certaine gentillesse émane de son visage rond aux traits burinés. On ne perçoit pas immédiatement la ressemblance entre sa fille et lui. Le temps a fait trop de ravages pour que ça saute aux yeux. Mais quand on prend la peine de s'y attarder, les similitudes sont plutôt flagrantes. Ils partagent les mêmes joues pleines, les lèvres charnues et les pommettes hautes. En revanche, c'est sa femme qui a transmis ses yeux brun doré à sa fille, car Maurice Pechnot possède un regard plutôt noir.

– Elle fait ce qu'il faut ? m'interroge-t-il en désignant la maison de Tamara du menton.

Sans surprise, il possède un tact similaire à celui de sa fille. Pas de manières, pas de faux-semblants, droit au but. C'est à la fois violent et relaxant d'échanger avec ce genre de personnes.

J'envisage de partager mes difficultés à faire comprendre à Tamara que des concessions sont inévitables pour sauver la ferme, mais un éclair d'empathie me permet de me mettre à sa place. J'enrage à chaque fois que Lucia joue les langues de vipère auprès de mon paternel, l'imiter serait bien hypocrite. D'autant que je suis persuadé que Tamara souhaite réellement s'en sortir. Il faut seulement que je trouve un moyen de l'amadouer pour qu'elle ne sorte pas les crocs à chaque fois que je propose quelque chose.

Finalement, le chien est plus facile à gérer que la maîtresse, car je doute qu'une côte de bœuf suffise à la convaincre.

– Elle est volontaire, lâché-je en espérant que ça suffise à le rassurer.

– Vous l'emmenez où ?

Je retiens un soupir.

Pourquoi ne tient-elle pas ses parents au courant du plan de redressement ?

– Nous allons négocier avec plusieurs patrons d'hyper pour les convaincre de passer outre la coopérative. J'ai bon espoir d'obtenir un tarif au litre plus intéressant.

Je ne lis aucune expression sur le visage de Maurice Pechnot.

– Les autres vont causer, on passe tous par la coopérative...

Je serre les dents à cette réflexion qui pour moi ne pèse pas dans la balance.

Il fronce le nez, puis ajoute :

– Elle a une assez grande gueule pour faire taire ceux qui ne seront pas contents.

J'ignore s'il considère que c'est une bonne chose. C'est extrêmement perturbant de discuter avec quelqu'un dont on ne devine aucun sentiment.

– Vous l'avez bien armée pour se défendre, confirmé-je.

Maurice se racle la gorge, ou rit, je suis incapable de trancher.

– Ma fille a les épaules larges, mais elle n'est pas aussi invincible que ce qu'elle essaie de faire croire. Il va vous falloir l'accompagner.

– C'est mon métier, M. Pechnot.

– Je doute que vous ayez déjà eu quelqu'un comme elle. Tamy, c'est une taiseuse. Un truc qu'elle tient de moi. Y a rien qui sort, jamais, même quand ça ne va pas.

– C'est ce que j'ai cru comprendre quand j'ai découvert que vous n'étiez pas au courant de la situation de sa société.

– Voilà, alors vous avez peut-être un peu compris. Je voulais en être sûr et...

Le père de Tamara s'interrompt, et pour la première fois, son sentiment est limpide. Il est gêné. Sauf que même en sollicitant tous mes neurones, je ne parviens pas à compléter la phrase qu'il a laissée en suspens. Heureusement pour moi, il se décide à la terminer.

– Soyez gentil avec elle. C'est une bonne fille, elle a seulement besoin qu'on lui montre la bonne direction. Tamy me ressemble un peu trop. À son âge, si je n'avais pas rencontré sa mère, j'aurais été aussi perdu qu'elle.

– Maurice ? Qu'est-ce... Oh ! Bonjour, M. Mabeck ! lance son épouse en apparaissant sur le seuil de la porte. Tamy n'est pas là ? Vous voulez boire un café ?

– Elle se prépare pour nos rendez-vous, expliqué-je en lui adressant un hochement de tête poli. Et non, je vous remercie.

– Enfin, vous n'allez pas l'attendre dehors. Venez, entrez ! insiste-t-elle en se décalant pour m'indiquer le passage.

Maurice bougonne quelque chose, puis dégaine un argument imparable pour me convaincre.

– Venez ! Christine a fait une brioche plus grosse que Porthos.

Maintenir une distance de survie entre mes clients et moi est essentiel. Or, je l'ai déjà bien entamée avec Tamara. Me lier avec ses parents est une très mauvaise idée. Je le sais.

Si la ferme est liquidée, ce n'est pas un nom, mais trois que j'ajouterai sur la liste. Ça m'achèverait…

Mais pour refuser une invitation aussi naturelle, chaleureuse, la seule solution est de passer pour un sombre connard. J'en suis capable, ce n'est pas le problème. Il suffirait que je reconstitue mon masque d'enfoiré dégoulinant de jugement, que je portais lors de ma première visite. Malgré mes efforts, j'ai l'impression de l'avoir perdu, peut-être que c'est à cause de l'odeur de beurre qui émane de la maison, ou bien juste pour les yeux de renarde de Christine, dont la forme et la couleur sont identiques à ceux de sa fille.

Au premier pas vers la porte, j'ai conscience que je fais une erreur qui risque de me briser. Une fois à l'intérieur, la chaleur se dégageant de cette vaste pièce à vivre démodée, achève de me convaincre. Je ne peux m'empêcher de me demander quel homme je serais devenu si j'avais grandi dans un endroit comme celui-ci. Il y a plus d'amour entre ces murs que je n'en ai jamais vu dans les yeux de mon père. Ce n'est pas juste une maison, c'est un foyer.

Christine m'invite à m'asseoir à l'immense table à manger qui trône au milieu de la cuisine. En quelques secondes, je me retrouve en face d'une tasse fumante, d'un morceau de brioche et d'un pot de confiture d'abricot. J'ai l'impression d'avoir huit ans mais je dois reconnaître que c'est agréable.

- Alors, Tamy est agréable avec vous, j'espère ? entame-t-elle en s'installant en face de moi, à côté de son mari.

Celui-ci s'empresse de répondre à ma place.

- Elle fait ce qu'il faut.

- Exactement, confirmé-je en trempant mes lèvres dans le café pour dissimuler le fond de ma pensée.

- Ah, c'est bien. Et si vous nous parliez un peu de vous ? Je suppose qu'il faut avoir suivi un cursus spécial pour exercer votre métier.

Sa remarque est touchante. J'entame donc le résumé de mon parcours scolaire, en essayant de rester le plus concis possible.

– Vos parents doivent être très fiers de vous, conclut Christine lorsque j'achève mes explications.

Je ne peux réprimer une grimace face à cette supposition que j'ai pourtant déjà entendue. La douceur beurrée de la brioche ne suffit pas à dénouer le nœud dans ma gorge.

À chaque fois que je suis confronté à des parents « normaux », un incontrôlable sentiment d'injustice m'envahit. J'aimerais pouvoir téléporter mon père dans la pièce et le confronter à ce qu'il devrait être, ce que je n'ai de cesse d'espérer.

– J'espère, soufflé-je avec amertume.

La porte s'ouvre avec fracas. L'air frais s'engouffre à l'intérieur. Tamara a décidément un don pour les arrivées « discrètes »... Son énorme chien sur les talons, elle se décompose en me découvrant attablé chez ses parents. Sa mine ahurie m'arrache un sourire. J'imagine parfaitement les rouages de son esprit s'affoler sous une pluie de questions. Toutefois, elle se retient et redresse les épaules pour tenter de faire croire que la situation ne lui fait aucun effet.

Mon regard dévie le long du jean foncé qui moule ses courbes. Celles-ci passent totalement inaperçues dans ses tenues de travail habituelles. Sa chemise prune lui va également comme un gant, à un détail près...

Détail que sa mère lui fait aussitôt remarquer.

– Tamy, entame-t-elle en tapotant sa poitrine. Tu as boutonné lundi avec mardi.

Sa fille rougit aussitôt puis se tourne pour rectifier la situation à l'abri des regards. Ses cheveux longs, que je découvre lâchés pour la première fois, gouttent dans son dos.

– Tu vas attraper la mort. Tu aurais pu te les sécher.

– Maman ! rétorque Tamara en nous faisant face à nouveau.

Un seul mot qui suffit comme réponse. Un truc exceptionnel dont sont capables uniquement les parents et leurs enfants.

Perdu dans mes pensées, il me faut quelques secondes pour réaliser que je dévisage Tamara avec insistance et qu'elle en fait autant.

Je n'avais pas réalisé le charme qu'elle possède jusqu'à cet instant.

Brusquement gêné par notre face-à-face muet, je baisse les yeux en premier, le temps de me reconstituer un masque que j'espère impassible. Un espoir qui s'envole quand je remarque le petit sourire qui ourle les lèvres de Tamara, du genre victorieux, bien loin de sa mine habituelle. Je devrais peut-être lui dire à quel point il lui va bien.

CHAPITRE 19
Tamara

– Quoi ? aboyé-je.

Ma mère me fusille du regard, mais pour ma défense, Amaury devait boire un café *chez* moi, pas chez eux. Quand j'ai trouvé mon salon vide en sortant de ma chambre, j'ai très vite compris que quelque chose clochait. Il ne serait pas parti sans un mot alors que nous avons rendez-vous.

Ça n'empêche que j'ai cru me liquéfier d'horreur en le découvrant en plein petit déjeuner chez mes parents.

Je m'empare d'un morceau de brioche, puis ajoute :

– Je croyais qu'on était pressés.

– Oui. On ferait mieux d'y aller, réplique Amaury avec une hésitation dans la voix qui ne lui ressemble pas.

– Je devrais être de retour rapidement, rassuré-je mes parents.

Amaury se racle la gorge.

– Je dirais plutôt en fin de journée.

– Quoi ? On ne va pas négocier toute la journée avec un type.

– Non, mais avec plusieurs. J'ai réussi à obtenir d'autres rendez-vous. J'ai complètement oublié de te prévenir, avoue-t-il en se frottant la nuque.

– Super...

Mon père m'empêche d'ajouter quelque chose d'inapproprié.

– Je commencerai la traite si tu n'es pas de retour à temps.

Voilà, je les laisse cinq minutes sans surveillance et ils forment une véritable coalition contre moi. Je suis sûre que j'ai évité de peu que ma mère dégaine les albums photos…

– On sera là, affirmé-je.

Cette fois-ci, Amaury ne me contredit pas. Il quitte la table et salut mes parents avant de se diriger vers la porte. Je balance ce qu'il me reste de brioche à Tantor avant de le suivre.

Sur le chemin menant à sa voiture, Amaury sort de sa sacoche un dossier qu'il me tend.

– Tiens, j'aimerais que tu le lises pendant le trajet. C'est la proposition que je compte présenter aux directeurs d'aujourd'hui.

Je n'ai pas la moindre envie de me plonger là-dedans. Pour moi, lire en roulant, c'est la quasi-certitude de vomir à l'arrivée. Cependant, quelque chose me dit que je n'ai pas vraiment le choix et l'idée de connaître la tactique pour décrocher un accord avec un hyper m'intéresse.

Amaury ouvre sa voiture et je me glisse sur le siège passager. Mon regard balaie l'habitacle immaculé et le tableau de bord aux allures de vaisseau spatial. Le besoin pathologique des constructeurs d'équiper leurs nouveaux modèles d'un tas de gadgets me laisse perplexe. Personnellement, pour conduire, j'ai besoin d'un volant, d'un levier de vitesse et de pédales.

Amaury démarre, le moteur ronronne. J'étudie le dossier pour fuir le silence qui s'étire entre nous, même si je meurs d'envie de lui demander ce que lui ont raconté mes parents.

Des chiffres, des tableaux, un contrat alambiqué. Mes yeux saignent à chaque ligne, toutefois je parviens à comprendre l'idée globale. Si ça fonctionne, je gagnerai trois fois plus au litre vendu. En revanche, je m'engage à ne fournir personne d'autre que l'hyper qui signera avec moi ainsi qu'à suivre le cahier des charges monstrueux inhérent à un tel accord.

Un relent acide me remonte dans la gorge, signe qu'il faut que je cesse immédiatement de lire si je ne veux pas redécorer la voiture d'Amaury. Je ferme le dossier, les lèvres pincées pour me contenir.

– Alors, qu'est-ce que tu en penses ?

– Tu crois vraiment qu'il pourrait accepter un truc comme ça ? Pourquoi un hyper me paierait autant alors qu'il lui suffit d'aller voir une coopérative pour obtenir un prix plus bas ?

– Voilà pourquoi il va falloir te vendre, toi.

– Hein ? répliqué-je en cherchant un signe de plaisanterie sur son visage concentré sur la route. Qu'est-ce que je viens faire dans cette histoire ?

– Tu vends un produit, Tamara, mais la marque c'est toi. Je pense sincèrement que c'est une valeur ajoutée. Les hypers sont tous à la recherche d'arguments pour prouver qu'ils n'exploitent pas leurs fournisseurs locaux. Le consommateur adore savoir d'où vient son produit. Une jeune et jolie productrice laitière, c'est vendeur.

Mon cerveau refuse d'assimiler ces informations. Il bloque sur « jeune et jolie » et cherche désespérément la chute de la blague. J'aurais dû partir avec un thermos de café. Je ne suis clairement pas prête pour cette journée.

– Je dois m'inquiéter que tu n'opposes aucune rébellion à mon plan d'attaque ? ajoute-t-il en arquant un sourcil.

– C'est ridicule, bafouillé-je en proie à une bouffée de panique. Les gens se foutent de savoir qui produit leur lait.

– Je me charge de la partie technique, des chiffres. Toi, tu n'auras qu'à raconter ton histoire, tes valeurs.

Il est sérieux. J'ai du mal à croire que mes valeurs, dont il se moquait éperdument lors de notre premier rendez-vous, sont devenues des arguments pour négocier un contrat. Je paierai cher pour connaître la raison d'un pareil changement. L'envie de l'interroger me démange, mais je ne peux pas me laisser distraire. Une question bien plus importante me brûle les lèvres.

– Tu penses vraiment que ça a une chance de fonctionner ?

Ses doigts pianotent sur son volant.

– Nous n'avons pas une foule d'options. Il faut toutes les essayer, peu importe le taux de réussite.

J'aurais aimé une réponse plus franche, moins évasive, mais je dois être réaliste : je voulais qu'Amaury se batte pour moi, je suis servie. Même si je ne déborde pas d'enthousiasme à l'idée de jouer la carte « joyeuse agricultrice face à un directeur de supermarché », je refuse que mon obstination signe la fin de mon exploitation. J'ai rarement dû faire le dos rond dans ma vie depuis que je suis à la tête de l'entreprise, il semblerait que le karma ait décidé qu'il était temps de m'y mettre.

La première étape de notre périple se situe à seulement quelques kilomètres. Amaury s'engage vers Beaumont de Lomagne à vive allure. Je jette un coup d'œil au compteur qui affiche une vitesse bien trop élevée. J'ouvre la bouche pour le prévenir que les gendarmes s'installent régulièrement sur cette ligne droite, mais me ravise avant qu'un son ne franchisse mes lèvres.

C'est un grand garçon, qu'il se débrouille !

Moi, j'ai le trouillomètre qui menace d'exploser, j'ai d'autres urgences à gérer si je ne veux pas arriver toute tremblante devant le directeur de l'hyper.

Inspire. Expire. Tu peux le faire ! Même s'il n'y a qu'une minuscule chance que ça fonctionne, tu dois tenter le coup. Imagine un peu si le directeur signe cet accord ? Tu peux tripler ton chiffre sans renoncer à tes valeurs. Alors si pour ça, il suffit que tu acceptes de mettre ta tête sur les bouteilles de lait, c'est un petit sacrifice, non ?

L'auto-conviction a ses limites. J'ai l'impression d'être une mule aux neurones atrophiés, une vieille bestiole qui refuse d'avancer alors qu'elle sait pertinemment que bouger l'aiderait.

Je suis à deux doigts d'ouvrir la portière pour sauter en marche quand un paquet de clopes entamé dans le vide-poches me fait les yeux doux, ce qui n'échappe pas à Amaury.

– Tu fumes ?

– Seulement dans les moments merdiques, avoué-je.

– Sers-toi.

Je m'empresse d'en sortir une, ouvre ma vitre et allume cette chose – inutile – en espérant que ça me soulage. J'aperçois déjà le magasin au bout de la route. Je m'accroche à la cigarette comme une damnée, le filtre s'écrase, victime de mes mains crispées.

– Ça va bien se passer, assure Amaury en s'engageant sur le parking.

Je suppose que lui est rodé à l'exercice. Avec toutes les boîtes qu'il a accompagnées pour qu'elles sortent de la merde, les rendez-vous d'aujourd'hui n'ont rien de palpitant.

Je marmonne quelque chose d'incompréhensible qui, à la base, ressemblait à un « oui, bien sûr ». Amaury émet un petit rire moqueur en se garant.

– Je n'aurais jamais cru dire ça, mais finalement je préfère quand tu aboies. J'ai l'impression de te conduire à l'abattoir.

– Je confirme, c'est vraiment l'impression que j'ai aussi, lâché-je en ouvrant la portière. Parler c'est pas vraiment mon domaine de prédilection.

La clope entre les lèvres, je scrute le supermarché comme on jauge un adversaire.

J'écrase ma cigarette sur le sol et fourre le mégot dans un mouchoir au fond de la poche de mon pantalon avant d'expirer un grand coup.

– Allons-y avant que je ne change d'avis.

Amaury esquisse un sourire et range le dossier dans sa sacoche en opinant du chef. J'avance d'un pas lourd vers le magasin en regrettant de ne pas avoir écouté ma mère : j'aurais dû me sécher les cheveux. J'aurais eu moins froid et évité le risque de ressembler à une folle lorsqu'ils auront séché.

En temps normal, je me contrefous de ce genre de détails. Sauf que cette journée n'a rien de classique, mais alors vraiment pas...

En franchissant les portes coulissantes, je réalise que je n'ai aucune idée d'où se trouvent les bureaux de la direction. C'est quelque chose dont on ne se soucie pas quand on vient faire ses courses. En revanche, Amaury a l'air parfaitement à son aise. Il se dirige vers l'accueil et adresse un sourire ravageur à la quarantenaire qui s'en occupe. Je reste en retrait et me contente de la saluer de la main. Dans ce genre de moment, je ne sais jamais quoi faire de mon corps. J'ai la sensation d'être une grosse empotée qui prend trop de place.

Une part de moi ne peut pas s'empêcher d'envier l'aisance d'Amaury tandis qu'il échange avec l'employée de l'accueil. En quelques secondes, il obtient les indications pour se rendre dans le bureau du directeur. Satisfait, il m'adresse un regard étrange avant de longer les caisses. Je lui emboîte le pas, et nous passons une porte métallique estampillée d'un cartouche « réservé au personnel ».

Un long couloir éclairé par des néons agressifs s'ouvre à nous. Des murs en parpaings que personne n'a pris la peine d'habiller nous entourent. Amaury avance et tourne à droite. Nous croisons plusieurs employés sortant de la salle de pause, puis une porte fermée nous barre la route.

Mon estomac me remonte dans la gorge. Avant de frapper pour nous signaler, Amaury effleure brièvement mon avant-bras. Mon regard s'ancre au sien et pour la première fois, j'oublie qui il est et surtout son rôle dans mon existence. J'ai juste besoin de soutien, autrement je risque de m'enfuir.

– Tamara, tu es capable de te faire respecter de bêtes qui pèsent plusieurs centaines de kilos et d'un chien frappadingue. Ce n'est pas un directeur de magasin qui va te faire peur.

J'esquisse un sourire encore un peu faiblard avant d'acquiescer.

Il a raison, qu'importe comment ce rendez-vous se déroulera, j'en sortirai vivante. Je peux le faire !

– Je dirai à Tantor que tu le trouves frappadingue.

– Étant donné que tu as l'air sérieuse quant au fait de discuter avec un chien, je me ravise, c'est toi la frappadingue.

Cette fois-ci mon sourire est sincère et j'ai presque envie de le remercier. Mais le poing d'Amaury cogne contre la porte, me rendant muette.

Un homme en costume, la petite cinquantaine, nous ouvre. Il ressemble à un vieil instituteur adepte des coups de règles sur les doigts.

– M. Patri, Amaury Mabeck, merci de nous accorder cet entretien.

Leur regard se tourne vers moi, je déglutis, puis lâche dans une respiration :

– Tamara Pechnot.

C'est le mieux que je puisse faire.

Le directeur nous invite à entrer. Deux chaises nous attendent en face de son bureau. Je m'installe sur l'une d'elles en m'efforçant de rester droite et de ne pas flancher sous le poids de l'attention de ce type qui pourrait régler toutes mes emmerdes s'il accepte de signer.

– Bien, je vous écoute, messieurs dames, lance-t-il après s'être assis dans son fauteuil.

Amaury lui adresse un sourire que je ne lui connaissais pas. Il n'est pas hautain ni chaleureux, ça ressemble plus à l'expression de Tantor quand il s'apprête à grogner. On dirait qu'il montre les dents.

– Comme je l'ai rapidement abordé avec vous, lors de notre entretien téléphonique, votre enseigne affiche des valeurs telles que les circuits courts et la juste rémunération des producteurs.

C'est donc naturellement que nous avons pensé à vous pour notre production.

Notre production. Je devrais rire à l'emploi de ce qualificatif, pourtant je suis presque touchée. En s'incluant ainsi, Amaury se place comme mon associé, un soutien, c'est bien plus que je ne l'espérais. Il sort le dossier que j'ai feuilleté tout à l'heure. Je m'attends à ce qu'il le donne au directeur, mais il n'en fait rien et le conserve devant lui sur le bureau.

– Mlle Pechnot dirige une exploitation raisonnée, soucieuse du bien-être animal. Son cheptel est constitué de Prim'Hosltein. Je ne vous apprends pas la qualité de cette race. De plus, le reproducteur a décroché la médaille d'or au Salon de l'agriculture. Une belle opportunité de fournir un produit extrêmement qualitatif pour qui saura la saisir.

Un peu plus et je serais en train de baver d'admiration. Ma franchise débordante m'empêche de maîtriser l'art de dire merde sans dire merde. Ce n'est pas le cas d'Amaury. La présentation dithyrambique qu'il vient de faire me réchauffe la poitrine. Il est parfois difficile de distinguer ce qu'on fait de bien quand le ciel vous tombe sur la tête. Voir ma façon de travailler brandie comme un étendard m'aide à relever la tête et à affronter le directeur.

– Sachez que cette proposition a une durée limitée, achève Amaury en poussant le dossier vers le directeur.

Troublée par l'agressivité tout juste dissimulée dans son discours, j'ai une violente envie de lui rappeler que celle qui est dans la merde, c'est moi. Je crois qu'il est allé trop loin ! Acculé, le directeur me paraît un poil présomptueux. Celui-ci hoche la tête tandis qu'un sourire de goupil déforme ses lèvres fines. Loup contre renard. Je ne ferai pas l'erreur de parier sur le plus gros prédateur.

Amaury a sans doute ruiné le peu de chance que nous avions que notre proposition aboutisse en agissant de façon aussi offensive.

– Intéressant, lâche le directeur en se saisissant du dossier.

Il le parcourt rapidement sans prononcer un mot. Quand il s'arrête sur la page annonçant le prix au litre, je me crispe. Le regard qu'il m'adresse me donne envie de me ratatiner sur ma chaise, dissipant le peu d'assurance que j'avais. C'est trop. Je le sais. Tout cet entretien est ridicule. Amaury n'y connaît rien à la vente de lait. Ses airs d'expert n'y changeront rien. Mon pessimisme m'engloutit tout entière.

– Dites-moi, Mademoiselle. Votre lait est-il meilleur que celui de vos confrères ?

Question piège. Si je dis oui, je dénigre mes homologues alors qu'ils n'ont rien demandé. Et j'ai horreur de cracher sur les gens, juste pour sortir du lot. Si je réponds non... Je peux dire adieu à cette négociation.

– Vous ne trouverez personne qui travaille comme Mlle Pechnot, réplique Amaury avant que je n'ouvre la bouche.

– Si j'en crois ce que j'ai sous les yeux, entame le directeur en tapotant le dossier, j'ai en face de moi une véritable femme d'affaires. Serait-il possible d'entendre sa voix ?

Le dédain suintant de sa dernière phrase me fait l'effet d'une gifle. Le col de mon chemisier me serre la gorge. Je ne suis pas une femme d'affaires, je suis une paysanne et fière de l'être.

J'emmerde tous ceux qui n'ont rien de mieux à faire que de me juger.

CHAPITRE 20
Amaury

Enfin, Tamara retrouve le piquant que je lui connais. Il a suffi que le directeur la scrute avec dédain pour qu'elle sorte enfin ses griffes. Tout ce que j'espère, c'est qu'elle n'ira pas trop loin. Garder la tête haute, oui, arracher la gorge du directeur, non. Même si j'ai un goût prononcé pour les négociations agressives, il y a tout de même des limites à ne pas franchir.

– Femme d'affaires, cheffe d'entreprise, agricultrice, comme tous les indépendants, je cumule toutes ces casquettes. Et s'il y a bien une chose dont j'ai horreur, c'est perdre mon temps…

– C'est pourquoi nous espérons une réponse concise de votre part, à moins que vous ne souhaitiez un délai de réflexion pour prendre la mesure de l'ensemble des aspects de notre proposition, complété-je soudain de peur que Tamara ne dépasse les bornes.

Elle m'adresse un regard noir, loin d'être dupe face à ma petite esquive. Le directeur se racle la gorge afin d'attirer notre attention.

– Sachant que personne n'a de temps à perdre dans cette pièce, je pense qu'il est inutile de poursuivre. Les chiffres évoqués sont d'un comique appréciable, mais totalement irréaliste. Tout aussi « sympathiques » que vous puissiez être tous les deux, je ne connais aucun directeur qui souhaite se transformer en mécène. Si vous m'aviez informé de vos exigences tarifaires lors de notre entretien téléphonique, j'aurais pu vous épargner le déplacement.

Les muscles des joues de Tamara tremblent sous la colère. Il faut que je la sorte de là avant qu'elle n'explose.

– Ça vous étoufferait de répondre simplement : non, merci ?

Trop tard...

– Merci de nous avoir reçus, ajouté-je. Nous allons vous laisser.

D'une main, je récupère le dossier tandis que l'autre saisit celle de Tamara pour la forcer à se lever. Si elle avait été un chat, elle m'aurait feulé au visage ou bien crever les yeux à coups de griffes...

– Une entreprise sous le coup d'un redressement judiciaire ne peut pas se présenter avec des exigences supérieures à celles de sociétés en bonne santé, reprend le directeur.

Mon sang ne fait qu'un tour. Pourquoi a-t-il fallu que cet imbécile en rajoute une couche ?

Il faut savoir accepter une défaite, toutefois, ça ne signifie pas se laisser marcher dessus. Il ne faut jamais plier l'échine, ô grand jamais ! Savoir se retirer avec élégance n'est pas un signe de faiblesse, mais d'intelligence, cependant tout le monde a ses limites. Je crois que le directeur a oublié ce détail, sans compter qu'il n'a aucune idée de la véritable nature de la femme qu'il risque d'affronter si on ne quitte pas son bureau rapidement.

Je pose le dossier dans les bras de Tamara après avoir lâché sa main. Elle le cale contre sa poitrine comme s'il était devenu son bien le plus précieux, puis crache avec aplomb :

– Un supermarché qui se targue d'être le partenaire des paysans ne devrait pas leur cracher au visage quand l'un d'eux vient demander une rémunération équitable.

– Vous osez qualifier un montant pareil d'équitable ? s'étouffe le directeur.

Tamara se dirige d'un pas martial vers la porte sans même tourner la tête vers lui. Elle se contente de lever le bras, lui offrant son majeur tendu. J'étouffe un cri offusqué en même temps que le directeur. Toutefois, je ne compte pas m'excuser à sa place. Je me contente d'un hochement de tête avant de suivre Tamara.

Un claquement sonore me fait tressaillir lorsque je trotte pour la rattraper. Elle, qui est presque entrée dans le bureau à reculons, s'en va à la vitesse de l'éclair. Je sens que le débriefing risque d'être sportif...

Dès que nous arrivons près de ma voiture, elle s'immobilise et pointe un doigt accusateur dans ma direction.

– Je t'avais dit que c'était une grosse connerie ces rendez-vous !

Évidemment, ça va être ma faute.

Je lève les yeux au ciel et m'efforce de rester calme face à la tempête qui s'annonce.

– Un échec ce n'est rien, répliqué-je.

– J'étais à l'école avec sa fille aînée ! aboie-t-elle. Je fais des courses dans ce magasin ! S'il raconte ça à mes parents, je suis foutue !

– Sérieusement, c'est ce qui t'inquiète le plus ?

– Oui ! Non ! Roh, bordel, j'ai horreur de ce genre de discussions ! Pourquoi les gens comme vous ne sont pas foutus de parler avec un minimum de franchise ? C'est si compliqué que ça ?

– On appelle ça : l'art de la négociation, expliqué-je.

– Pff ! Hypocrisie plutôt. Qu'est-ce que ça change de tourner autour du pot en bombant le torse ? Absolument rien !

– Ton dossier est déjà compliqué, si nous n'y mettons pas les formes, ça va être encore plus difficile. Fais-moi confiance. J'avais prévu la possibilité d'essuyer quelques échecs.

– Super… bougonne-t-elle. Tu veux dire que tous les types qu'on va rencontrer aujourd'hui seront aussi désagréables ?

– Aucune idée, mais c'est possible. Il faut que tu te blindes. Ce que t'a dit celui-ci n'aurait pas dû t'atteindre autant. Tu ne peux pas laisser des inconnus t'égratigner. Sinon, tu leur donnes l'occasion de te faire mal et la plupart ne s'en priveront pas.

Un truc plus facile à dire qu'à faire, j'en ai bien conscience, mais il fallait qu'elle l'entende.

Totalement hermétique à ce que je lui explique, Tamara chasse mes mots du revers de la main avant de s'installer dans la voiture.

Par l'enfer, pourquoi se referme-t-elle comme ça avec moi alors qu'elle explose devant un directeur de magasin ? *Cette femme m'épuise.*

Je balance ma sacoche sur le siège arrière avant de prendre le volant. L'avantage de ce premier rendez-vous écourté est que nous serons largement à l'heure pour le second. Toutefois, je ne peux pas m'empêcher d'enfoncer la pédale de l'accélérateur. La vitesse me détend. Elle nuit à mon permis de conduire, déjà amputé de quelques points, mais c'est plus fort que moi.

Tamara émet un grognement bestial quand nous passons devant un panneau publicitaire du supermarché prônant : « le mieux vivre avec nos agriculteurs ». Pour le coup, je ne peux pas vraiment lui en vouloir.

Je tapote sur le GPS pour sélectionner l'adresse de notre prochaine destination quand elle se décide à ouvrir la bouche :

– Tu conduis comme un jeune merdeux de vingt ans, totalement inconscient des risques.

J'encaisse, surpris par son reproche, puis relâche l'accélérateur.

– Je suis un excellent conducteur, rétorqué-je.

– Je suis sûre que tous les types qui ont fini dans un platane disaient la même ânerie.

Elle tire sur les manches de son chemisier comme s'il la dérangeait.

– Je suis prêt à te servir de punching-ball aujourd'hui si ça te permet d'encaisser nos rendez-vous, mais n'en fais pas une habitude et surtout ne perds pas de vue notre objectif.

Car si ça foire, ma dernière solution c'est l'idée de Théo, or je doute que ça emballera Tamara de se lancer sur les réseaux sociaux.

– Quelle générosité, cingle-t-elle le regard rivé sur le paysage.

Elle plonge dans un profond mutisme jusqu'à ce que nous arrivions à destination. Pour l'instant, nous restons à proximité de la ferme, car j'espère que l'argument de l'hyper local séduira l'un des responsables de supermarché.

Nouvelle place de parking. Nouvelle employée à l'accueil. Même couloir austère menant au bureau du directeur. Quand on en a vu un, on les a tous vus.

J'opte pour la même tactique, une approche sans concession qui met en avant les particularités de l'exploitation de Tamara. Mais cette fois, quand j'achève ma présentation, la concernée enchaîne :

– Vos publicités qui mettent en scène vos producteurs ravis de travailler avec votre enseigne, c'est pour le fun ou ils sont réellement contents de travailler avec vous ?

Je grince des dents face à son approche de tractopelle. Heureusement, le directeur, M. Titan ne se renfrogne pas. Il esquisse même un sourire face à la brutale franchise de Tamara.

– J'aime à croire que la plupart d'entre eux sont satisfaits de travailler avec nous.

– Bonne nouvelle.

Il parcourt rapidement les pages du dossier. Le minuscule espoir qu'il fasse preuve de générosité s'évapore lorsqu'il s'arrête sur la même page que son prédécesseur. On pourrait croire que tripler le prix de vente est excessif, mais c'est le minimum dont Tamara a besoin pour redresser la barre.

J'ai passé des soirées entières à étudier le marché laitier. Vu les charges que doivent supporter les agriculteurs, il faut que les industriels revoient le prix d'achat à la hausse. C'est une urgence pour Tamara, mais c'est une nécessité pour l'ensemble de la profession.

Toutefois, avant de défendre la totalité du monde agricole, je vais me contenter de sauver celle dont j'ai la charge.

– C'est une proposition… audacieuse, commente le directeur.

Son attention est toujours portée sur Tamara.

– Justifiée, réplique aussitôt celle-ci. M. Mabeck vous l'a expliqué, je travaille bien. Il n'est pas nécessaire de broyer les bêtes pour obtenir un produit de qualité. C'est même le contraire. Mes vaches sont en parfaite santé, leur lait a une excellente qualité nutritionnelle, meilleure que les élevages industriels qui gèrent leurs animaux comme des choses négligeables.

– Vous avez l'air d'être une jeune femme passionnée, et je n'en doute pas, compétente. Toutefois, vos exigences sont bien au-delà des prix du marché. L'équité doit être dans les deux sens. Je me suis toujours fait un devoir de prendre soin de mes employés, or un magasin qui ne fait pas de bénéfices ne pourra pas offrir de primes. Ou pire, il devra réduire ses effectifs…

Incapable de rester silencieux plus longtemps, je me permets d'intervenir. Si je le laisse faire, il va tourner la situation à son avantage en nous faisant culpabiliser sur la « ridicule petite marge » qui lui reste s'il paie plus ses fournisseurs.

Finalement, Titan est plus vicieux que ce cher M. Patri. Il va jouer la carte de la sympathie pour faire ployer Tamara. Sans doute parce que c'est une femme, qu'elle est jeune et qu'il pense pouvoir l'amadouer plus facilement, peu importe la justification derrière laquelle il se planque pour adopter une technique pareille.

– Vous semblez être quelqu'un d'altruiste, M. Titan, c'est pourquoi je me permets de mettre en avant le fait que si aucun magasin ne fait un pas dans la bonne direction, la situation ne changera jamais. Prendre part au changement est un signe de courage.

Eh oui mon pote, moi aussi je peux sortir les violons.

Une lueur amusée éclaire le regard du directeur. Il a compris que je l'avais vu venir et inversement.

– Certainement, ronronne-t-il. Mais si je signe avec vous, que devrais-je dire à mes autres producteurs pour justifier d'un arrangement ?

– Mlle Pechnot peut parfaitement fournir des quantités suffisantes.

– Pour l'ensemble de mon magasin ? Permettez-moi d'en douter, au vu des chiffres dans le dossier. Si Lactel ou un autre industriel apprend que je paie un prix pareil au litre, je vais avoir tous les commerciaux du secteur dans mon bureau la seconde suivante. Ce n'est pas gérable. Mademoiselle, je vous souhaite le meilleur, mais je ne peux pas accepter votre proposition.

Tamara hoche la tête, encaisse sans broncher. Un net progrès !

– Dans ce cas, nous n'allons pas vous déranger plus longtemps, annoncé-je en me levant de ma chaise. Nous avons encore d'autres personnes à rencontrer.

– Bonne continuation, Mlle Pechnot.

Elle lui sert un sourire plus proche de la grimace avant de quitter son bureau. Alors que je m'apprête à en faire autant, le directeur m'interpelle :

– M. Mabeck.

Je m'arrête pour l'écouter tandis que Tamara s'éloigne sans se retourner.

– C'est la première fois que je vois un mandataire judiciaire faire preuve d'autant d'implication et d'une telle audace.

– Elle le mérite, rétorqué-je, sans hésiter.

– Comme beaucoup.

– Certainement, mais je n'ai que son dossier à ma charge.

– C'est extrêmement courageux, jeune homme, mais ne la berçait pas trop d'illusions. Vous ne changerez pas un système entier juste avec ses jolis yeux.

– Je ne partage pas votre avis, M. Titan, d'autant que Tamara a beaucoup plus à offrir que de beaux yeux.

– J'envie l'optimisme de la jeunesse.

– J'exècre la passivité des autres générations, cinglé-je.

Le directeur secoue la tête.

– Bonne chance, M. Mabeck.

CHAPITRE 21
Tamara

Encore un échec.

Tandis qu'Amaury roule à toute allure vers le prochain supermarché, je me jure de ne jamais remettre un pied dans les deux que nous venons de visiter. Moi qui suis capable de bosser du lever du soleil jusqu'au soir, voilà que je me retrouve vidée avec ces deux rendez-vous ridicules, pendant lesquels je suis restée assise en me défendant comme je pouvais. Les gens sont épuisants et devoir négocier alors que je suis en position de faiblesse me fatigue bien plus que ce que je pensais.

En revanche, Amaury n'a pas l'air le moins du monde affecté par les échecs que nous venons d'essuyer. Il n'y a aucun signe de doute chez lui.

L'insistance de mon regard l'incite à tourner la tête vers moi. Je brave ses yeux quelques secondes avant de soupirer. Je réajuste mon chemisier pour la millième fois en me maudissant de ne pas avoir mis un truc en dessous. Les vêtements cintrés sont une création du diable pour que le commun des mortels se sente mal à l'aise en toutes circonstances, mais en particulier dans des moments bien merdiques. Entre les chaussures qui font mal aux pieds et les cols trop serrés, même un événement joyeux peut virer au supplice de Tantale.

Tu déraillès, Tamy. Arrête, ne retombe pas là-dedans.

En fait, je suis seulement au bout du rouleau... Les pics d'énergies auxquels je m'accroche pour continuer malgré tout, sont de plus en plus rares. J'ai peur qu'ils disparaissent complètement, me plongeant dans une torpeur dont je ne suis pas certaine de sortir.

– Le troisième sera le bon, souffle Amaury.

– C'est moche de mentir.

– Si ça ne fonctionne pas, je trouverai autre chose.

– Comme quoi ? Ce ne sont pas les solutions qui nous étouffent.

Amaury ouvre la bouche, puis la referme avant de se concentrer sur la route.

– C'est bien ce que je pensais... Tu n'en sais rien.

Mes entrailles se nouent.

– Tu devrais faire une proposition plus basse. Personne n'acceptera de payer autant, ajouté-je.

– Non.

Je jette un rapide coup d'œil au GPS. Il nous reste encore une bonne demi-heure avant d'arriver, autant en profiter pour le convaincre afin d'éviter un énième carnage.

– Pourquoi pas ? Les attaquer comme ça, c'est trop risqué.

Amaury ne me répond pas. Mes sourcils se froncent, si je ne craignais pas qu'il nous envoie dans le décor, je lui aurais flanqué une taloche sur le crâne.

– Baisser ton tarif ne suffirait pas à te remettre à flot.

Voilà enfin la vérité, et comme souvent, elle est très moche.

– Merveilleux, balbutié-je en passant une main dans mes cheveux encore légèrement humides.

– Tu mérites qu'on te paie de façon décente, argumente Amaury.

J'ai du mal à croire qu'il fasse preuve d'une telle naïveté.

– Je ne vais pas t'apprendre qu'on n'exerce pas dans ce domaine pour le salaire.

– Il y a des agriculteurs qui pèsent des fortunes.

Je ricane face à sa réflexion typique de citadins.

– Ça concerne une poignée, qui ont la chance d'être de vieux propriétaires terriens et qui ont eu une descendance assez passionnée pour reprendre le flambeau sans flinguer leur héritage. C'est presque une légende urbaine. La majorité est comme moi, on est seulement la deuxième ou troisième génération. Tu sais, je ne démarrais pas trop mal avant cette putain de sécheresse ! Mes parents ont remboursé l'ensemble des crédits, tout nous appartient, c'est loin d'être le cas partout.

Voilà pourquoi mon échec à maintenir l'exploitation en vie est d'autant plus douloureux.

– Ils ont tout parié sur moi, murmuré-je, la gorge serrée.

– Tu n'as jamais eu envie de faire autre chose ? m'interroge Amaury en doublant un camion.

– Non. J'avais cinq ans la première fois que mon père m'a mise sur un tracteur, j'étais foutue dès ce moment-là.

Ce souvenir, devenu un peu flou avec le temps, me réchauffe la poitrine. Toutefois, je complète mes explications :

– J'adore ce que je fais et la ferme. J'ai une chance que peu de personnes ont : je suis née dans mon coin de paradis. Je n'ai pas eu besoin de le chercher, j'y étais déjà.

Je n'avais qu'à le préserver...

– Tu as déjà essayé de faire autre chose ? Voyager hors du Gers ?

– Pour quoi faire ? Pourquoi aller voir ailleurs alors que j'aime ce que j'ai ? C'est un truc que je n'ai jamais compris.

– Parce que le monde est vaste ? Parce que tu passes peut-être à côté de quelque chose de mieux ?

Je soupire à ce raisonnement que j'ai déjà entendu des dizaines de fois. Il se traduit par « Mais enfin la bouseuse, l'univers ne se cantonne pas à tes vaches et un seul département ».

– Mieux... Désolée, mais je ne vois pas l'intérêt de foutre en l'air ce que j'ai pour un hypothétique « meilleur ». Je m'en fous si ça me fait passer pour une péquenaude. Je laisse le monde aux autres, je veux juste ma ferme. Et si tu oses un jeu de mots douteux sur mon nom de famille et péquenaud, sache qu'on me l'a fait durant toute ma primaire, le devancé-je en croisant les bras sur ma poitrine.

– OK, OK, c'est bon, j'ai rien dit. Le Gers c'est génial, un vrai pays des merveilles.

S'il pense que je n'entends pas le sarcasme dégoulinant de ses mots, il se plante le doigt dans l'œil, et jusqu'au coude.

– Je n'ai pas dit ça non plus ! Roh, de toute façon, tu ne peux pas comprendre, cinglé-je en relevant le menton.

– Voilà une réponse débordante de maturité. Donc, parce que je ne suis pas sensible au charme de ta ferme et de tes vaches, je suis un connard de citadin qui ne connaît pas le véritable sens de la vie ?

– Blaireau, murmuré-je.

– Pardon ?

– Blaireau, répété-je, plus fort. Pas un connard, mais un blaireau, oui tu en coches les cases. La première fois que tu as débarqué, on aurait dit que tu avais une bouse fraîche sous le nez en permanence. Tu as tout jugé, moi, mon foyer, mon métier, ma famille et même mon chien. C'est l'attitude classique du blaireau obtus.

La seule chose sur laquelle je n'arrive pas à mettre le doigt, c'est qu'est-ce qui a changé ? Pourquoi a-t-il troqué son attitude d'enfoiré arrogant pour une armure de défenseur d'agricultrice en détresse ? J'ai du mal à croire qu'il ait suffi de quelques sanglots pendant une conversation nocturne qui n'aurait jamais dû avoir lieu.

– J'ai vraiment l'air aussi con ? demande-t-il après un long silence.

Oh non, merde, je l'ai vexé ? Pourtant Amaury n'est pas du genre à se froisser facilement, enfin, c'est ce que je croyais...

– Ouais, lâché-je dans un élan d'honnêteté.

Ou juste pour le plaisir de le contrarier...

Il se referme. Les traits de son visage se tendent sous la réflexion. Je paierai cher pour avoir un aperçu de ce qui se trame dans son esprit.

– Je suis désolé.

OK, c'est officiel, le monde part en vrille. Je n'arrive pas à croire ce que je viens d'entendre. Où est passé Amaury Mabeck, mandataire judiciaire borné et arrogant ? Pourquoi me dégaine-t-il la carte du bisounours ? C'est presque effrayant.

Un éclair de lucidité me rappelle un détail non négligeable pouvant expliquer ce changement inopiné.

– Que t'ont raconté mes parents, au juste ? demandé-je suspicieuse.

Un sourire en coin éclôt sur ses lèvres.

– Rien.

– Menteur.

– Tes parents t'aiment, c'est tout ce qu'il y a à retenir de notre discussion. Je t'assure qu'ils n'ont rien dit de compromettant.

Mon nez se plisse de perplexité. Cette conversation commence à me mettre franchement mal à l'aise.

– Tous les parents aiment leurs enfants, commenté-je en proie à la réflexion.

Un rire grave, débordant d'aigreur, échappe à Amaury.

– N'en sois pas si sûre.

– Qu'est-ce que tu veux dire ? répliqué-je.

– On est arrivés.

Notre entrée sur le parking met fin à ce moment. Je n'ai pas vu le temps passer. J'en ai presque oublié où nous nous rendions. La réalité me tord à nouveau l'estomac tandis que je scrute l'enseigne rouge et verte.

CHAPITRE 22
Amaury

Je déraille complètement. Il faut que je me reprenne ! Je me le répète alors que nous approchons du bureau de Mme Hatonia, directrice de cet hyper. C'est la seule femme que nous allons rencontrer aujourd'hui. Une part de moi espère que ce détail jouera en faveur de Tamara. Je ne m'attends pas à un élan de sororité, mais plutôt à de la compréhension et de l'humanité qui manquaient cruellement lors de nos précédents rendez-vous.

Hatonia s'avère être une charmante quarantenaire préférant les pantalons fluides à la rigidité du tailleur. Elle nous invite chaleureusement à nous asseoir, et je sens Tamara se détendre un peu. C'est un bon point !

Il est inenvisageable d'attaquer la négociation de la même façon que ce matin. Dans l'idéal, il faudrait que ce soit Tamara qui ouvre le bal, mais elle n'a pas l'air décidé. Je sors le dossier pour le tendre à Mme Hatonia en dégainant un sourire plus doux que les précédents.

– Merci de nous recevoir. Voici la proposition que j'ai évoquée lors de notre entretien téléphonique.

La directrice le feuillette rapidement. Les battements de mon cœur s'accélèrent lorsqu'elle s'attarde sur les chiffres. Un léger frémissement fait tressauter son sourcil gauche, mais elle ne renonce pas pour autant à sa lecture. Je contiens un « ouf » de soulagement.

– C'est cher, je sais, commence Tamara.

L'air déserte mes poumons. Je lui adresse un regard effaré, en espérant qu'elle y décèle ma supplication du genre : « ne flanque pas tout par terre, pitié ».

– Je dois reconnaître que c'est bien au-dessus des offres que j'ai l'habitude de proposer à mes fournisseurs.

– C'est ce qu'on dit les autres, de façon moins sympathique...

La directrice ne se formalise pas du ton bougon de Tamara. Une chance, vu que la situation est en train de m'échapper. Je pourrais me jeter dans la bataille pour tenter d'éviter un dérapage, mais je ne suis pas certain que ce soit une bonne idée.

– Pourquoi vouloir passer outre la coopérative ? demande Hatonia en croisant les doigts sous son menton.

– Cir...

– M. Mabeck, me coupe-t-elle sans scrupule, c'est Mlle Pechnot que je souhaite écouter.

– Circuit court, enchaîne Tamara pour terminer ma phrase.

La directrice arque un sourcil.

– C'est votre unique motivation ? Alors que vous êtes en plein redressement judiciaire ? Je n'ai jamais vu un entrepreneur agonisant se soucier de l'éthique.

– J'ai l'air agonisante ? réplique aussitôt Tamara tandis que ses doigts se crispent autour des accoudoirs de sa chaise.

– Dans ce cas, comment qualifieriez-vous votre situation ? Vous vous estimez en position de négocier ? Je suis certaine que si je devais appeler votre banque, elle m'informerait que votre société est en cessation de paiements.

OK, mon espoir qu'une négociation de femme à femme puisse favoriser Tamara s'évapore. Elle va en faire de la charpie. Narines dilatées, les muscles du cou tendus à l'extrême, je ne serais qu'à moitié surpris si elle sautait sur le bureau pour étrangler son interlocutrice.

– Sachant que M. Mabeck vous a contacté en tant que mandataire judiciaire, le fait que ma ferme se porte mal est une évidence.

– Très juste, je m'attendais donc à une proposition plus... raisonnable.

Tamara abat le plat de sa main sur le bureau, faisant sursauter la directrice.

– Raisonnable ? Vous avez senti la bonne affaire, comme un vrai vautour. Vous pensiez que je me mettrais ventre à terre en espérant vous convaincre d'accepter ma proposition. C'est loupé ! J'en ai ras le cul !

Elle braque son regard vers moi, puis ajoute :

– Débrouillez-vous !

Je devrais m'estimer chanceux qu'elle a tenu presque trois rendez-vous avant d'exploser. Je me pince l'arête du nez lorsqu'elle claque la porte en partant, me laissant en tête à tête avec la directrice.

– Cette jeune femme a des progrès à faire dans l'art de la négociation. L'orgueil est un luxe qu'elle ne peut pas se permettre.

Alors que je m'apprêtais à m'excuser du comportement de Tamara, je me ravise face au dédain de mon interlocutrice.

– Face à une négociation hypocrite, l'orgueil est vital, rétorqué-je en me levant de ma chaise.

Je récupère mon dossier en secouant la tête. Avant de partir, je ne peux m'empêcher de lui poser une question :

– Vous êtes originaire de la région ?

Surprise, la directrice marque une pause avant de répondre.

– J'ai grandi dans un village à une dizaine de kilomètres.

– Tout comme Tamara.

– M. Mabeck, faut-il que je vous apprenne qu'amitié et business ne fonctionnent pas de pair ?

– Ne vous donnez pas cette peine. En revanche, vous devriez revoir votre campagne d'affichage. Affirmer être « fier de notre région » sur vos rayonnages alors que vous n'accordez pas le moindre crédit à une jeune entrepreneuse qui ne jure que par sa terre et son terroir, ne paraît pas très honnête.

– Je vous souhaite bon courage, M. Mabeck.

Bon Dieu, cette phrase va me donner des cauchemars.

Je retrouve Tamara près de ma voiture. Ses cheveux ont commencé à sécher au gré du vent, lui donnant l'allure d'une lionne de très mauvais poil.

– Il te faut encore combien de rendez-vous de ce style pour que tu comprennes que ton plan n'a aucune chance ? aboie-t-elle.

– Deux, mais avant, nous allons déjeuner.

– Amaury… Il doit bien y avoir une autre solution…

Je déverrouille la voiture sans répondre, et Tamara s'installe à sa place, à mes côtés. Puis nous reprenons la route.

– C'est quoi le plan B ? attaque-t-elle à nouveau.

– C'est trop tôt pour en parler.

– Pourquoi ?

– Parce que je ne suis pas du genre à lâcher l'affaire, bon sang ! Un de ces foutus directeurs va finir par craquer.

Je regrette aussitôt mon coup de sang.

– On s'en prend à leur portefeuille, il ne fallait pas s'attendre à un miracle.

Le panneau plébiscitant les produits de la région m'arrache un grognement alors que nous sortons du parking.

– Il y a un restaurant correct dans les parages ? lancé-je pour détourner la conversation.

– Évidemment. Prends la direction du centre du village, il y en a une ribambelle sous les halles.

J'obtempère et tourne lorsqu'elle me l'indique.

Tamara descend la première. J'abandonne ma sacoche avant de la rejoindre. Inutile de lui remettre le nez dans le dossier maintenant, ça n'aiderait pas. Un moment de détente lui permettra de faire baisser la pression, et si je dois être honnête, ça ne me fera pas de mal non plus.

– Une préférence ? demandé-je face aux enseignes alignées.

Elle n'hésite pas et pointe du doigt son choix.

– Lui.

L'établissement dont nous approchons s'apparente à une charmante brasserie. À l'instar de la place composée de bâtis en pierres blanches d'un autre temps, le propriétaire des lieux a préservé l'âme de l'endroit sans pour autant tomber dans le rustique.

La salle est petite, quelques tables sont déjà occupées. La serveuse nous accueille avant de nous guider vers un coin tranquille. Mon estomac se réjouit d'avance en sentant le fumet qui émane de la cuisine.

À peine assis, une sympathique jeune femme s'approche de nous :

– J'y crois pas ! Tu es sortie de ta ferme ?

Le sourire de Tamara s'illumine tandis qu'elle se lève pour saluer chaleureusement, celle que je suppose être la gérante.

– Comme si ça ne m'arriverait jamais, râle ma cliente en relâchant son amie avant de s'installer à nouveau sur sa chaise.

– Je m'estime heureuse de te voir une fois par an, rétorque la seconde avant de poser son regard sur moi. Pardon, bonjour, je suis Ingrid.

– Amaury.

– Il est timide, ton chéri, rétorque Ingrid.

Tamara vire aussitôt cramoisie, et je sens une vague de chaleur envahir mes joues. Je n'ai pourtant pas rougi depuis l'âge de quatorze ans.

– C'est... Non, c'est pas ce que tu crois... Amaury est... bafouille Tamara en serrant sa serviette.

Son amie glousse.

– OK, j'ai fait une bourde. Ravie de te rencontrer, Amaury, quoi que tu sois pour cette sauvage. Je vous apporte l'ardoise avec les plats du jour.

Elle nous abandonne dans un silence pesant. Tamara continue à torturer sa serviette sans rien dire jusqu'à ce que son amie revienne. Elle nous laisse un délai de réflexion, le temps de débarrasser une autre table.

– Je suppose qu'elle non plus ne connaît pas tes difficultés, lancé-je pour tenter de briser cette nouvelle gêne.

– Non, on n'est pas proches à ce point.

– Tes parents n'étaient pas au courant.

– Ce que je veux dire, c'est qu'elle n'a pas besoin de le savoir. Ingrid a ses propres soucis à gérer.

– Très bien, dans ce cas je jouerai le rôle du mystérieux fiancé.

– Ha, ha, ha, hilarant, grogne Tamara.

– Le but de ce déjeuner, c'est que tu te détendes un peu avant qu'on poursuive nos rendez-vous.

– Ouais, pour ça j'aurais dû choisir un autre restau. J'ai sous-estimé la manie d'Ingrid à mettre les pieds dans le plat.

– Je t'ai pourtant laissé le choix.

– Je ne sais pas si tu as remarqué, mais j'ai une fâcheuse tendance à faire les mauvais choix...

Le retour d'Ingrid nous oblige à interrompre notre échange. Tamara commande un kebab, je l'imite malgré le plat de Saint-Jacques qui me fait de l'œil.

Je suis habitué aux déjeuners professionnels et à ceux avec mon père. Je sais gérer le silence, les regards fuyants, pourtant avec Tamara, je ne peux m'empêcher de relancer la conversation. Chaque question réduit la distance que je voulais nous imposer. Parler, c'est apprendre à la connaître. La connaître c'est chuter avec elle en cas de liquidation. Mon cerveau m'impose le visage de Pauline pour tenter de me dissuader de foncer dans un mur, mais c'est déjà trop tard...

– J'ai moi aussi pris un tas de décisions merdiques.

Tamara cligne des yeux à plusieurs reprises, comme si elle se reconnectait à l'instant présent.

– Toi ?

Je hoche la tête.

– Tu admets avoir des failles, Amaury Mabeck ? Sois honnête, ce sont mes parents qui t'ont demandé de jouer la carte du mec sympa pour m'amadouer et que je me comporte en bonne élève ?

Ma sincérité vient de prendre une gifle métaphorique plutôt douloureuse. Je dissimule une grimace derrière un soupir.

Pourquoi est-elle persuadée que le moment que j'ai partagé avec ses parents a changé quelque chose ?

Parce que c'est la vérité, sale hypocrite. Tu flirtais déjà avec la limite depuis cette fameuse nuit où tu as eu « l'excellente » idée de répondre au téléphone. Maintenant que tu as mangé un bout de brioche avec ses parents, elle est définitivement passée au stade de cliente attendrissante, autrement dit un sacré problème pour ton symptôme du chevalier blanc.

Le feu, ça brûle, Amaury. Tu le sais. Pourtant tu ne peux pas t'empêcher d'y mettre les doigts. Tu es vraiment un con !

CHAPITRE 23
Tamara

Amaury a arrêté ses efforts pour détendre l'atmosphère après que je l'ai une énième fois rabroué.

Seul le tintement de nos couverts rythme notre repas. Chacune de mes bouchées tombe dans mon estomac comme un boulet de canon. Quel gâchis ! J'adore venir manger ici, quand j'ai le temps… ou les moyens… Autrement dit, pas souvent.

– Je… entamé-je après avoir terminé mon plat.

Amaury redresse la tête, totalement neutre face à mon hésitation.

– Je suis vraiment une sauvage.

Une lueur incrédule brille dans ses yeux gris. Mon ébauche d'excuse n'a pas l'air de fonctionner.

– C'est pas facile pour moi de mettre ma vie entre les mains d'un étranger, mais ça, tu l'as déjà compris. Ce que je voulais dire c'est que… je pense que j'ai eu de la chance de tomber sur toi. J'ai conscience que je ne te facilite pas la vie.

L'incrédulité d'Amaury se mue en une expression plus douce.

– Tu as le droit de rester fière, Tamara. Si pour ça tu as besoin de montrer les dents de temps en temps, je n'y vois pas d'inconvénients.

Je cherche une moquerie, une chute, de l'hypocrisie, n'importe quoi pour expliquer cette réponse. J'avais tellement besoin d'entendre ces mots...

– Merci, soufflé-je.

– J'ai dit de temps en temps, précise-t-il avec un rire dans la voix. Je te rappelle que nous avons encore deux directeurs à rencontrer.

– Je vais faire un effort.

Une promesse que j'espère tenir.

L'employée d'Ingrid nous débarrasse. Lorsqu'elle nous propose un dessert, j'interroge Amaury du regard pour savoir si nous avons le temps. Quand il commande une crème brûlée, je prends ça pour un oui et m'empresse de demander un cookie géant. Celui-ci est souvent sous-estimé par les clients qui s'attendent à un cookie similaire à ceux qu'on trouve dans les pâtisseries.

Vu la tête d'Amaury quand ce dernier arrive, lui aussi a commis la même erreur que les autres. Je me régale d'avance en voyant le cookie de la taille d'une petite assiette, garni de chantilly, de deux boules de glaces au caramel, le tout nappé de sauce chocolat.

– Pas mal, n'est-ce pas ? lancé-je en plongeant ma cuillère dans la crème.

– Le mot est faible.

– C'est aussi bon que ça en a l'air.

– Tu te vantes ? se moque-t-il en attaquant son propre dessert.

– Un peu. Dis-toi qu'avec autant de sucre dans le sang, j'encaisserai beaucoup mieux l'air hautain de ces « sympathiques » directeurs de supermarché.

– Alors, il serait judicieux d'en prendre un à emporter.

– Ne me tente pas.

J'esquisse un sourire puis décide de ne pas laisser le silence s'installer à nouveau entre nous. Sachant que je manque cruellement de savoir-vivre, je balance la première question personnelle qui me passe par la tête :

– Tu es marié ?

Ses yeux s'arrondissent de surprise. Sa bouchée de crème fait fausse route, entraînant une monstrueuse quinte de toux qui me fait craindre d'avoir réussi à le tuer avec une simple question. Heureusement, il survit, au prix de quelques larmes et d'une pluie de postillons.

Amaury s'essuie rapidement les lèvres avant de répondre :

– Jamais de la vie.

On dirait que j'ai touché une corde sensible…

– Anti-mariage ?

– Anti-bêtise, réplique-t-il aussitôt.

– Eh ben dis donc, tu es carrément allergique.

– Oui, enfin non ! Je ne m'attendais pas à ce genre de questions.

– Désolée, tu aurais préféré que je te parle de foot ? me moqué-je, car je te préviens je n'y connais rien.

– Moi non plus. Mais pour te répondre, non, je ne suis pas marié. Je ne pense pas l'être un jour, si on omet les avantages fiscaux, je trouve que le mariage est une institution très hypocrite. Qui sur cette terre peut jurer fidélité et tout le bla-bla ?

J'ai le parfait argument pour prouver au sceptique de l'amour que celui-ci existe vraiment.

– J'ai des amis qui sont ensemble depuis la maternelle et je mettrai ma main à couper qu'il n'y aura que la mort pour les séparer.

– Deux possibilités : soit ils sont l'exception qui confirme la règle, soit tu n'es absolument pas au courant que l'un d'eux met régulièrement des coups de canifs dans le contrat.

– Je préfère croire la première option, soufflé-je en pensant à Élise et Arthur. Ils s'aiment comme des dingues.

Amaury tapote sa cuillère contre la coupelle en terre cuite de sa crème brûlée, tout en me fixant.

– Je ne te pensais pas aussi romantique, lâche-t-il.

– C'est du romantisme d'espérer qu'on a tous quelqu'un qui nous attend ? Peu importe qu'on soit moche, con ou bien les deux à la fois ?

Ou juste terriblement seule…

– Je ne fais pas partie des gens qui attendent. Quand on veut quelque chose, il faut le chercher.

Je pouffe face à son expression déterminée.

– Tu dois avoir une sacrée technique pour approcher les femmes si tu es du genre à les attraper par les cheveux pour les traîner dans ta grotte. Moi, mâle viril ! raillé-je d'une voix exagérément grave.

– J'y mets un peu plus de formes, mais je t'assure que la plupart ne se sont jamais plaintes de ma façon d'agripper leurs cheveux, réplique-t-il d'une voix plus suave, son regard planté dans le mien.

L'arroseur arrosé… Je tousse de surprise tandis qu'un sourire satisfait étire les lèvres d'Amaury.

– Charmant, articulé-je en lorgnant mon dessert.

– Je n'aime pas les fausses promesses. J'ignore si je suis capable d'aimer quelqu'un tous les jours sans exception, ça me paraît irréaliste.

Ah voilà, on revient sur un terrain qui ne me fait pas rougir comme une pucelle.

– Je crois que personne n'est capable d'un truc pareil.

– Pourtant, c'est ce qu'on attend du mariage, non ?

Je secoue la tête.

– Non, je ne crois pas. La promesse n'est pas d'aimer passionnément chaque minute, mais plutôt d'être là, dans les beaux jours comme pendant une tempête. Élise et Arthur se disputent aussi bien qu'ils s'aiment.

– Ils sont mariés depuis longtemps ?

– Non, la cérémonie est prévue l'année prochaine.

Amaury grimace, puis réplique :

– J'espère pour eux que ça ne changera pas une fois passé le cap.

– Pourquoi ça changerait ? Ils ont vécu plus d'années ensemble que séparés.

– Le mariage change les gens.

C'est la deuxième fois qu'il me balance une réponse qui soulève une flopée de questions. On me dit souvent que pour obtenir une confession de ma part, il faut sortir les rames et aimer galérer. Amaury n'est pas mal dans le genre aussi, finalement.

Il offre un aperçu de quelque chose, puis se dissimule derrière son masque de mandataire – blaireau – plus froid que la glace.

Sauf que maintenant, j'estime avoir le droit de ne plus m'arrêter à ça.

– Tu parles d'expérience ?

– On peut dire ça.

– Tu as été marié ?

– Non ! rétorque-t-il de façon toujours aussi épidermique. Pas moi.

– Alors qui ?

– Comment en est-on arrivé à parler de mariage ?

Je flaire l'esquive à des kilomètres.

– Des amis à toi ? insisté-je.

Amaury soupire.

– Mes parents.

Il pose son regard sur sa montre, puis ajoute :

– Il va falloir qu'on bouge.

– Mais on n'a pas pris de café, m'offusqué-je

– Plus le temps.

Je m'empresse de finir ce qu'il reste de mon cookie. Quelque chose me dit que l'urgence, c'est de ne surtout pas m'en dire plus. Toutefois, je ne lâcherai pas l'affaire si facilement. Je n'ai pas dit mon dernier mot.

Amaury est déjà au comptoir pour régler l'addition. Vu l'état de mon compte en banque, je ne prévoyais pas de me battre pour payer. Qu'il m'épargne, ça me convient parfaitement.

Une fois mon assiette vide, je quitte ma chaise pour rejoindre Amaury au bar. Comme je l'espérais, Ingrid se trouve derrière, en train d'essuyer des verres.

– Je t'en supplie, tu peux me faire un double expresso à la vitesse de l'éclair ?

– Vous êtes pressés ? m'interroge-t-elle en appuyant sur le bouton de la machine.

– Ouais, grogné-je.

Ingrid dépose une tasse devant moi alors qu'Amaury se rapproche. Je lève deux doigts pour l'arrêter.

– Deux secondes, je n'ai besoin que de deux secondes, affirmé-je d'une voix presque implorante.

– Tu vas te brûler.

J'ignore son conseil pourtant pertinent et avale d'une traite mon précieux breuvage. Je ne peux pas poursuivre le bal des rendez-vous avec les directeurs sans ma dose de caféine. J'admets également être aussi têtue qu'une mule...

Le liquide me carbonise l'œsophage et je grimace.

Amusé, Amaury me provoque :

– Maintenant que tu as les cordes vocales en fusion, on peut y aller ?

– Même pas vrai, articulé-je d'une voix sèche.

– Vous êtes mignons, balance soudain Ingrid.

Celle-ci hausse les épaules sous le poids de nos regards assassins.

– Bonne journée, ajoute-t-elle.

Le quatrième rendez-vous s'avère aussi désespérant que les trois premiers. Cet énième échec me laisse presque insensible grâce au shoot de sucre que j'ai pris au restau Sauf que maintenant, j'ai l'impression que c'est Amaury qui commence à flancher. Il ne décroche pas un mot durant le trajet jusqu'à notre destination. Planqué derrière son masque de glace, il est indéchiffrable.

Le dernier directeur de la journée ouvre sa porte. Je suis curieuse de découvrir celui qui incarne notre ultime chance.

M. Pottier s'avère bien différent des autres. Il doit être à peine plus âgé qu'Amaury et possède un sourire à tomber par terre. Sa main chaude englobe la mienne quand il la serre. Un petit frisson me parcourt lorsqu'il me lâche. Ce type ne sera peut-être pas mon sauveur, mais il reste un délice pour les yeux. Cheveux bruns décoiffés avec soin, pour se donner un air nonchalant, polo bordeaux, jean bien coupé et regard rieur, tout ce que j'aime.

– Ravi de vous rencontrer Mlle Pechnot, M. Mabeck, entame-t-il en saluant Amaury.

Je me réjouis d'apercevoir des chaises rembourrées face à son bureau. La plupart des gens sous-estiment l'importance du confort d'une assise, personnellement, j'ai horreur d'avoir mal aux fesses ou de me retrouver à gigoter comme une enfant, car il est impossible de trouver une position agréable. Et aujourd'hui, mon postérieur en a pris pour son grade entre les chaises en plastique et le trajet en voiture. Quand on a l'habitude de crapahuter toute la journée, se retrouver aussi inactive, c'est littéralement douloureux.

Je m'installe donc avec délectation sur la fameuse chaise et constate qu'elle est aussi moelleuse que je le soupçonnais. Amaury m'imite avant de sortir notre fameux dossier qu'on ne cesse de nous renvoyer. Il brosse ma présentation comme il l'a fait lors des autres entretiens. Pottier l'écoute avec attention, mais lorsqu'Amaury lui tend les feuilles, il secoue la tête.

– Les chiffres peuvent attendre. J'aimerais d'abord savoir avec qui je traite. Dites-m'en un peu plus sur vous, Mlle Pechnot, propose-t-il en se tournant vers moi.

Surpris, Amaury repose le document mais reste silencieux.

J'hésite pendant une seconde, puis décide de jouer la carte du naturel. Si le directeur sexy est un adepte de l'humain, il va être servi. Au moins, ça permettra de savoir s'il est honnête dans sa démarche.

– Tamara, vingt-cinq ans, Sagittaire. J'aime beaucoup le café, mes vaches et mon chien. Il paraît que je produis le meilleur lait de la région. Manque de bol pour moi, je suis en redressement judiciaire alors je cherche un directeur avec assez de burnes et d'humanité pour décider que ma ferme vaut la peine d'être sauvée. En contrepartie, je lui assure mon sérieux, mon professionnalisme et si ça ne suffit pas, je peux lui faire des crêpes, parce que tout le monde aime les crêpes.

J'aurais peut-être dû éviter les crêpes, mais j'ai perdu le contrôle en cours de route. Je pince mes lèvres, en attendant une réaction. Un petit coup d'œil à Amaury m'indique que le pauvre a pâli.

Heureusement, un éclat de rire me rassure et me provoque des frissons le long de ma colonne vertébrale. Le directeur se marre tandis que je conserve un sourire que j'espère pas trop crispé.

– Excellent ! Je m'attendais à bien des choses, mais certainement pas à ça.

– J'aurais peut-être dû commencer par dire que je suis d'une franchise plutôt brutale.

– Inutile de le préciser à ce stade, c'était très clair, m'informe-t-il en souriant.

– Parfait, lâché-je en repoussant mes cheveux en proie à une indépendance insupportable.

Puis il reporte son attention sur Amaury.

– Je comprends mieux pourquoi un mandataire judiciaire se donne autant de peine pour ce dossier. Votre cliente est carrément hors norme.

– Je vois que nous nous comprenons, M. Pottier.

Les deux s'observent en silence avant que le directeur ne me demande :

– Je suppose que vous êtes victime de la sécheresse de l'an dernier ? Vos champs destinés au fourrage ont brûlé sous le soleil et vous vous êtes endettée pour nourrir vos bêtes.

– M. Mabeck vous l'a expliqué ? répliqué-je un peu surprise qu'il soit rentré dans ce genre de détails par téléphone.

– Non, grince celui-ci.

Le directeur s'explique aussitôt.

– Je suis fils d'éleveur d'ovins. Mon frère a repris l'exploitation de nos parents en Ariège. Il a également souffert de ce problème, alors que la proximité des montagnes offre des températures plus clémentes à ses terres.

Mon cœur loupe un battement. Serait-il possible que je sois tombée sur un directeur en mesure de comprendre ma situation ? J'ai du mal à le croire.

Amaury profite de mon silence incrédule pour reprendre la main sur la conversation.

– Dans ce cas, je pense que notre proposition vous intéressera.

Pottier marque une pause avant de consulter le dossier. Mon rythme cardiaque s'accélère. Je refuse d'espérer en vain, mais je ne peux m'en empêcher. Si lui n'accepte pas de signer, personne ne le fera, c'est certain.

Il parcourt les pages jusqu'à tomber sur celle annonçant le prix au litre. Je déglutis, impatiente de connaître le verdict. Lorsqu'il relève la tête, puis braque son regard sur moi, je dois solliciter toute ma force pour ne pas détaler comme un lapin. J'ai rarement eu aussi peur de ma vie. En même temps, mon existence n'avait jamais été suspendue à un fil jusque-là.

Mon exploitation, c'est tout ce que j'ai. C'est le berceau de mon bonheur, le refuge de ma famille. Je ne peux pas la perdre. Voilà ce que le directeur peut lire dans mes yeux.

– Je vais être honnête avec vous...

J'étouffe un râle de dépit.

– C'est une rémunération bien plus élevée que celle que je pratique habituellement...

Mes épaules se tendent.

– Non pas que vous ne le méritiez pas, Mlle Pechnot. Je comprends l'urgence de votre situation et je ne souhaite pas en profiter, toutefois, je vais avoir besoin d'un délai de réflexion. Il faut que je prenne la pleine mesure de cet engagement.

– C'est une manière polie de refuser ? demandé-je incapable de rester dans l'incertitude.

– Non, pire, car c'est seulement un « peut-être ». Je vous jure de ne pas vous laisser dans l'expectative trop longtemps. Je m'engage à revenir vers vous demain, au plus tard à la fin de la journée.

C'est une bonne nouvelle, enfin, je crois...

Amaury hoche la tête, comme s'il avait entendu mes pensées.

– Nous restons à votre entière disposition en cas de besoin.

– Je suppose que vos coordonnées à chacun sont renseignées ? l'interroge le directeur.

– Seulement les miennes, cependant soyez sûr que je tiendrai Mlle Pechnot informée.

Pottier saisit un stylo puis me le tend avant de pousser le dossier vers moi.

– Ajoutez votre numéro, vous voulez bien ?

– Mlle Pechnot n'a plus aucun pouvoir légal sur sa société, vous ne pourrez pas éviter de passer par moi, cingle Amaury.

J'arque un sourcil face à l'agressivité de sa réflexion. Le directeur esquisse un sourire bien plus froid que le précédent.

– Je sais comment se déroule un redressement judiciaire, M. Mabeck. Je ne compte pas négocier avec Mademoiselle, toutefois, j'estime qu'elle est la mieux placée pour me répondre si j'ai une question.

– Tout à fait, approuvé-je sans laisser à Amaury le temps de répondre.

Je m'empare du stylo puis note mon numéro de portable.

– Voilà, n'hésitez pas en cas de besoin.

– Merci, Mademoiselle.

– Tamara, corrigé-je en me laissant porter par la sympathie que m'inspire Pottier.

– Merci, Tamara.

Il se lève, contourne son bureau et me tend la main.

– Ravi de cet entretien.

– De même, soufflé-je en me redressant pour le saluer.

Ses doigts entourent les miens. Je m'efforce de conserver une attitude confiante alors que je meurs d'envie de glousser comme une adolescente. Quand il lâche ma main, je serre mon poing pour dissimuler la moiteur de ma peau.

Son ton pour dire au revoir à Amaury est beaucoup plus tranchant. Son discours commercial, un poil agressif, semble avoir égratigné Pottier. Je doute que ces deux-là deviennent copains. Un détail négligeable sachant que c'est avec moi que le directeur travaillera s'il décide de signer.

CHAPITRE 24
Amaury

Pottier tente de me broyer une phalange, et j'en fais autant de mon côté. J'excelle dans cet exercice typiquement masculin de jauger son interlocuteur à la force déployée à travers une poignée de main.

Ce type m'a hérissé le poil dès que nous sommes arrivés. Il m'a fallu quelques minutes pour mettre le doigt sur la raison de ma réaction. J'ai compris à sa façon de regarder Tamara que ça en était la cause.

Pottier se contrefout de notre proposition. Je doute même que son histoire de fils d'éleveur d'ovins soit vraie. Il a seulement senti la détresse de Tamara et trouvé l'angle d'attaque idéal pour entrer dans ses bonnes grâces. Je mettrai ma main à couper qu'il va l'appeler dès ce soir pour l'inviter, et une fois qu'il l'aura sautée, notre éventuel accord tombera aux oubliettes.

Je fulmine en remarquant le bref regard qu'il pose sur le postérieur de Tamara. Ma contrariété augmente face au sourire radieux qu'elle lui adresse avant de quitter son bureau.

Sur le chemin jusqu'à la voiture, un étau m'enserre la poitrine lorsqu'elle lance avec enthousiasme :

– Je retire ce que j'ai dit tout à l'heure, ton plan est génial !

– Il n'a pas dit oui.

– Il n'a pas dit non.

– Ne te réjouis pas d'un « peut-être », insisté-je.

Elle fronce les sourcils.

– Tu n'es pas content quand je fais la gueule et quand je fais preuve d'un minimum d'optimisme, tu grognes aussi. C'est quoi l'idée ? Ma façon d'être ne te conviendra jamais ?

Briser sa bonne humeur aussi rapidement a l'air cruel, mais Tamara n'a pas le luxe de se bercer d'illusions. Je refuse qu'un charognard du genre de Pottier, adepte des demoiselles en détresse, vienne réduire à néant ses dernières forces. Elle n'a pas besoin de ça. Et je me passerais de gérer en plus une déception amoureuse qui risquerait de la distraire de ce qu'il nous reste à faire ou de ses priorités.

Cette journée aura été une véritable catastrophe. C'est une série d'échecs, au-delà de l'imaginable. Il ne me reste plus que l'idée de Théo. Mais avant, Pottier doit définitivement sortir du paysage.

– Il n'acceptera pas, j'en suis certain, lâché-je avant de m'installer au volant.

Tamara monte à son tour en poussant un grognement incompréhensible. À peine a-t-elle refermé la portière qu'elle ajoute avec hargne :

– Pourquoi tu dis ça ? Je suis passée à côté d'un truc ? Pottier est le seul à avoir eu l'air un minimum concerné par ma situation.

Comment lui expliquer ce que moi j'ai perçu ? Je démarre encore en proie à la réflexion. Je sais d'avance qu'elle ne me croira pas.

– Si jamais il t'appelle, dis-le-moi. N'accepte rien sans mon aval.

– De toute façon, comme tu l'as si bien dit, je ne peux rien faire sans toi, réplique-t-elle avec amertume.

– Exact.

– Tu n'as pas répondu à ma question.

– C'est inutile. Tu fais ce que je dis, point à la ligne.

Je la sens se crisper. J'étouffe la vague de culpabilité qui menace de m'engloutir. C'est pour son bien. Si je dois abandonner le masque de l'homme compatissant pour redevenir un sombre connard, je le ferai.

Maintenant, il faut que je trouve un moyen de lui présenter l'idée de Théo. Pas aujourd'hui, ce n'est pas le bon moment. Je dois d'abord discuter à nouveau avec le cerveau complexe de mon pote.

Le trajet jusqu'à la ferme s'effectue dans un silence monacal, même si je sens bouillonner Tamara. Dès que j'arrête la voiture, elle bondit à l'extérieur alors que le moteur tourne encore.

– Bouge pas, je vais te donner le papier dont je t'ai parlé.

Elle trotte jusque chez elle sans me laisser le temps de répondre. Les aboiements enthousiastes de son monstre de chien résonnent, mais je ne le vois nulle part à l'horizon. Je suppose qu'il est cloîtré chez ses parents. *Parfait !* Je n'ose pas imaginer ce qu'il pourrait faire en sautant dans ma bagnole. Mes sièges en cuir ne s'en remettraient pas.

Sa maîtresse revient avec une enveloppe qu'elle me tend en se penchant vers moi.

– J'ai droit à une explication ?

– Tu fais ce que je dis, point à la ligne, réplique-t-elle froidement avant de claquer la portière et de s'éloigner.

Mes lèvres se tordent, même si je ne l'ai pas volé. Je dépose le courrier sur le siège passager. Tamara a déjà disparu sans même convenir d'un prochain rendez-vous. Toutefois, il me paraît plus prudent de laisser passer la nuit. Je jette un dernier coup d'œil à la cour de la ferme sans vraiment savoir ce que j'espère y voir, puis fais demi-tour.

Je m'épargne un passage inutile au bureau et rentre directement chez moi. Dans l'ascenseur menant à mon appartement, je commande un Uber. Théo a commencé son nouveau boulot à la charcuterie, avec un peu de chance, je pourrais le choper à la sortie et faire appel à ses lumières pour savoir comment présenter son idée délirante à Tamara.

Je balance ma sacoche dans l'entrée. Trop préoccupé pour me pencher immédiatement sur l'enveloppe de Tamara, je l'abandonne sur le plateau du meuble à chaussures. Je fonce dans ma chambre pour changer de chemise, j'ai à peine le temps de l'enfiler qu'une notification m'informe de l'arrivée de mon chauffeur.

Le trajet ne dure qu'une poignée de minutes, et encore, nous sommes ralentis par le trafic. Je fais arrêter la voiture en double file pour ne pas perdre plus de temps et ignore le concert de klaxons en rejoignant le trottoir.

Le rideau de fer de la charcuterie est à moitié baissé, signe de sa fermeture imminente. Je scrute la vitrine à la recherche de mon ami. Théo, rayonnant dans son tablier, est en grande conversation avec une ravissante blonde aux cheveux courts qui calcule la recette du jour pendant qu'il nettoie.

J'observe mon ami lui faire du charme. Le monde part complètement en vrille, car d'habitude Théo se désintéresse totalement de la gent féminine. Néanmoins, il n'est pas moine non plus, mais c'est loin d'être un séducteur. Je crois qu'avec tout ce qu'il se passe dans son cerveau, il n'a plus vraiment la place pour se soucier des femmes. C'est un véritable solitaire et fier de l'être.

Enfin, c'est ce que je pensais jusqu'à ce que je sois témoin du regard qu'il pose sur elle. Lorsque celle-ci me pointe du doigt en fronçant les sourcils, je réalise que j'ai l'air d'un gros *stalker* à les épier comme un blaireau. Théo se tourne vers moi surpris, son visage s'éclaire en me reconnaissant. Je lui adresse un signe de la main en esquissant un sourire gêné. Une fois que j'estime m'être suffisamment ridiculisé, je m'éloigne de quelques pas.

J'allume une clope pour patienter tandis que le film de ma journée tourne en boucle dans mon esprit, même si le passage avec Pottier reste l'apothéose. Je jette un coup d'œil à mon téléphone pour m'assurer que je n'ai pas loupé un appel de Tamara.

Rien.

Dépité, je tire sur ma cigarette tel un vrai toxico. Je perds le contrôle de tout en ce moment, ce qui est un véritable supplice pour un mec comme moi.

Je dois me reprendre. Il faut que le dossier de Tamara se termine bien, ça me permettra de prouver à mon père que le coup foireux de Lucia n'a pas suffi à me faire tomber. Associée ou non, je ne compte pas la laisser me dégager de la partie.

Tamara n'est pas Pauline.

Il va falloir que je l'écrive sur mon frigo, voire sur tous les murs de mon appartement pour ne pas l'oublier.

– Amaury ?

La voix de Théo m'arrache à mes pensées. Je ne l'ai même pas entendu arriver. Sa charmante collègue est avec lui.

– Je te présente, Zoé.

– J'ai beaucoup entendu parler de toi, ajoute-t-elle.

– Il ne faut absolument pas écouter ce qu'il raconte, répliqué-je en souriant. Sinon, il travaille bien ?

– C'est un collègue en or ! Bon, il faut que je vous laisse, ma nounou n'aime pas quand je suis en retard. À demain, Théo. Amaury, au plaisir de te revoir.

La blondinette claque une bise rapide à mon ami. Je n'ai droit qu'à un geste de la main avant qu'elle ne s'éloigne d'un pas rapide en direction de la station de métro la plus proche.

Une fois seul avec Théo, je m'autorise à poser la question qui me brûle les lèvres :

– Sa nounou ?

– Elle a une petite fille de deux ans.

– Tu plaisantes ? Elle a l'air d'avoir à peine vingt piges.

– Elle en a vingt-sept.

– Par hasard, la jolie Zoé n'aurait pas quelque chose à voir avec ta soudaine envie de devenir vendeur en charcuterie ?

– Il se pourrait qu'elle ait pesé dans la balance...

– Sérieusement, une mère célibataire ? Tu ne peux pas faire dans la simplicité ?

– Premièrement, mère célibataire n'est pas une maladie vénérienne. Deuxièmement, gère ta vie amoureuse avant de t'occuper de la mienne.

Je lève les mains en signe de paix.

– T'as raison, je n'ai juste pas l'habitude que tu en aies une, répliqué-je un brin moqueur.

Il me flanque un coup dans l'épaule.

– Connard. Dis-moi plutôt ce que tu fais là ? C'est pas ton genre de faire des surprises.

– On se commande un truc à manger chez moi ? Je suis crevé, mais j'ai encore besoin de tes lumières.

– Si c'est toi qui paies, ça me va. N'oublie pas que je ne suis qu'un pauvre vendeur désormais.

– Ben voyons, tu vas me faire pleurer. Tacos ? proposé-je.

– Ça me va, on les prendra sur la route, annonce Théo en avançant.

– Ah non ! Merde, on rentre pas à pied, je vais appeler un Uber !

– Tu n'aurais pas besoin d'un salaire énorme si tu ne flambais pas les trois quarts avec des chauffeurs. Amaury, tu habites à vingt minutes de marche, t'abuses.

– Il y a trop de gens dans les rues, argumenté-je lamentablement.

– En effet, des gens, pas des tigres du Bengale, donc on est plutôt tranquilles.

– T'es chiant.

– Allez, c'est bon pour la santé de s'aérer le corps et l'esprit.

– J'étais dans une ferme, je me suis déjà aéré le corps et l'esprit, bougonné-je en lui emboîtant le pas.

– Oh ! Eh bah voilà qui explique tout ! Comment avance ton nouveau dossier préféré ? Tamara, c'est ça ?

– Comme si tu avais oublié le moindre détail.

Il a une véritable mémoire d'éléphant. C'est pas une blague, je le tanne depuis des années pour qu'il en parle à un toubib. Théo a tout de l'hypermnésique.

– Tss... Dis-moi plutôt comment ça se passe avec ton agricultrice ? Ton plan a foiré ?

J'opine du chef, esquive un passant avant qu'il ne me percute et allume une cigarette pour dissimuler mon malaise.

– C'est un putain d'échec !

– Alors tu vas tenter les réseaux sociaux ?

– Je n'ai pas vraiment le choix.

– Tu n'as surtout rien à perdre à essayer. C'est pour ça que tu fais la gueule ?

– Je t'ai dit que j'avais passé une journée de merde.

– Eh ben raconte.

J'entame le récit de mon périple avec Tamara, mais nous arrivons au restaurant de tacos avant de terminer. Je règle la note comme promis et saisis le sac contenant notre repas.

Mon appartement n'est plus qu'à deux rues mais Théo m'indique un raccourci.

Je soupire de soulagement lorsque les portes de l'ascenseur se referment pour nous emmener jusqu'à mon refuge.

– Tu n'avais pas terminé. Le dernier rendez-vous, ça a donné quoi ?

Tandis que je joue avec mon trousseau de clés comme un maniaque, le visage de Pottier s'impose dans mon esprit.

– Belle gueule, l'air innocent, un vrai loup déguisé en mouton.

– Oh... Intéressant.

Je me renfrogne à son ton moqueur et développe tout en ouvrant ma porte.

– Tu n'étais pas là. Il lui a servi un discours plein de compassion et d'empathie. C'était à gerber d'hypocrisie. Et elle a tout gobé sans réagir.

– Oh, répète-t-il en me prenant le sac des mains avant de s'installer sur mon canapé.

– C'est tout ce que tu as à dire ?

– Et toi ? L'histoire s'arrête là ? Tu as les boules parce qu'un mec avec une belle gueule a approché ta « cliente » ? Il n'y a pas un truc qui te dérange dans l'énoncé ?

– Il a pris son numéro, ajouté-je sans réfléchir en m'asseyant avant de m'emparer de mon taco.

– Waouh, quel affront !

– Pourquoi tu te fous de ma gueule ?

– Parce que tu es tellement à côté de tes pompes que tu ne vois pas ce que tu as sous le nez. C'est mignon ou risible, je n'arrive pas à savoir, achève Théo avant de déballer son repas.

J'en fais autant pendant que mon cerveau s'affole pour comprendre ce qu'insinue mon ami. Mes neurones s'alignent brusquement et je lève les yeux au ciel.

– Tu n'y es pas du tout !

– C'est ça, ouais... Elle est mignonne, Tamara, j'imagine ?

– Arrête, cinglé-je.

Le sourire de Théo ne faiblit pas.

– OK, elle doit l'être pour que tu partes en vrille à ce point.

– Je te dis que tu te plantes.

– Et moi je dis que je te connais mieux que je ne me connais moi-même. T'es jaloux, gros. C'est tout. Tes instincts de mâle gorille à dos argenté se réveillent toujours avant ton côté romantique. Tu vas frapper ton torse comme un gros naze pour tenter d'éloigner les autres prétendants de ta chasse gardée, en espérant seulement que ce ne soit pas elle qui se barre.

Je manque de m'étouffer avec mon taco, ce qui provoque un éclat de rire de mon ami.

Mon doigt d'honneur ne suffit pas à le calmer.

– Le gorille te dit merde, grogné-je.

– Si ça te fait plaisir ! Franchement, t'imagines pas à quel point ça me soulage. Après Pauline, j'ai cru que tu deviendrais moine.

Il n'y a que Théo qui peut l'évoquer sans que je me hérisse. Car sans lui, je n'aurais jamais surmonté cette épreuve.

La bouche pleine, il ajoute :

– Ça te ferait du bien de ne plus jouer les cow-boys solitaires. Je te vois bien en fermier.

– Arrête tes conneries.

– Quoi ? Je t'assure que c'est vrai. Un retour à la nature, loin des bureaux de ton père, ça serait mieux que des vacances aux Bahamas.

– M'en veux pas, mais je préfère le sable blanc aux bouses de vaches.

Théo ricane avant de lancer d'un ton plus sérieux :

– Tu sais, ça peut fonctionner, même si tu ne sauves pas sa ferme. C'est pas parce que ça a merdé avec Pauline que...

– Je sais, le coupé-je. Mais je doute qu'il puisse se passer quoi que ce soit avec Tamara. Je ne sais même pas si j'en ai vraiment envie.

– Tant que tu n'as pas essayé...

– Depuis quand tu joues les docteurs *love*, toi ? C'est l'effet, Zoé ? le taquiné-je pour dévier la conversation.

Il réplique aussitôt :

– Peut-être bien.

– Bordel, mais qui êtes-vous et où est passé Théo ?

– Je vieillis, mon pote, je change. C'est le cycle de la vie.

– Pas de philosophie ce soir, je n'ai pas la tête à ça.

Je me venge sur mon taco, la sauce dégoulinant entre mes doigts. Je me lève pour prendre l'essuie-tout dans la cuisine quand mon regard tombe sur l'enveloppe que j'ai abandonnée sur le meuble à chaussures. Je la récupère après m'être essuyé les mains et l'ouvre.

– Facture ? demande Théo.

– Non, soufflé-je en parcourant les lignes des yeux.

À la fin de ma lecture, j'en reste bouche bée. Je relis pour être certain de ne pas halluciner. Mon ami sent mon malaise et m'interroge :

– Pourquoi tu fais cette tête ?

– Il y a un truc dont je ne t'ai pas parlé concernant Tamara, commencé-je en retournant sur le canapé avant de lui tendre le courrier écrit de sa main.

Je lui explique brièvement notre fameuse discussion nocturne de l'autre jour. Le regard de Théo passe tour à tour de la lettre à mon visage.

– Sérieusement ? Ça ne te ressemble pas de faire un truc pareil.

– Je sais, mais pour ma défense, il faut savoir j'avais picolé et qu'elle a pleuré.

– Tu as vraiment un problème avec ça. Je te jure, c'est dingue. Les filles qui pleurent c'est ta némésis. Bon, bah tout ce qu'il te reste à faire c'est de signer.

– T'es fou ? Imagine si elle prend le truc au sérieux et se pointe avec ce papier dans un tribunal ? Même s'il n'y a pas d'acompte, si elle me traîne en justice, ça risque d'être une grosse galère. Je ne vais pas lui faire don de mon appartement.

– Et tes chemises, complète mon ami sans chercher à dissimuler son amusement. Signe, Amaury. Tu es un homme de parole, assume.

Je lui reprends le courrier en secouant la tête.

– Putain, je pensais qu'elle me faisait enfin un minimum confiance.

– Tu ferais confiance à un connard arrogant qui débarque avec ses a priori ?

– Tu sais que je pourrais me vexer ?

– Ouais, sauf que tu ne le feras pas car tu sais que j'ai raison. Maintenant, signe cet accord.

– Je peux finir mon taco avant ? bougonné-je en empoignant mon repas.

– T'es impossible, je te jure. Tu voudrais que cette nana t'accueille comme un super-héros, mais tu n'es pas foutu de faire un pas dans sa direction, de te mettre un tant soit peu en danger. Tu le sais, je t'aime, mais t'es encore moins doué que moi avec les nanas.

– Tu veux qu'on compare nos tableaux de chasse ? raillé-je sachant que je le surpasse de loin.

– Je ne parle pas de ça ! Celles que tu fous à la porte au petit matin, ça ne compte pas. Gros, arrête de faire le malin, tu n'en as aimé qu'une seule. Ce coup de foudre, il t'a fait flirter avec les étoiles et quand Pauline est partie, t'es tombé si violemment que tu y as laissé des plumes. C'est normal et c'est pas grave, mais il faut que tu fasses le ménage dans ton cerveau, sinon c'est Tamara qui va payer les pots cassés alors qu'elle n'y est pour rien.

Mon envie de faire le malin a foutu le camp.

– Elle est morte, pas partie. J'ai toujours trouvé cette expression stupide.

– Je préfère prendre des pincettes quand je parle d'elle, je ne sais jamais comment tu vas réagir.

Pauline Faure. Le dernier nom de la liste. La seule femme que j'ai aimée comme un dingue. J'ai été spectateur de sa chute, de sa dépression grandissante. Comment aurais-je pu lui déclarer ma flamme alors qu'elle vivait le pire moment de sa vie ? Chaque instant avec elle fissurait un peu plus mon masque de mandataire. Chaque rire partagé me donnait de l'espoir. J'étais tellement sûr de parvenir à l'aider. Mon arrogance m'assurait que j'avais le temps, que notre histoire n'en serait que plus forte si je me déclarais une fois sa société sauvée.

La pire erreur de ma vie.

Pauline a craqué et avalé une boîte de médocs avec une bouteille de vin. Elle s'est endormie pour toujours avant même que je ne rende mon avis au tribunal.

Pourquoi ?

Cette question m'a empêché de dormir pendant des mois. Un chevalier blanc sans personne à secourir, c'est inutile, voire pitoyable. Un chevalier blanc hanté par des interrogations sans réponse, ce n'est plus un chevalier blanc. C'est seulement un blaireau...

– Je crois que ça me hantera jusqu'à la fin de ma vie, soufflé-je.

– Si c'est ce que tu décides, certainement. Sauf que tu pourrais aussi te dire que le destin a décidé de mettre sur ta route une autre femme qui te fait vibrer, alors ne fais pas les mêmes erreurs.

– Je ne suis pas amoureux de Tamara. Ça n'a rien à voir avec ce que je ressentais pour Pauline.

– Ça ne veut pas dire que c'est moins fort ou moins beau. Elle te plaît, ou l'idée de la sauver te plaît, dans tous les cas, ça te fera du bien.

– Puis j'aime beaucoup mon appartement.

– Si vous vous installez ensemble, ça réglera le problème.

– Bon sang, on dirait une marieuse, m'exclamé-je en pouffant. Je fais quoi si l'autre enfoiré l'appelle ?

– Tu n'as qu'à l'inviter avant qu'il ne le fasse.

– Il l'a peut-être déjà fait...

– Eh ben, il va falloir te secouer. Tu me disais qu'il doit la recontacter demain ? Tu n'as qu'à être là-bas à ce moment. Tu lui présentes mon plan génial et c'est réglé.

La lettre de Tamara m'a coupé l'appétit. J'abandonne mon taco à moitié entamé sur la table basse, alors que Théo lorgne dessus comme un affamé. Je l'invite à le prendre d'un geste du menton et me laisse aller contre le dossier du canapé.

– Comment je vais la convaincre de tenter un truc pareil ? Les réseaux sociaux pour sauver sa ferme... je redoute déjà sa réaction, soupiré-je.

– Avec un sourire ravageur ?

– C'est pas vraiment son genre.

– Bah ça a marché pour l'autre directeur apparemment.

– Lui, c'est pas le sale type qui tient sa vie entre ses mains.

– Ouais, pas faux.

– Je suis dans la merde, hein ?

– Arrête un peu, Calimero. Tu peux le faire.

J'aimerais en être aussi certain.

CHAPITRE 25
Tamara

Retrouver ma ferme est un véritable bonheur après cette journée de rendez-vous. J'ouvre ma porte d'entrée après avoir terminé la traite du soir. Une odeur de gâteau titille mes narines. Je découvre ma mère assise à ma table à manger, ainsi qu'un cake. Le ronronnement de la cafetière confirme que c'est une embuscade, comme elle seule en a le secret.

Lorsqu'elle lance ce genre d'opération un peu avant l'heure du dîner, c'est qu'elle veut savoir quelque chose. J'aurais dû le voir venir, mais une partie de moi espérait éviter de devoir lui faire un compte rendu de mes effroyables entretiens.

Mon traître d'estomac s'exprime soudain face à ce goûter tardif offert sur un plateau. Tantor partage son avis et s'empresse de s'asseoir à côté de ma mère avant de rabattre ses oreilles en espérant que ça suffise pour obtenir un morceau de gâteau.

Je récupère ma tasse de café de la veille, abandonnée près de l'évier, et la remplis avant de m'installer à mon tour.

– C'était un véritable enfer, râlé-je, en allant droit au but.

– Oh, je me doute que ça n'a pas dû être une partie de plaisir, vu ton amour pour la négociation...

– Je suis capable de négocier.

– Autant que ton père. Négociation et compromis sont des mots dont vous ignorez le sens. Pour vous, ils sonnent comme des signes de faiblesse.

Je ne peux la contredire sans mentir, alors je préfère me rabattre sur le gâteau. Je coupe une part assez grosse et en offre un bout à ce pauvre Tantor perpétuellement affamé.

– Un des directeurs doit me rappeler. Les autres n'étaient pas intéressés, expliqué-je en espérant ne pas augmenter son inquiétude.

– Quel magasin ?

– Celui de Lectoure.

– Parfait, tu vois, il y a toujours de l'espoir. Ton mandataire est un homme bien.

– Tu en arrives à cette conclusion car il a aimé ta brioche ? plaisanté-je en grignotant.

– Non, ça, c'est juste la preuve qu'il a bon goût, réplique-t-elle sur un ton identique au mien. En revanche, il regarde ma fille avec plus d'appétit que ma brioche.

Mon mode écrevisse s'enclenche sur-le-champ.

– Maman !

– Oh, pas à moi, Tamy. Il est très beau garçon, bien élevé et sait reconnaître les belles choses. Je ne vais pas le lui reprocher. À partir du moment où vous restez concentrés sur la survie de la ferme, je n'y vois aucun inconvénient. Tu sais, c'est important d'avoir quelqu'un avec qui partager les bons et les mauvais jours.

– Je sais, mais je ne suis pas toute seule, bon sang. Vous êtes là, j'ai mes amis et Tantor !

Celui-ci pose une patte sur ma cuisse que j'interprète comme un geste de soutien plutôt qu'une réclamation pour obtenir un autre morceau.

– Oui, bien sûr. Tu es forte, ma fille, mais parfois tu ressembles trop à ton père pour ton propre bien. Vous ne vous rendez pas compte à quel point vos qualités sont aussi vos pires défauts.

Dans une autre vie, ma mère aurait pu être un sniper redoutable. Elle n'a pas son pareil pour viser juste. J'encaisse sans broncher, parce que c'est elle et que je sais qu'aucun de mes arguments boiteux ne tiendra la route.

– Avoir un cœur aussi grand que le vôtre et le garder claquemuré dans une forteresse est un sacré gâchis. Les gens ne sont pas tous méchants, Tamy.

– Je sais...

– Alors pourquoi réagis-tu comme si la terre entière était contre toi ?

J'ouvre la bouche, mais aucun son n'en sort. Ma mère arque un sourcil et patiente jusqu'à ce que je parvienne à articuler :

– J'en sais rien.

– Je vais t'avouer quelque chose que nous aurions dû te dire il y a très longtemps. Cette ferme, entame ma mère en balayant du bras l'espace autour d'elle, ce n'est pas le plus important pour nous. Tamy, la seule chose qui compte vraiment c'est toi. Bien sûr qu'on s'est réjoui que tu souhaites reprendre l'exploitation. Ça a été une grande fierté, mais je veux que tu entendes ce « mais », *tu* es plus importante que tout. Ton bonheur passe et passera toujours avant *tout*. Or, ça fait des mois que je te vois... souffrir... Et ça me brise le cœur.

L'amour, ça fait mal, surtout quand on le prend en pleine face sans préavis. Non pas que je doute de celui que me portent mes parents, mais une telle avalanche, ce n'est pas facile à encaisser. J'ai envie de lui sauter dans les bras et de m'enfuir en même temps. Mais ce n'est rien en comparaison de la force qu'il me faut pour ne pas pleurer comme une madeleine. Protéger les miens, ma famille de sang ou de cœur, c'est ce que j'ai essayé de faire au mépris de la raison. Constater mon échec est aussi douloureux qu'une chute de trois étages.

– Je suis désolée, articulé-je dans un souffle.

– Désolée pour quoi au juste ? Ce ne sont pas des excuses que je te demande. Tamy, je veux que tu te libères de ces obligations que tu t'es mises toute seule sur les épaules. Tu ne joues pas ta vie avec cette entreprise. Quoi qu'il se passe, on s'en remettra, tous ensemble.

– Mais vous avez tout sacrifié pour la ferme.

– Et alors ? C'était notre rêve, nous l'avons atteint. L'objectif est rempli. Tu n'es pas là pour le préserver au mépris de la raison. Ton héritage ne doit pas devenir un fardeau. Tu as la vie devant toi et j'ai l'impression que tu passes à côté.

– Je ne suis pas malheureuse, affirmé-je avec autant de conviction que possible.

– Non, mais tu n'es pas heureuse non plus. Je ne dis pas que tu dois changer ou renier ce que tu es, mais bon sang, arrête de porter le monde sur tes épaules…

La sonnerie de mon portable l'interrompt. Je me précipite dans l'entrée, là où je l'ai abandonné tout à l'heure. Mon cœur entame une série de saltos en découvrant un numéro inconnu. Je décroche sans hésiter, en priant tous les dieux de la création pour qu'il s'agisse de Pottier.

– Bonsoir Tamara, Baptiste Pottier à l'appareil. Navré de vous déranger à cette heure-ci.

Sachant que je termine à peine ma journée, je ne risque pas de me formaliser à ce sujet.

– Aucun problème, je vous écoute.

– Parfait. Je vais être franc, j'ai très envie de tenter l'aventure. Seriez-vous disponible pour déjeuner demain midi ? Nous pourrions discuter en détail de certains points, j'aurais également aimé visiter votre exploitation.

– Bien sûr, m'enthousiasmé-je avant de poursuivre, il faut juste que je prévienne M. Mabeck, sachant que je n'ai pas le droit de signer quoi que ce soit…

– Ce n'est pas nécessaire, enfin, tenez-le au courant, bien évidemment. Mais je ne pense pas qu'il soit bien placé pour répondre à mes questions. Si un confrère apprenait le tarif que je suis sur le point de vous accorder, il me traiterait de fou. J'ai besoin de savoir que ce n'est pas le cas, que je ne fais pas d'erreur ou bien du mécénat, même si j'ai à cœur de vous aider. Apprendre à mieux vous connaître, Tamara, me conforterait dans ma décision.

– Aucun problème, je ferai mon possible pour vous prouver que notre collaboration peut être avantageuse pour chacun d'entre nous. Merci, M. Pottier.

– Appelez-moi, Baptiste.

– Merci, Baptiste. Grâce à vous, je vais terminer ma journée sur une bonne note.

– C'est un plaisir de l'entendre. J'ai vu qu'il y avait un restaurant à Cologne près de votre exploitation, nous pourrions nous retrouver là-bas ?

Mon regard se pose sur ma mère. Pour convaincre Pottier, j'ai un bien meilleur atout qu'une brasserie.

– Que diriez-vous de déjeuner à la ferme ?

– Je ne veux pas vous déranger.

– Je vous invite. Pouvez-vous être là pour midi ?

– Bien sûr.

– Parfait, à demain.

Lorsqu'il raccroche, je laisse ma joie éclater en bondissant sur place tandis qu'un petit cri hystérique franchit mes lèvres. Ma mère partage mon bonheur de façon plus tempéré, se contentant d'esquisser un sourire.

– C'est positif ? demande-t-elle.

– Très ! Il vient voir la ferme. Il va signer, j'en suis certaine !

– C'est merveilleux, Tamy.

Elle se lève, s'approche et dépose un baiser sur la joue avant d'ajouter :

– Je suis très fière de toi. Je savais que tu t'en sortirais.

Pour une fois, je muselle la petite voix dans ma tête qui me souffle de ne pas me réjouir trop tôt. J'ai besoin d'y croire. Il faut que ça fonctionne.

– Merci, murmuré-je.

– Je suppose que tu veux que je prépare quelque chose pour demain midi ? L'empoisonner serait vraiment fâcheux... se moque-t-elle en se dirigeant d'un pas tranquille vers la porte.

Mon talent de cuisinière se limite au minimum syndical. Un jour, je me pencherai sur ce détail, quand j'aurai le temps...

– Ça serait génial.

– Je m'en occupe et j'essaierai de tenir ton père à distance.

Je ne sais pas ce que je ferais sans elle.

– Allez, va prendre une douche. Le dîner est prêt.

J'obtempère et fonce vers la salle de bains, en savourant l'allégresse qui m'habite. Ça fait un bien fou !

Pour la première fois depuis la mise en redressement, le repas se déroule dans la joie et la bonne humeur. Même mon père finit par se laisser emporter par l'ambiance. Nous avions tous besoin d'une pause quant à la menace de perdre la ferme, même le temps d'une soirée.

Je me couche détendue, pleine d'espoir, avec une envie folle d'être demain. La discussion avec ma mère résonne au fond de mon esprit. Baisser les armes, faire confiance, c'est plus facile à dire qu'à faire. Pourtant, il faut que j'y parvienne, car j'ai conscience que je pars totalement en vrille depuis le début du redressement. J'ignore si je suis capable de lâcher prise pour enfin me fier à Amaury, mais je peux au moins essayer...

✦ ✦ ✦

C'est le grand jour et à ma grande surprise, je termine la traite avec un quart d'heure d'avance. J'ai l'impression qu'on m'a greffé une batterie au lithium pendant la nuit. Le temps ne s'écoule pas assez vite. Je ne cesse de surveiller l'heure. Lorsque mon portable sonne, je décroche dans la seconde sans même regarder l'identité du contact. Dès que je reconnais la voix d'Amaury, je réalise que j'ai complètement oublié de le prévenir de la visite de Pottier.

– J'ai une grande nouvelle, lancé-je aussitôt avec enthousiasme.

Totalement hermétique à ma bonne humeur, il répond laconiquement :

– Je t'écoute.

– Pottier vient visiter la ferme. Il veut discuter de certains points, mais je suis sûre qu'il va signer.

– À quelle heure arrive-t-il ?

– Midi, je l'ai invité à déjeuner. La cuisine de ma mère achèvera de le convaincre.

– Rappelle-le et décale le rendez-vous. Je ne pourrai pas être là avant quatorze heures.

Je grimace, perturbée par sa voix monocorde.

– Je peux gérer, assuré-je en évitant d'évoquer la volonté de Pottier d'être seuls pour la négociation. Viens quand tu peux.

– Tamara, décale le rendez-vous, répète-t-il avec une lassitude évidente.

– Non, répliqué-je du tac au tac. Je n'ai pas envie de prendre le risque de le contrarier.

– Bien, dans ce cas, je vais l'appeler.

– Bon sang, Amaury, ne fais pas ça ! Je ne vais pas tout faire foirer, je t'assure. On est à deux doigts d'y arriver. S'il signe, la ferme est sauvée.

– Il ne signera pas.

Mon sang ne fait qu'un tour. Qu'il ne partage pas mon enthousiasme c'est une chose, mais je ne comprends pas ce soudain pessimisme alors que son plan est sur le point d'aboutir.

– C'est ce qu'on verra, cinglé-je avant de raccrocher.

Il réitère son appel, mais je l'ignore royalement et écris un rapide SMS à l'attention de Pottier, en espérant que ça suffise à le faire venir, même si Amaury essaie de l'en dissuader.

Tantor, sentant mon agacement, m'adresse un glapissement interrogateur et dépose un bâton à mes pieds.

– C'est un gros naze, lâché-je en saisissant le morceau de bois.

Faire une pause avec mon chien, il n'y a rien de mieux pour se détendre. Je lui balance son offrande en soupirant.

Mon téléphone recommence à sonner, alors je le passe en silencieux.

Son plan va fonctionner et la ferme va être sauvée. Alors pourquoi il se comporte comme ça ? J'ai beau chercher une explication, il y a un truc qui m'échappe, je le sens.

Même après un bon quart d'heure de réflexion, les hypothèses que me propose mon cerveau me paraissent toutes plus absurdes les unes que les autres. Je n'en vois qu'une qui est la plus simple et la plus probable : Amaury est un blaireau. Un blaireau lunatique qui a dû passer une mauvaise matinée. Or, j'ai horreur de ces gens égocentrés qui font subir leur humeur de chien à ceux qui n'y sont pour rien.

Je secoue la tête, dépitée. Ce mec est comme un légume de fond de cagette : quand on le voit, on se dit qu'il n'a pas de vices, mais lorsqu'on s'approche et qu'on le touche, on réalise qu'il est pourri.

Qu'il reste de mauvais poil loin de ma ferme. Je refuse qu'il contrarie Pottier.

CHAPITRE 26
Amaury

Après un énième appel sans réponse, mon portable traverse la pièce et s'écrase avec fracas contre la paroi en verre de mon bureau. Je serre le poing pour contrôler le volcan qui bout en moi.

Je savais que j'aurais dû l'appeler hier soir.

Incapable de me concentrer sur le dossier sous mes yeux, je me lève avec l'intention de me chercher un café avant de contacter le directeur, mais mon père me barre la route. Son regard glisse sur mon smartphone échoué au sol, victime de mon coup de sang stupide. Il s'en sort avec une belle fissure sur l'écran mais toujours fonctionnel.

– Un problème ?

– C'est pas le moment, répliqué-je avec plus de hargne que je ne le souhaitais.

Mon père hausse un sourcil face à mon agressivité.

– Fais attention, Amaury. Je ne tolérerai pas une crise d'ado à retardement juste parce que tu es contrarié à cause de la promotion de Lucia.

J'aimerais ne pas m'énerver, être capable de prendre de la distance en un claquement de doigts pour lui prouver que sa décision m'indiffère. Je m'y efforce depuis une semaine, mais après ma discussion avec Tamara, la coupe est pleine. Je sens quelque chose se rompre à l'intérieur de moi.

– Je m'en tape à un point que tu n'imagines même pas. Tu regretteras ta décision bien assez tôt.

– Pardon ? J'ai dû mal entendre.

– Tu as très bien entendu, papa, cinglé-je en insistant sur le dernier mot. Tu peux offrir les bureaux à Lucia sur un plateau d'argent si ça te fait plaisir, je m'en contrefous. J'en ai assez de me battre pour décrocher le statut d'associé alors que je ne suis même pas sûr de le vouloir. Si tu préfères laisser les rênes à une mante religieuse dénuée d'humanité, c'est ta décision.

Il émet un marmonnement offusqué. Je peux encore rectifier le tir, faire machine arrière, courber l'échine pour que cet incident rejoigne les autres dans le coin sombre de mon esprit dans lequel ils échouent en temps normal. Mais c'est trop tard. Je vomis un flot continu de non-dits et de haine que j'ignorais ressentir.

– Saute-la. Épouse-la. Fais ce que tu veux. Mais ne viens pas pleurer quand elle t'arrachera la tête. Je vais me contenter de faire mon travail, de le faire correctement, sans piétiner la tronche de qui que ce soit. Parce que je te rappelle que c'est ce que nous sommes censés faire, accompagner nos clients dans une des pires périodes de leur existence. Lutter et non nous limiter à rassembler les débris d'une vie entière de travail en se réjouissant qu'il reste assez pour nous payer.

J'achève ma tirade le souffle court puis me penche pour attraper ma sacoche.

– Tu m'excuseras – ou pas –, mais j'ai rendez-vous au tribunal.

Sidéré, mon père reste silencieux jusqu'à ce qu'il me saisisse par l'épaule alors que je me dirige vers la sortie. Ses doigts s'enfoncent avec cruauté dans ma chair.

– Tu vas prendre quelques jours de congé.

– J'ai des dossiers à gérer.

– Je m'en chargerai. Il est hors de question que tu représentes le bureau alors que tu es incapable de te contrôler. Tu es en congé jusqu'à nouvel ordre.

Je me fige sur place, comme s'il m'avait giflé.

– Tu ne peux pas faire ça.

En tout cas, pas sans me prévenir un mois au préalable et sur une période donnée.

– Je suis ton patron avant d'être ton père. Estime-toi heureux de ne pas être mis à pied.

– Tu n'en as pas le droit.

– Tu veux vraiment t'aventurer sur ce terrain avec moi ? Je peux te pousser vers la porte en toute légalité.

La menace est claire, bien que l'aspect légal de la chose manque de me faire rire. Il ne peut pas me forcer à tout, mais il est largement capable de transformer mon quotidien au bureau en véritable enfer si je m'oppose à lui. Je préfère accepter des congés même antidatés plutôt que de m'engager dans une guerre qu'il finira par remporter à l'usure. Il le sait. Toute la rage du monde ne suffirait pas à m'apporter le courage nécessaire pour lui tenir tête pendant aussi longtemps. C'est un constat douloureux, mais ô combien véridique.

– Et après tu te demandes pourquoi je ne t'ai pas choisi comme associé ? Regarde-toi, Amaury, tu te comportes comme un enfant. Laisse tes dossiers ici et déguerpis avant que je ne sois tenté d'être plus sévère.

Je me dégage de sa prise d'un mouvement brusque, ouvre ma sacoche et balance les documents sur mon bureau.

La colère est un sentiment dangereux, vicieux, et je n'aime pas y céder, car je finis toujours par regretter mes actes. Mes clients n'ont rien demandé. Les abandonner aux mains de mon père et Lucia est un acte égoïste. Une pochette en carton s'ouvre avant d'échouer sur mon clavier d'ordinateur. Les feuilles chutent au sol. Le dossier de Tamara... De toute façon, je n'en ai pas besoin, je le connais sur le bout des doigts maintenant.

– Quelque chose à dire ? demande-t-il avec une pointe de satisfaction dans la voix qui me révulse.

Ma gorge se serre. Si je présente mes excuses, j'ai encore une chance de ne pas foutre en l'air ma carrière. J'hésite un bref instant. Je me déteste pour ça, car mon père l'a senti, il attend que je cède.

C'est vrai que j'ai tendance à toujours finir par revenir en arrière et par redoubler d'efforts pour me faire pardonner. Tel est le cercle vicieux dans lequel nous évoluons depuis mon adolescence. Il me balance à la tronche que je suis une source de déception permanente, je m'énerve, puis regrette avant de tout faire pour lui prouver que je suis un bon fils.

J'ai essayé tous les jours depuis que je suis petit d'être celui qu'il attend. Je me suis laissé guider, façonner, même quand le résultat était aux antipodes de mes désirs. Pour être honnête, je crois que si je ploie encore une fois, ça sera la dernière. Les forces vont me manquer pour m'opposer encore et encore à lui, pour preuve, ma rébellion s'est déjà bien estompée depuis quelques mois. Il n'y a que depuis l'arrivée de Tamara dans ma vie que j'ai retrouvé assez de hargne pour l'affronter réellement. C'est à croire que le feu qui anime ma terrible agricultrice m'a contaminé.

Je ne reculerai pas.

Pas cette fois.

Tant pis si ça fait de moi un monstre d'égoïsme. Tant pis si ça flanque par terre notre relation père-fils. Elle était déjà bousillée depuis... toujours.

– Bon courage, déclaré-je.

Je quitte mon bureau d'un pas vif, pour m'assurer de ne pas flancher. Un nuage de parfum capiteux m'arrache une grimace. Lucia, sentant le conflit tel un chien policier, rapplique avec un grand sourire aux lèvres.

– Quelque chose ne va pas, Amaury ?

Je ravale un « va chier », l'ignore royalement, puis fonce vers l'ascenseur. Lorsque les portes se referment, je déboutonne mon col pour lutter contre le sentiment d'oppression qui m'envahit. Je viens d'envoyer bouler mon père… Déchiré entre le regret de ne pas avoir réussi à le faire de façon plus élégante et une étrange sensation de soulagement, j'ai l'impression d'être dans un état second.

Encore un brin hagard, je balance ma sacoche sur la banquette arrière de ma voiture. Je sais parfaitement où je dois me rendre. Cet accrochage aura au moins eu un avantage non négligeable : pouvoir arriver à la ferme plus tôt que prévu. Ils auront certainement déjà commencé à manger, mais peu importe, je doute que Pottier parvienne à ses fins entre l'entrée et le plat de résistance.

Je démarre sur les chapeaux de roues et fonce en direction de chez Tamara. Toutefois, je parviens à destination juste un peu avant 13 heures.

Un SUV de type hybride couleur bleu marine est garé à ma place habituelle. Je m'arrête à côté en savourant la traînée de boue que mon freinage brutal projette sur la carrosserie de l'invité.

J'ai hâte de voir la tête de Pottier.

Théo a raison, je suis un gorille.

Les aboiements de son chien signalent mon arrivée. Tamara ouvre la porte d'entrée avant que je la rejoigne. La stupeur se dessine sur son visage, mais elle est vite remplacée par l'agacement. Un sourire sadique éclôt sur ses lèvres avant qu'elle ne se décale pour lâcher son monstre. C'est mesquin… Il me charge, gueule ouverte, langue au vent, le regard brillant de malice. Peu importe, je ne suis plus à une chemise près et je suis tellement à l'ouest que je n'ai pas pensé une seule seconde à faire un arrêt à la boucherie.

Le choc est inévitable à moins que je ne tente un truc désespéré. Avant qu'il me percute, je beugle :

– Tantor, stop !

La lueur de surprise dans ses yeux est bon signe. Son freinage chaotique me ferait presque rire si ce n'était pas moi la victime. J'encaisse cinquante kilos dans les jambes avec autant de grâce que possible, autrement dit, aucune, mais je parviens à ne pas me vautrer. Le chien entame une série de couinements ravis. Je passe outre ma peur qu'il me bouffe une main et me risque pour la première fois à le caresser. Il faut reconnaître que son épaisse fourrure blanche est plutôt douce. Il remue la queue avec enthousiasme tandis que je lui grattouille le crâne.

– La prochaine fois, j'essaierai de ne pas oublier l'entrecôte.

Une promesse qui ne tombe pas dans l'oreille d'un sourd. Je cesse mes caresses, puis tente de rejoindre Tamara. Tantor n'a pas l'air de s'y opposer, c'est parfait, on progresse. Je parcours la distance qui me sépare de sa maîtresse, le monstre sur mes talons.

– J'ai pu me libérer plus tôt que prévu, lancé-je.

– Je vois ça.

La stupeur paralyse ses traits. Elle regarde son chien comme s'il lui avait soudainement poussé des tentacules.

Puisqu'elle ne m'invite pas à entrer, je m'en octroie le droit et la frôle sur le pas de la porte. Pottier est installé à table, face à une assiette presque pleine. Son agacement est palpable. J'affiche mon plus beau sourire hypocrite avant de le saluer :

– Ravi que notre proposition ait suscité votre intérêt. J'ai cru comprendre que vous aviez des questions ?

Je m'assieds pendant que Tamara en fait autant sans prononcer un mot.

– Je n'en ai plus aucune, nous avons eu le temps de traiter les sujets que je désirais, réplique Potier en saisissant sa fourchette.

Le mutisme de Tamara n'augure rien de bon.

– Pourrais-je avoir un rapide résumé de ce qui s'est dit avant mon arrivée ?

– Pour être honnête, nous profitions de ce déjeuner pour avoir une discussion plus légère et faire plus ample connaissance, m'informe-t-il, débordant de confiance en lui.

– Voilà qui est très professionnel, cinglé-je.

Tamara abat le plat de sa main sur la table, nous faisant sursauter, son chien y compris.

– Toi, moi, dehors, maintenant, rugit-elle en saisissant mon bras pour me forcer à me lever.

J'obtempère sous le regard narquois de Pottier. Tamara me traîne derrière elle pendant que Tantor nous accompagne dans la cour. Dès que la porte se referme derrière nous, sa maîtresse ouvre les hostilités :

– Tu ferais mieux de partir.

– Tu me mets à la porte, vraiment ?

– Je ne sais pas ce qu'il t'arrive, mais il est hors de question que je te laisse foutre en l'air ma seule chance de sauver ma ferme. Bordel, j'arrive pas à croire que je viens de dire ça. Tu es censé m'aider, Amaury, tu t'en souviens ou tes neurones ont définitivement foutu le camp ? Qu'est-ce qu'il te prend ?

Excellente question.

J'agis comme un con, j'en ai conscience et pourtant je ne parviens pas à faire autrement. Je suis emporté par un raz-de-marée d'émotions incontrôlables. La dispute avec mon père a dégoupillé la grenade. Je suis en train d'exploser.

– Il se moque de toi, Tamara. Il ne signera rien, je peux te le jurer.

Mon cœur bat à tout rompre. J'ai besoin qu'elle me croie.

Elle penche la tête sur le côté, l'air de jauger mon sérieux, puis reprend :

– Tu n'arrêtes pas de dire ça, explique-toi ?

BONES VERCETTI

– Pourquoi tout est toujours si compliqué avec toi ? soufflé-je en plongeant mon regard dans le sien.

Je repense à ma discussion avec Théo. Pour lui, ce que je dois faire est clair. Pourtant, maintenant que je suis en face d'elle, je n'arrive à rien.

Au prix d'un effort douloureux, je repousse la tempête qui fait rage sous mon crâne pour tenter de comprendre ce qui déconne chez moi. Elle s'appelle Tamara, pas Pauline. Elles partagent la même passion pour leur métier, excellent dans l'art de me faire sortir de mes gonds, mais les ressemblances s'arrêtent là.

Il y a un feu dans les iris de Tamara que je vois pour la première fois dans ceux de Pauline. Il hurle : « je ne lâcherai jamais l'affaire ». Ce sont des yeux de guerrière qui lutteront jusqu'à la mort, même si elle tombe encore et encore.

Théo a raison. Théo a toujours raison. Il y a un truc chez cette sauvageonne qui me fait vibrer. Tout nous oppose sur le papier, mais nos natures profondes se font écho. Elle est ce que je suis aussi sans jamais l'avoir assumé jusqu'à aujourd'hui : forte, sans concession et bornée au mépris de la raison.

Alors, pour la première fois de ma vie, je tente quelque chose de dingue, de totalement irréfléchi, sans me soucier des conséquences.

Quand on a passé la majorité de son existence à se comporter dans le seul but de plaire à autrui, agir pour soi sans se préoccuper d'autre chose, c'est aussi effrayant que de sauter à l'élastique.

Un pas suffit pour faire disparaître la distance entre nous. Et dans un souffle, je fonds sur ses lèvres.

CHAPITRE 27
Tamara

MAYDAY
MAYDAY
La terre appelle Tamara.

Je bascule dans un vide intersidéral. L'une des mains d'Amaury glisse sur mon cou alors que la seconde empoigne mes cheveux. Mon cœur s'est figé dans ma poitrine. J'oublie de respirer, de réfléchir, trop surprise par ce qui se passe. Le reste disparaît, balayé par une pluie d'étincelles. Ma raison s'évapore l'espace d'une seconde pour savourer ce moment.

Amaury embrasse comme il débarque dans la vie des gens : brutalement, mais avec une passion inexplicable. Ses lèvres ont un goût de tabac froid et de café. Je pourrais presque sentir son cœur battre contre le mien.

Un raclement de gorge me ramène à la réalité et brise la bulle dans laquelle Amaury m'avait emportée. Je plaque mes mains sur son torse pour le repousser, plus violemment que je ne l'aurais voulu. Déception et surprise se mêlent dans son regard tandis que je cherche à retrouver mon souffle et mes neurones. Ce n'est ni le moment ni l'endroit d'agir ainsi. On ne peut pas.

– Quel professionnalisme, raille Pottier depuis le seuil de la porte. Je comprends mieux l'animosité de M. Mabeck à mon égard.

Mon cerveau se remet en marche et une gêne monstrueuse s'empare de moi. Je me tourne vers Pottier en cherchant désespérément une explication à ce qu'il vient de se passer. Mais je ne suis pas certaine d'en avoir envie, en fait. Je ne suis plus certaine de rien et ça m'effraie.

Il ne faut pas que je perde le contrôle, pas maintenant.

– Je...

– Ne vous donnez pas la peine de vous justifier, Tamara.

– On va tous oublier ce qu'il vient de se passer, proposé-je la gorge serrée.

La main d'Amaury se referme sur mon épaule. Je tressaille, au comble du malaise.

– Nous n'avons pas fini de discuter.

Je repousse sa prise avec force.

– Oh que si, répliqué-je.

– Tamara, je...

– Non ! le coupé-je en serrant les poings.

– Je comprends que notre déjeuner ne soit plus d'actualité, je vais vous laisser à vos... activités professionnelles.

Il ne cherche même pas à dissimuler le sarcasme dans sa voix. Une bouffée de honte m'envahit.

– Restez ! Baptiste, ce qui vient de se produire ne change rien à notre future collaboration.

– Je ne suis pas de cet avis.

Le sang déserte mon visage. Le sol s'ouvre sous mes pieds tandis que mon unique espoir de sauver mon exploitation se dirige vers sa voiture sans ajouter un mot. La nausée me coupe le souffle. Je reste figée, spectatrice, muette jusqu'à ce que le SUV de Pottier disparaisse.

– Tamara, commence doucement Amaury.

Deux possibilités ; vomir sur ses chaussures ou laisser la colère grandissante dans ma poitrine éclater. Je choisis la seconde option. Mon regard se pose sur ce mandataire complètement détraqué dont j'ai écopé. Une haine indicible me vrille les tempes. Je clos les paupières un bref instant pour repousser la violence qui m'habite. Tout est foutu. J'ai été l'instigatrice de ma propre chute, je le sais et j'essaie tant bien que mal d'en supporter la culpabilité.

Plutôt mal d'ailleurs...

Donc épargner Amaury alors qu'il vient d'anéantir tous mes espoirs avec ce comportement stupide, c'est au-dessus de mes forces. La saveur de notre baiser s'est évaporée, au profit de celle de la rancune.

– Tire-toi, articulé-je, les dents serrées, avant de rentrer chez moi.

J'entends ses pas résonner dans mon dos.

– Il n'aurait pas signé. Il avait d'autres choses en tête, argumente-t-il.

Je m'immobilise et réplique sans me retourner :

– J'avais compris.

Il m'arrive d'être un peu longue à la détente, mais le fait que Pottier se tire sous prétexte d'un baiser volé en dit long sur ses intentions. Quel connard ! J'ai été d'une naïveté pathétique de croire qu'il voulait vraiment en savoir plus sur la ferme avant d'accepter une potentielle collaboration. J'ai ignoré le poids de son regard sur moi à plusieurs reprises, persuadée que je me faisais des idées... ou bien parce que je voulais me persuader que son empathie était sincère. Qu'importe, ça ne change rien à ce triste résultat...

Voilà ce que ça donne quand je décide de voir le verre à moitié plein : la chute est terriblement violente. La positivité, c'est dangereux pour les cœurs fragiles. Je le sais. Le monde entier n'est peut-être pas méchant, comme me l'assure ma mère, pourtant c'est bien la sensation que j'ai à cet instant. Mon tout nouvel optimisme est mort et enterré.

Pottier était ma dernière chance de me sortir du bourbier dans lequel je patauge.

Une petite voix me rappelle qu'il ne l'a jamais vraiment été. Il m'a bernée. L'humanité que je pensais voir en lui n'était qu'une vaste fumisterie. Je me suis plantée. Et bon sang, ça fait un mal de chien !

– Tire-toi, répété-je en franchissant le seuil.

Je refuse de le regarder. Je refuse qu'il voie les larmes que je peine à contenir.

Tantor comprend que quelque chose cloche et se frotte contre ma jambe.

– Tamara, je...

La fragilité de sa voix, son hésitation... Si je le regarde en face... Non, il ne faut pas !

Je pose ma main sur la tête de Tantor avant d'articuler entre mes dents serrées :

– Intrus.

Mon chien est une boule d'amour, il ne ferait pas de mal à une mouche. Toutefois, vu l'isolement de la ferme, j'ai pris soin de lui apprendre un petit tour utile en cas de visiteur indésirable. C'est totalement du bluff, mais il y a peu de gens qui font les malins face à cinquante kilos de poils hérissés, encore plus quand Tantor grogne et montre les dents.

Mon chien comprend le message. Je me réfugie à l'intérieur de ma maison et claque la porte derrière moi. Les aboiements furieux de mon binôme résonnent malgré tout. J'espère juste qu'ils n'alerteront pas mes parents, car je n'ai pas la moindre envie de leur expliquer pourquoi je chasse Amaury à grands coups de Tantor.

Je devrais affronter la situation en adulte, avoir une bonne discussion avec lui afin de mettre les choses à plat. Il a eu un moment d'égarement, ça arrive, non ?

Non, Tamy, même toi tu ne crois pas à ce que tu racontes. On n'embrasse pas quelqu'un sans raison ou juste parce qu'on ne sait pas quoi faire d'autre. Élise t'a prévenue, ta mère t'a prévenue, le monde entier t'a hurlé l'évidence, il n'y a que toi qui joues les autruches.

Il n'y a qu'en entendant le moteur que je parviens à calmer mon rythme cardiaque. Je jette un coup d'œil par la fenêtre pour m'assurer qu'Amaury est vraiment parti avant de pousser un profond soupir.

Tout est parti en vrille.

J'avais imaginé des dizaines de scénarios pour cette journée, mais certainement pas celui-là ! Je me vautre sur une chaise avant de laisser tomber ma tête entre mes mains. Un gémissement de dépit m'échappe. Des images d'Amaury et de Pottier en train de partir se télescopent sous mon crâne. Ma raison et mon cœur s'affrontent en duel. Pourtant, je connais déjà le vainqueur : les sentiments attendront. Les sentiments, ça s'enterre. Je ne peux pas me permettre d'aller sur ce terrain-là. Pas maintenant. C'est peut-être une erreur, mais je ne suis plus à ça près. J'en ai même un sacré paquet à rattraper.

Qu'est-ce que je vais raconter à mes parents ?

CHAPITRE 28
Tamara

Une semaine depuis notre baiser et le départ de Pottier, mais toujours pas l'ombre d'une nouvelle d'Amaury... Il n'a pas essayé de me rappeler, et moi je tente de ne pas penser à lui. À ce dernier point s'ajoute le énième mensonge que j'ai servi à mes parents concernant Pottier. Je me suis offert un minuscule répit en assurant qu'il s'était montré intéressé, mais qu'il se laissait un délai de réflexion.

Sauf que cette excuse commence déjà à s'user. Ce matin encore, ma mère m'a demandé si j'avais eu un retour à ce sujet, et au vu du regard que m'a jeté mon père, je soupçonne qu'il ait flairé ce nouveau mensonge.

Pourquoi dès que je suis à deux doigts de me sortir de ce cercle infernal, j'y saute à nouveau à pieds joints ?

Je pensais qu'Amaury finirait par refaire surface, dissimulé derrière son masque de super mandataire. J'étais persuadée qu'il ne m'abandonnerait pas malgré son coup d'éclat. Je me suis visiblement trompée. Il faut croire que j'ai réussi à épuiser sa patience et son courage. Mon panel d'erreurs commence à prendre une ampleur effrayante.

Ça doit bien faire dix bonnes minutes que je suis plantée au milieu de mon salon avec mon portable à la main. Je dois l'appeler. Il faut que je le fasse. Un petit pas en avant de ma part, c'est quand même pas la mer à boire. De plus, rien ne m'oblige à évoquer ce baiser qui m'obsède plus que je ne le voudrais.

J'inspire. J'expire.

Je me jette à l'eau et compose son numéro.

Les tonalités s'enchaînent jusqu'au message du répondeur. Je raccroche sans prononcer un mot et réitère mon appel. Même scénario, à l'exception qu'il me redirige volontairement sur la boîte vocale. Je pousse un grognement offusqué qui réveille Tantor de sa sieste.

– Tu le prends comme ça, très bien ! Je me débrouillerai toute seule, espèce de lâche !

Bravo, Tamy, c'est un sacré pas en avant ! Mesdames, messieurs, applaudissez Tamara Pechnot, un spécimen rare, une femme avec le caractère d'un ours.

Je m'ébroue mentalement et renonce à essayer de le joindre pour le moment. Inutile d'insister alors que je ne serais pas capable de lui parler sans m'énerver. Or, j'ai besoin qu'on discute. Même s'il faut parler de ce stupide baiser, je le ferai si ça le convainc de revenir m'aider. Alors, autant essayer de me « détendre » avant de sauter dans l'arène. La « bonne » nouvelle, c'est qu'il ne manque jamais d'activités dans une ferme.

Le programme de cet après-midi consiste à essayer de réparer un peu la grange. La tôle ondulée vieillissante est rongée par la rouille. Il faut que je change plusieurs plaques avant que ça vire à la catastrophe. Heureusement, j'en ai quelques-unes en stock, achetées il y a des mois en prévision de cette rénovation. Autrement, je ne sais pas comment j'aurais fait sachant que je n'ai plus le droit de me servir de la carte de la société.

J'ai eu le malheur de jeter un coup d'œil à mon compte bancaire un peu plus tôt dans la journée, une grossière erreur qui m'a flanqué le moral dans les chaussettes. Demain, le camion de la coopérative videra le tank à lait. Ensuite, il faut compter une bonne dizaine de jours avant que le paiement n'arrive sur mon compte. Même si je ne suis pas une as des mathématiques, je sais que ça ne suffira pas à combler mon déficit du mois.

Lutter en permanence pour survivre est un exercice épuisant. Désormais, je n'ai plus rien. La seule chose que je possède à titre personnel est ma voiture qui ne vaut pas plus qu'un paquet de cacahuètes. Quant à mon livret A, il est à sec depuis un bail.

À moins de braquer une banque, je ne peux pas renflouer le compte de la ferme.

C'est le cas depuis un petit moment, c'est pour ça que tu es en redressement judiciaire !

Bon sang, j'ai besoin d'air.

Je range mon téléphone dans ma poche avant de quitter la maison en direction de la grange. J'en sors rapidement pour tenter de mettre la main sur ma boîte à outils portée disparue, lorsqu'une voiture se gare dans la cour. Je cherche Tantor du regard, surprise qu'il ne soit pas déjà en train d'aboyer comme un putois. Il s'est visiblement caché avec ma boîte à outils, ou bien il a profité de mon inattention pour saluer les filles. Si j'en crois la forme blanche que j'aperçois dans le pâturage, j'opterais pour la seconde hypothèse.

Un homme sort du véhicule, dont l'une des portières est enfoncée, comme s'il avait croisé un sanglier de trop près. Il m'adresse un sourire accompagné d'un hochement de tête avant de prendre la parole :

– Bonjour !

Perplexe, je plante les mains sur mes hanches avant de répliquer :

– Je peux vous aider ?

– Théo Solmin, on ne se connaît pas vraiment.

Qu'est-ce qu'il raconte celui-là ?

– Pardon ? Vous vendez quelque chose ?

Il n'a pas le look d'un VRP[1] ou d'un commercial, à moins que le vieux pull en laine de Noël ne soit devenu la nouvelle mode. Mon regard se pose sur ses chaussures ; des sandales à scratch. Son pantalon cargo trop court laisse apercevoir ses chevilles.

Un illuminé.

Bon sang, mais qu'attend Tantor pour débouler !

– Je ne suis pas intéressée ! affirmé-je avant de faire volte-face pour me réfugier dans ma grange.

Une série d'aboiements éclate enfin. Soulagée, je me tourne afin de voir Tantor persuader ce type de quitter ma propriété. Mon compagnon arrive au galop et exécute un demi-tour chaotique dans la cour pour faire face à l'intrus.

Celui-ci n'a pas l'air le moins du monde effrayé. Il pose ses mains sur ses cuisses tout en se baissant pour saluer mon binôme qui s'empresse de lui foncer dessus pour obtenir un câlin. L'homme éclate de rire lorsque mon compagnon sur pattes, l'incarnation de la douceur, lui saute dessus et flanque ses pattes géantes sur ses épaules afin de lui offrir un nettoyage baveux.

– Tantor ! ordonné-je pour calmer mon incompétent chien de garde.

Ce dernier m'adresse un regard ravi avant de faire une ultime léchouille au visiteur, puis se décide à me rejoindre, fier de lui.

– Amaury m'avait prévenu, mais c'est vrai qu'il est impressionnant.

Je frémis à l'évocation de ce prénom et me sens encore plus confuse.

J'exécute avec prudence un pas en avant.

---

1. Sigle pour : « Vendeur, Représentant et Placier ». Ça désigne souvent le commercial sur le terrain.

– Vous êtes qui au juste ?

L'étranger me tend la main et répète :

– Théo.

– Un collègue d'Amaury ? demandé-je perplexe.

– Beurk, non certainement pas. Je suis vendeur en charcuterie, depuis peu, mais j'aime beaucoup mon boulot. En fait, je suis son meilleur ami.

– Mais qu'est-ce que vous faites chez moi ?

– Je savais que j'aurais dû appeler avant de venir, avoue-t-il en se passant une main sur la nuque. Amaury a des petits ennuis et surtout pas le courage de tout affronter en même temps, alors il a dégainé son joker, c'est-à-dire moi.

Il achève sa tirade en pointant son index sur sa poitrine. J'ai du mal à croire ce qu'il raconte, c'est aussi improbable qu'inattendu.

– Je rêve ou on est retournés à l'époque du collège ? Il envoie son pote pour s'excuser, c'est ça ?

La dernière fois qu'un garçon a utilisé cette technique, je devais avoir huit ans.

– Un peu... Enfin, pour être honnête, ce ne sont pas pour des excuses qu'il m'envoie, ce n'est pas son genre. Les Mabeck sont génétiquement programmés pour ne jamais, ô grand jamais, montrer un signe de faiblesse. Amaury a du mal à se dépêtrer de cet héritage toxique, en fait, il a du mal avec tout ce qui touche à ça, bref... je m'égare.

Il joue avec ses mains avant de reprendre avec un sourire radieux :

– Je suis là pour finir ce qu'il a commencé.

Quelques secondes me sont nécessaires pour bien tout assimiler. Mon cerveau s'est arrêté lors de sa tirade concernant les Mabeck. Une vague de questions à propos d'Amaury me brûle les lèvres, et je parviens de justesse à la contenir pour me concentrer sur le plus important.

– C'est-à-dire ?

– Sauver cet endroit ! s'enthousiasme-t-il.

Je le scrute de haut en bas. Ce Théo a tout sauf l'allure d'un super-héros, et j'aime ça. Loin des costards austères et des mines renfrognées, il dégage une sincérité touchante.

Je hoche lentement la tête en essayant de mettre de l'ordre dans mes pensées chaotiques.

– En admettant que je vous croie, commencé-je avec prudence. Si vous êtes là et pas lui, ça signifie qu'il lâche mon dossier ?

– Avant tout, je pense qu'on peut se tutoyer, ça serait plus sympa.

J'acquiesce, puis il poursuit.

– Je t'assure qu'Amaury préférerait le faire lui-même, s'empresse de préciser Théo.

– Ouais... autrement dit, il se dégonfle.

Dans mon cœur, son attitude ressemble à celle de Pottier : des belles paroles, des promesses, pour au final s'évaporer quand ça ne tourne pas à leur avantage. L'aigreur me noue l'estomac.

J'ajoute en essayant de ne pas passer pour une harpie :

– Je suis désolée, mais j'ai pas mal de choses à faire.

Un intérêt presque touchant se peint sur le visage de Théo.

– Qu'est-ce que tu as à faire ? Je peux t'aider ?

– Je ne tiens pas une ferme pédagogique, bougonné-je. Je doute que tu saches poser de la tôle ondulée.

– Non, mais j'apprends vite et ça nous donnera l'occasion de discuter.

Je le jauge d'un coup d'œil. Il a l'air tout à fait sérieux. Un petit coup de main ne serait pas de refus, après tout, qu'est-ce que je risque ?

Si je devais être honnête, une part de moi meurt d'envie de savoir pourquoi Amaury m'envoie son meilleur pote pour sauver ma ferme. Super mandataire a bien des défauts, mais je ne crois pas qu'il me présenterait Théo si ça n'avait pas d'intérêt pour ma situation, au-delà de rencontrer un gars aussi étrange que sympathique.

– Il faut d'abord que je retrouve ma boîte à outils, précisé-je.

– Celle-là ? demande-t-il en pointant du doigt ma caisse, dissimulée non loin, sous une combinaison de travail que j'ai oublié de ranger.

– Bravo, œil de lynx.

Je m'empare de mon « précieux » tandis que mon estime pour Théo augmente. Tantor, lui, caracole autour de mon étrange invité, visiblement ravi qu'il reste parmi nous.

– Suis-moi, lui intimé-je d'un mouvement de tête.

Il ne se formalise pas de la boue ni de l'odeur et n'a même pas l'air choqué par l'état déplorable de cette paroi de la grange qui ressemble plus à une passoire.

Je pose ma caisse et tente de réfléchir par quel bout je dois commencer tout en luttant contre mon envie d'assaillir Théo de questions. Celui-ci met fin à mon dilemme en reprenant la parole.

– Il va te falloir une visseuse.

– Je sais.

Le problème c'est que la dernière a rendu l'âme. Conclusion : vive le travail manuel. Je vais y passer trois fois plus de temps et certainement y gagner un ulcère, mais ça, c'est un détail.

– Tu n'en as pas ?

– Pas de fonctionnelle, avoué-je en lui tendant un tournevis. On vire toutes celles qui sont trop pourries.

– OK.

Théo paraît ravi de s'atteler à la tâche.

– Tu sais, c'est un peu de ma faute ce qui s'est passé avec Amaury, reprend-il.

Surprise, je loupe la tête de la vis et focalise toute mon attention sur lui.

– C'est-à-dire ?

– C'est moi qui lui ai dit de se jeter à l'eau avec toi.

Mes doigts se crispent autour de mon outil. Une chaleur étrange envahit mes joues.

Quand j'étais ado, je pensais que les relations amoureuses évoluaient, qu'en devenant adultes, on apprenait à gérer tout ça. Grossière erreur. J'en ai la preuve aujourd'hui, rien n'a changé, ni les techniques de drague, ni moi et ma foutue manie à virer couleur écrevisse.

Théo m'épargne la recherche d'une quelconque réponse en poursuivant ses explications.

– Seulement je n'avais pas pensé que son côté gorille était aussi développé et qu'il agirait comme un mâle dominant cherchant à marquer son territoire. Je l'aime, ce mec, c'est ma famille, mais parfois il est vraiment très con. Enfin, ça fait partie de son charme. Bon, je ne suis pas là pour jouer les entremetteurs. Je ne m'y risquerais pas, mais tu peux être sûre qu'il se sent comme une merde depuis l'autre jour.

– Alors pourquoi il ignore mes appels ? répliqué-je avec une hargne incontrôlable. Ce n'est pas parce que je ne lui ai pas sauté au cou qu'il a le droit de me laisser tomber. C'est son travail, merde !

– Tout juste Auguste, c'est son travail. Sauf qu'Amaury a été mis en « congé forcé ».

Stupéfaite, je me fige et arrête de bricoler.

– Quoi ? Mais pourquoi ?

– Rien à voir avec ton dossier, enfin si, mais indirectement. Amaury a eu un « petit » accrochage avec son paternel, qui est accessoirement aussi son patron. Ça s'est déjà produit, mais ce n'est jamais allé aussi loin...

– Loin comment ?

Pourquoi tu poses cette question ? Tu. Ne. Dois. Pas. T'en. Soucier !

Le problème avec mon obstination pathologique, c'est que je ne la maîtrise absolument pas. Avant que je sois dans le déni concernant la ferme et que le tribunal la place en redressement, j'étais fière d'être obstinée. C'était mon carburant pour franchir n'importe quel obstacle au mépris de mes angoisses. Sauf que cette précieuse alliée, m'a trahie et maintenant, je ne suis plus certaine de l'apprécier autant quand elle me guide vers un sujet que je n'ai pas la force de gérer. La détresse m'a toujours attirée comme un aimant, c'est encore pire quand elle provient de gens qui comptent pour moi.

– Je crois qu'après une vie entière à courir derrière... Non, c'est pas à moi de te parler de ça. Navré, Tamara, mais c'est mon pote. Je ne pense pas qu'il apprécierait que je dévoile sa vie.

Une vague de déception m'enveloppe, même si je comprends parfaitement le choix de Théo. J'aurais réagi exactement pareille si la situation était inversée. En amitié comme en amour, on protège ceux qu'on aime. C'est humain.

Je hoche la tête et abandonne le sujet pour revenir sur un autre qui me concerne directement :

– Mais alors qui va s'occuper de mon dossier ?

– Si tu as de la chance, son père. Ne t'attends pas à le voir débarquer, car son style c'est plutôt les mails condescendants, il n'est pas vraiment du genre à mettre les mains dans le cambouis. Et si tu n'as pas de chance, c'est une collègue d'Amaury, Lucia, qui viendra foutre son nez dans tes affaires. Une vraie garce... Dans tous les cas, aucun des deux ne fera autant d'efforts qu'Amaury.

– Super, soufflé-je en comprenant que ma situation s'est aggravée subitement.

Théo vient à bout d'une première plaque. Il l'abandonne sur le sol avant de s'attaquer à une autre.

– Comme tu dis, c'est donc pour ça que je suis là. Il y a un truc que tu peux tenter, dont Amaury aurait dû te parler. Mais je crois qu'il s'inquiétait que tu l'envoies bouler. Vu que je n'ai pas ce genre de craintes, je vais te donner l'idée générale : faire de toi la première influenceuse du monde agricole. Enfin, techniquement, je pensais plutôt mettre en avant tes vaches, mais tu auras ton rôle à jouer.

Le tournevis que je viens tout juste de ramasser m'échappe à cause du choc. Un meuglement de Porthos depuis l'autre bout de la pâture illustre parfaitement mon état d'esprit.

– C'est une blague ?

– Non, pourtant, j'aime bien les blagues. D'ailleurs, tu connais celle de l'œuf qui a des poils ? réplique Théo sans cesser de travailler.

Mes neurones s'entrechoquent. J'ai soudain envie d'appeler Amaury pour m'assurer que cet étrange personnage est vraiment son ami et pas un fou arrivé ici par hasard.

Comme si de rien n'était, il enchaîne.

– Ce sont des œufs dans un frigo, le premier demande au second : « tu as vu le nouveau ? Il a une gueule bizarre, pas la même couleur et en plus il a des poils ». Le second regarde l'intrus, ce qui attire son attention. L'œuf aux poils réplique : « bah quoi, vous n'avez jamais vu un kiwi ? »

Un gloussement m'échappe. Les blagues nulles, c'est vraiment génial.

– Pas mal, n'est-ce pas ?

– Tu veux bien revenir à ton histoire d'influenceuse ? Tu m'as bien regardée ? J'ai l'air d'être ce genre de filles ?

– C'est moche d'avoir autant d'a priori, mais je comprends. Je te rassure, je ne compte pas te demander de danser sur *Baby Shark*. En fait, le concept serait plutôt un système de parrainage comme le font les refuges animaliers. Amaury m'a dit que toutes tes bêtes avaient un prénom et un sacré caractère. Je suis sûr que Prospérine, la vache croisée épagneul breton adepte du reniflage de fesses va faire des ravages. Le but est de faire le portrait de chacune, puis on propose un abonnement mensuel dont le montant couvre tes frais. En échange, tu laisses la possibilité au parrain de venir traire leur protégée et de s'approvisionner en lait quand il le souhaite. Le côté réseaux sociaux, c'est plus pour te faire connaître et que le parrainage se lance rapidement. Sans compter qu'il faudra que tu y restes active, car tout le monde ne va pas s'engager dans une durée indéterminée. Le plus judicieux serait de proposer des formules mensuelles, trimestrielles et annuelles avec la possibilité de renouveler l'abonnement selon l'envie du client. Tout le monde ne viendra sans doute pas traire sa vache deux fois par jour, tu pourras donc continuer à en vendre, via la coopérative ou autrement. Si ça fonctionne comme je le prévois, on pourrait pousser le concept encore plus loin en proposant tes propres bouteilles de lait, estampillées du prénom de la vache qui l'a produit. Mais ça demande un peu d'investissement financier, alors on attendra la fin du redressement. Pour l'instant, un site Internet suffira, et ça, je peux m'en occuper.

Mon silence interpelle Théo qui lève la tête de sa tâche. Ses grands yeux chocolat me scrutent avec attention. Je suis en mode poisson mort pendant que mon cerveau tente de décrypter ce plan délirant.

– Ça va ? demande-t-il en se frottant la nuque, un peu gêné. Désolé, j'ai tendance à vite perdre les gens avec mes explications quand je m'y mets. Je ne m'en rends pas compte. Il ne faut pas hésiter à me dire de la boucler.

Mes neurones crépitent, stimulés par le plan de Théo. J'essaie de l'analyser sous tous les angles pour trouver la faille, mais je n'en vois aucune. Il n'y a donc qu'une seule conclusion : c'est brillant. Même si ça signifie devoir me frotter au monde des réseaux sociaux, dont je me suis tenue éloignée jusqu'ici car je n'y trouvais aucun intérêt.

– C'est une putain d'idée de génie ! déclaré-je.

Sa gêne s'évapore au profit d'une joie intense, solaire, comme celle d'un gosse de huit ans.

– Tu serais partante ?

Après l'échec cuisant des négociations avec les hypers, je crois que je serais prête à accepter n'importe quelle solution. Mais l'avantage de celle-ci, c'est que je ne vais plus me heurter à des dirigeants qui affirment hypocritement partager mes convictions alors qu'il n'en est rien. Avec le plan de Théo, je peux partager mes valeurs avec le reste du monde. C'est terrifiant, mais plus j'y réfléchis, plus ça me paraît idéal. J'ai refusé de changer ma façon de travailler, je m'accroche à mes certitudes souvent au mépris de la raison, il est temps d'assumer. S'il y a la moindre chance que ça fonctionne, ça vaut le coup de passer pour une idiote sur Internet.

Je déglutis avant d'articuler :

– Carrément !

– Dans ce cas, il ne nous reste plus qu'à finir de démonter ça et on se penchera sur les détails du projet. Créer les différentes pages sur les réseaux ne sera pas compliqué, mais il va falloir bosser en amont, deux ou trois petites choses pour proposer un contenu percutant.

– Laisse tomber ce tournevis, ordonné-je en lui effleurant la main. Je m'en occuperai plus tard.

– Ça ne me dérange pas, c'est assez amusant. Je n'avais jamais démonté de la tôle.

– Je t'assure que ce n'est pas aussi marrant que ça, à la longue.

Un véritable feu d'artifice crépite dans ma tête.

Parrainer les vaches...

Même si je ne pense pas que les gens seront aussi sensibles au charme des filles qu'à celui d'un chiot labrador, je suis persuadée que certains partageront mon amour pour elles.

– Comment fait-on ? Par où commencer ? Si, je sais ! Je vais te les présenter, lancé-je en réprimant difficilement mon enthousiasme.

Théo m'offre un sourire éblouissant puis sort son portable de sa poche.

– On va en profiter pour les prendre en photo.

CHAPITRE 29

Amaury

Assis dans mon canapé, je scrute tour à tour l'écran noir de mon téléphone et l'horloge au-dessus de ma télé. Théo a juré de me prévenir en partant de chez Tamara. Or, je n'ai aucune nouvelle... Je vais devenir dingue à attendre, mais je refuse de tout faire foirer en cédant à l'envie de l'appeler. J'ignore comment Tamara a pris la chose. Et vu la personnalité particulière de mon ami, tous les scénarios sont possibles.

Soit elle le verra comme je le vois : un génie, un précurseur, mais tellement génial, ou elle ne parviendra pas à surmonter le goût ignoble de Théo en termes de chaussures et le croira dingue. Ou bien, et c'est la possibilité qui m'effraie le plus, ce stupide baiser a tout gâché.

J'aurais dû l'appeler, nous aurions dû crever l'abcès malgré la douleur. Je serais sans doute en train de souffrir, mais plus dans l'incertitude totale. Sauf que j'ai préféré me planquer tel un lâche et envoyer mon meilleur pote en tant qu'émissaire. C'est ridicule, moi qui ne comprenais pas comment Tamara pouvait continuer à faire l'autruche face à sa situation professionnelle, voilà que j'agis comme elle. L'arroseur arrosé, c'est aussi vieux que le monde et pourtant, on dirait que je n'ai pas retenu la leçon.

Je me rassure comme je peux en me disant que si ça s'était mal passé, Théo serait déjà reparti. Soudain, l'image de Tamara, furieuse, armée d'une pelle, traverse mon esprit. Si mon ami ne donne plus de nouvelles, c'est qu'elle l'aura enterré dans un champ.

J'esquisse un sourire faiblard. Bon sang, je déraille complètement ! Je n'ai jamais autant espéré que le charme hors norme de Théo fasse effet. Si quelqu'un peut s'attirer la sympathie de ma tempétueuse agricultrice, c'est lui. Je m'accroche à cette pensée de toutes mes forces.

Je prends mon mal en patience. En fait, non, je n'y arrive pas. Depuis ma dispute avec mon cher père, je tourne dans mon appartement comme un animal en cage. Sans Théo, je serais devenu dingue. Il me supporte presque tous les soirs tandis que je rumine à propos de cette putain de journée où tout est parti en vrille. J'en ai disséqué chaque seconde pour essayer de comprendre à quel moment la situation m'a échappé. Si prendre du recul est un exercice difficile, c'est généralement car ça blesse l'orgueil. Oui, ça fait mal d'accepter qu'on ait merdé et que c'est en notre âme et conscience qu'on a choisi d'emprunter tel ou tel chemin. J'ai réussi à dépasser ça, à un détail près... ce baiser.

Quand j'ai franchi ce cap, animé par mon ego et des sentiments que je ne pensais plus ressentir un jour, j'aurais dû m'arrêter. Cet acte impulsif, j'y ai cédé par envie, je le sais, mais aussi par peur. Par peur de louper le coche, comme ça a été le cas avec Pauline. Je n'arrive pas à savoir si c'est courageux ou mal d'avoir agi pour cette raison.

En fait, si, je le sais, c'est mal.

Tamara mérite mieux qu'un imbécile qui se jette sur elle parce qu'il essaie de rattraper une connerie de son passé et d'obtenir l'absolution d'un fantôme. Aucune femme ne mérite ça, j'en ai conscience. C'est pour ça que je n'ai jamais avancé dans une relation amoureuse.

Franchement, arriver à ces conclusions sans dix ans de psychanalyse, c'est déjà bien. Le truc, c'est que c'est loin d'être suffisant.

Des coups résonnent contre ma porte. Je m'y précipite, persuadé de voir mon pote, pressé de tout me raconter. La surprise me paralyse en découvrant mon père. Pas de « bonjour », pas de « comment tu vas ? », encore moins un « je suis désolé ». Il brandit à la place un courrier que j'avais totalement oublié. Il a dû échouer dans les dossiers que j'ai balancés sur mon bureau lors de notre « petit » accrochage : le contrat écrit par Tamara que j'ai signé sur un coup de tête.

– J'aimerais savoir ce que c'est que cette ânerie, mon fils ?

Ah, j'ai droit à « mon fils », comme c'est charmant.

Il n'utilise ce terme qu'il considère, j'en suis sûr, comme le summum de la démonstration affective, uniquement lorsque je mets en péril le glorieux patrimoine de la dynastie Mabeck.

Une dynastie de pacotille étant donné que mon père est à l'origine de la totalité du dit patrimoine. Merveilleux, comme toujours il choisit son moment pour apparaître ! Je devrais lui claquer la porte au nez avant qu'il n'entame les hostilités, mais je reste stoïque. Un mécanisme bien huilé par notre vie de dispute se met en branle.

Finalement, je n'ai même pas besoin de force supplémentaire pour l'affronter, c'est devenu un véritable réflexe conditionné.

– C'est quelque chose qui ne te concerne pas, répliqué-je avec un sourire provocant. Je te rappelle que cet appartement est à moi, ce que j'en fais ne te regarde pas.

Il entre sans mon accord, de toute façon, il n'en a pas besoin. Même si mon père est adepte des conventions sociales et de la politesse, ces dernières ont tendance à s'envoler quand il s'agit de moi. Parfois, je me demande s'il sait que je ne lui appartiens pas, que ce n'est pas parce que je lui dois la moitié de mon patrimoine génétique qu'il peut me considérer comme sa chose.

Une petite voix me souffle que j'ai agi toute ma vie comme si c'était le cas. C'est facile de pleurer sur les conséquences d'un tourbillon toxique que l'on a contribué à alimenter.

Je repousse ces pensées à la con avant qu'elles ne me polluent trop le cerveau, pour me concentrer sur mon cher papa qui s'apprête déjà à me passer un savon.

– Je savais que tu manquais de maturité, mais là, il s'agit d'une affligeante stupidité. J'espère que c'est le seul exemplaire ? Cette chose n'a pas été signée devant notaire ?

Il froisse le papier avant de le balancer avec un tir précis dans mon évier.

– Qu'est-ce que tu n'as pas compris dans : « ça ne te concerne pas » ?

– Quand mon fils unique décide d'être l'instigateur de sa propre perte, tout me concerne.

Je l'ignore, préférant m'éloigner pour me vautrer sur mon canapé.

Il paraît qu'en grandissant, nous sommes censés retrouver des rapports sains avec nos parents, même après une adolescence compliquée. Mon père et moi avons loupé cette étape-là. Il continue de se comporter comme si j'avais quinze ans et je ne peux m'empêcher de me transformer en petit merdeux quand il me pousse dans mes retranchements. La seule chose qui préservait notre « relation » jusque-là, était ma tendance masochiste à la culpabilisation. Ce n'est plus d'actualité depuis que j'ai perdu mon calme au bureau.

Je crois que ces dernières années ont saturé mes capacités à me sacrifier pour autrui. J'ai un besoin pathologique d'égoïsme, quitte à tout faire exploser autour de moi. Je n'avais pas réalisé à quel point j'ai annihilé mes désirs pendant tout ce temps. À l'exception de mon appartement, je n'ai jamais pris la moindre décision pour moi, sans me soucier des autres ou sans solliciter l'avis de quelqu'un pour m'assurer que je ne foirais pas. Même pour choisir ma voiture...

À l'époque je rêvais d'une *muscle car* américaine vintage, et quand j'ai eu le malheur d'évoquer ce projet devant mon père, il m'a proposé de rendre visite à son concessionnaire. Pourquoi n'aurais-je pas accepté ? Sa proposition était aimable. Sans compter que je me suis toujours comporté comme un mort de faim lorsqu'il me proposait des moments « père/fils ». Je les attendais avec impatience. Impossible de me rappeler à quel moment mon envie a disparu. Sans doute lorsqu'elle a été enterrée par la flopée d'arguments vantant le modèle de ma berline actuelle. Peu importe, seul le résultat compte : j'ai cédé avec le sourire...

– Amaury, regarde-moi quand je te parle ! tonne-t-il en se plantant devant moi.

Je n'ai pas écouté le moindre mot depuis tout à l'heure.

– Tu comptes rester ici encore longtemps ?

– Y a-t-il autre chose que je devrais savoir sur le dossier Pechnot ?

Tous mes muscles se tendent un à un. Je ne veux pas qu'il porte le moindre intérêt à Tamara. Il faut que je détourne son attention.

Lorsque j'ouvre la bouche pour changer de sujet, il me devance et ajoute :

– J'ai passé l'éponge une fois, Amaury. J'ai toléré ta faiblesse en acceptant que tu cesses de travailler sur les cas de redressements. Je savais que c'était une erreur ! Tu es tout juste de retour sur les bons rails et voilà que tu réitères les mêmes idioties. C'est navrant.

Je me mords la langue pour ne pas hurler. S'il y a bien un sujet que je ne veux pas qu'il aborde, c'est Pauline.

– Aucune femme ne vaut ce prix-là, fils. Aucune !

Voilà, on y est. Il dégaine son argument favori sans nommer celle qui a mis le feu aux poudres dans la famille Mabeck, en disparaissant du jour au lendemain.

Comme tout être humain, j'ai une mère. Une femme est bien tombée amoureuse de mon père il y a longtemps. Je me demande encore si la réciproque était vraie. C'est une des nombreuses questions que je ne lui ai jamais posées, car sa réponse m'effraie.

Il ne me reste que quelques photos de l'époque où nous formions encore une famille. Elles sont perdues au fond d'un tiroir et je m'efforce de les oublier.

Ma mère est partie quand j'avais sept ans. Comme ça, sans préavis. Avec le recul, je me dis qu'il y a certainement eu des signes, mais enfant j'étais incapable de les voir. À cet âge, on ne peut pas envisager qu'un jour, notre mère s'en aille sans se retourner.

Son silence et sa disparition sont restés une plaie ouverte pendant longtemps. Encore aujourd'hui, ça m'inspire un savant mélange de tristesse et de haine. Le pire étant les « si », qui sont venus me polluer l'esprit quand j'ai compris que je n'aurais jamais la réponse à mon « pourquoi ? ». Toutes ces suppositions m'ont rongé pendant des années.

Si elle m'avait emmené avec elle ? Si elle était revenue ? Si je l'avais cherchée ? Si ? Si ? Si et encore si ?

Voilà le point de départ du désastre de ma relation avec mon père. Lui s'est reconstruit en se persuadant que les femmes n'étaient que des monstres. Et malgré ça, il est encore incapable de démasquer une prédatrice comme Lucia ! Moi, j'ai hérité d'une incapacité pathologique à exprimer le moindre sentiment. À trente piges, je suis le schéma émotionnel d'un gosse qui craint de faire fuir sa maman encore une fois. C'est ridicule, mais c'est la triste vérité. Il y a des mots que je suis désormais incapable de prononcer, même quand je le voudrais.

En revanche, il y en a d'autres que je n'ai aucun problème à utiliser :

– C'est ce que tu te dis pour te rassurer quand tu t'observes dans un miroir ? C'est ton choix, pas le mien. Maintenant, dehors !

Il fait un pas vers la porte. J'y crois presque, jusqu'à ce qu'il s'immobilise.

– Cesse de geindre et secoue-toi, ne ruine pas ta carrière pour si peu.

– Bordel, mais pourquoi tu ne comprends jamais rien ? Tu crois que j'en ai quelque chose à foutre ? Je te signale que c'est toi qui gâches tout. C'est toi qui préfères bosser avec une garce plutôt qu'avec ton propre fils. Alors ton raisonnement sur les femmes, ces dragons que tu détestes, tu peux te le mettre où je pense ! Espèce d'hypocrite !

Il n'y a que lui pour émettre un reniflement dédaigneux sans perdre de sa superbe.

– Je savais bien que cette petite crise était due à Lucia.

Atterré par sa réflexion, j'abandonne tout espoir qu'il comprenne quelque chose.

– Ouais, voilà, tout ça, c'est à cause d'elle. Je suis un gamin immature furieux de ne pas avoir été choisi. T'es content ? raillé-je.

– Et tu ne t'es jamais dit que j'attendais de toi que tu te battes plutôt que de courber l'échine ?

Un hoquet de stupeur m'échappe. *J'espère qu'il plaisante, j'aimerais qu'il plaisante.* La colère est mauvaise conseillère, mais elle a également le bénéfice de permettre une franchise au mépris de la raison.

– Que je me batte ? Mais bon sang, je n'ai fait que ça toute ma vie ! Me battre pour être digne de toi !

– Dans ce cas, c'est encore pire que ce que je pensais. Se battre, Amaury, ce n'est pas opiner du chef alors qu'une petite arriviste remporte la bataille. Tu croyais vraiment que j'allais confier les rênes à Lucia ?

Son éclat de rire a l'allure d'un coup de tonnerre, puis il ajoute :

– Voilà des mois que tu préfères râler et t'abaisser à des mesquineries stériles plutôt que de prendre ce qui te revient de droit. Même quand je lui ai offert une place d'associé, tu n'as pas bronché. Et tu oses dire que tu te bats ?

Désarçonné par ses révélations, je balbutie :

– Tu as été très convaincant pendant ce déjeuner.

– Une proposition n'est rien sans un contrat signé. Tu aurais dû le comprendre ! Maintenant, c'est ta dernière chance de réagir. Je t'attends au bureau lundi.

Il tourne les talons et sort enfin de chez moi en claquant la porte. Que je le veuille ou non, il a raison sur un point, j'aurais dû réaliser depuis longtemps qu'au vu de la haine qu'il voue aux femmes, jamais il n'offrirait un tel pouvoir à l'une d'entre elles.

Je déglutis, totalement perdu.

Une dernière chance.

Je n'ai qu'à retourner bosser pour obtenir la consécration que j'espère depuis tout ce temps...

CHAPITRE 30
Tamara

Assise à table en face d'une tasse de café, je suis subjuguée par les mains de Théo qui tapent à une vitesse hallucinante sur le clavier de son ordinateur. Je savais que mes compétences informatiques étaient à la limite du lamentable. En comparaison de Théo, j'ai le niveau d'un ours essayant de jouer de la contrebasse. Alors, je me contente d'observer pendant qu'il s'active à faire un tas de trucs auquel je ne comprends rien.

Il a été extraordinaire avec mes vaches, s'intéressant à chacune d'entre elles. Il m'a écoutée parler sans montrer le moindre signe de jugement ou d'impatience alors que j'ai parfois dérivé de notre sujet sans m'en rendre compte.

Totalement perdue dans mes pensées, je sursaute lorsqu'il me demande :

– Bon, j'ai ce qu'il me faut pour le site, à un détail près.

– Lequel ? Tu as pris les filles en photo sous toutes leurs coutures.

– Exact, mais maintenant il me faut de la matière pour présenter la cheffe d'orchestre de cet endroit.

– Autrement dit, moi, enchaîné-je en sentant les muscles de mes épaules se tendre.

J'étais tellement contente de partager ma passion avec lui que j'en avais oublié cet élément. Mon regard tombe sur ma combinaison de travail d'une propreté douteuse.

– Je devrais me changer, annoncé-je.

– Pourquoi ? rétorque aussitôt Théo.

– Je ne vais pas m'afficher dans cet état.

– Ôte-moi d'un doute, tu ne travailles pas en talons aiguilles et robe de bal ?

Je grimace.

– Alors, pourquoi vouloir cacher ça ?

– Le cliché de la bouseuse c'est pas mon truc.

– Tu sais, si tu te changes, certains le pointeront du doigt.

Il a raison.

– Il y aura toujours des cons qui ne seront pas contents, ajoute Théo. Alors, autant être honnête, tu ne crois pas ? Quitte à se faire cracher dessus par des ignorants, mieux vaut défendre ce qu'on est vraiment. Et c'est un mec adepte des chaussettes dans les sandales qui te le dit.

Il achève son argumentaire d'un clin d'œil qui m'arrache un sourire.

– Alors tu veux du cent pour cent Tamara, sans filtre et avec de la boue sur le pantalon ?

– Je suis pour la franchise, aussi abrupte soit-elle.

– C'est dans mes cordes, assuré-je en repoussant mon angoisse grandissante à l'idée que ma tête se retrouve sur les réseaux sociaux.

– Super ! On pourrait commencer par filmer une petite visite de la ferme, puis tu te présenteras devant la caméra.

– Top, lâché-je la mâchoire contractée avant de me lever de ma chaise.

Théo m'imite. Totalement crispée, je me dirige vers la porte, puis lance :

– Allez, avant que je change d'avis.

C'est très étrange de marcher en essayant d'avoir l'air naturel quand un objectif est braqué sur nous. Après avoir fait le tour de l'exploitation pour que Théo récolte les images qui lui manquaient, nous voilà dans la grange. On s'est installés à même le sol, malgré le fait que j'ai proposé de prendre des chaises. Adossée à la tôle, avec le cinéaste improvisé en face de moi, j'ai du mal à le regarder sans ciller.

– Qu'est-ce que je dois dire ?

– Ce que tu veux. Rappelle-toi que je pourrai toujours couper certaines choses au montage si tu ne souhaites pas que ça apparaisse.

J'ouvre la bouche, mais aucun son n'en sort. Mon silence s'éternise. Théo ne s'en formalise pas et patiente.

Il faut que je me jette à l'eau. J'ai tant espéré qu'on me donne un moyen de ne plus être impuissante face aux difficultés de la ferme, et maintenant que je l'ai, hors de question de reculer. Une petite voix intérieure me sermonne qu'Amaury l'a déjà fait et qu'il continue grâce à Théo. Abandonner aujourd'hui, c'est repousser ma dernière opportunité de voir la lumière au bout du tunnel.

Poings serrés, j'avale ma salive avant de demander :

– Je me présente comment ? Un truc formel du genre : prénom, âge, lieu de naissance ?

– Si tu en as envie, pourquoi pas.

– Non, mais je n'ai aucune idée de la façon de m'y prendre.

– Tu veux que je te pose des questions, ça pourrait peut-être t'aider ?

J'approuve d'un hochement de tête.

– OK. Alors, à quel moment tu as su que tu voulais reprendre la ferme ? Pourquoi cette voie ?

Sois sincère, Tamara, tu peux le faire. Tu n'as rien à perdre. En fait, si, justement tu peux tout perdre, alors parle !

– Je crois que je ne me suis jamais posé la question, car la première fois que mon père m'a fait monter avec lui dans son tracteur, ça a été une évidence. Même si en grandissant, j'ai compris à quel point le travail était dur, je n'ai jamais changé d'avis. Tout ça, ça vaut tous les efforts du monde, expliqué-je en désignant ce qui nous entoure d'un geste du menton.

– Donc pas de rêve de princesse ou de *pop star* ?

J'étouffe un petit rire.

– Non, ma vie de princesse, c'est celle-là. Je suis la princesse de la boue. Je suis paysanne et fière de l'être, même si ça échappe à pas mal de gens. Tu vois, même ce mot, « paysan », il sonne parfois comme une insulte, car certains sont incapables de voir la noblesse qui pourtant se cache derrière. Une putain de noblesse, un altruisme de dingue, parce qu'il en faut pour suer sang et eau pour nourrir les autres, même ceux qui vous jugent. Alors, y en a qui diront : « oui, enfin, vous gagnez de l'argent, quand même ! C'est pas vraiment de l'altruisme ». Mais ils ont tort, car je ne connais pas un seul agriculteur qui gagne autant que ce qu'il mérite. Si on fait le ratio entre les heures de travail et le salaire, on est tous en dessous du SMIC. Je ne veux pas me plaindre, c'est pas le but, mais ça serait bien que les gens s'en souviennent. Un métier comme le mien, un métier passion, on le fait parce que c'est dans nos tripes, pas pour devenir riche. Cela n'empêche qu'on veut quand même vivre dignement.

– C'est pour ça que tu te bats pour sauver ta ferme ?

– Bien sûr. Cet endroit, c'est chez moi, c'est mon héritage. Si on me l'enlève, j'ai peur de ne plus savoir qui je suis.

Théo hoche la tête tout en cherchant une nouvelle question, mais je n'en ai pas besoin. Ce petit échauffement m'a donné l'élan nécessaire pour poursuivre.

– Ce parrainage, c'est non seulement un moyen de sauver mon exploitation, mais aussi une façon de permettre aux autres de découvrir mon monde, de créer du lien. Moi et Am... le mandataire responsable du redressement avons essayé des approches plus conventionnelles. Nous avons tenté de négocier avec des enseignes prônant les circuits courts ou un quelconque intérêt pour le terroir local. Ils nous ont tous claqué la porte au nez. Or, c'était la seule solution « standard » que j'avais en me passant d'un intermédiaire pour obtenir un meilleur prix. Sans le soutien d'une banque, sans trésorerie, le reste est inenvisageable. Conclusion, mon redressement n'est qu'une liquidation judiciaire à retardement.

L'aigreur dans mes dernières paroles me pousse à interroger Théo du regard. J'espère qu'il m'arrêtera si je vais trop loin.

– Tu n'as pas peur d'accueillir des gens ici ? Les parrains et marraines des vaches ne connaîtront certainement rien à la traite ou à la vie à la campagne.

– Franchement, n'importe qui avec de la bonne volonté peut apprendre. Mais si je dois être honnête, oui, j'ai un peu peur, parce que je vais ouvrir mon monde à des inconnus. C'est mon intimité autant que mon boulot.

Tantor qui était parti faire un tour revient en trottinant, ravi de voir que nous sommes installés par terre. Sans surprise, il se couche entre Théo et moi, exhibant son ventre en quête de caresses. Je n'hésite pas à enfouir mes doigts dans sa fourrure pour évacuer un peu mon stress.

– Tes vaches ont toujours eu des prénoms ?

– Toujours, confirmé-je.

– Tu ne crois pas que les personnifier ainsi est dangereux quand on exerce ton métier ?

– Je crois du fond du cœur que même si je les « utilise » pour gagner ma vie, ça n'empêche en rien de les respecter. C'est même une évidence pour moi, car sans mes vaches, mon exploitation n'existe plus. J'ai besoin d'elles, j'ai besoin qu'elles soient en bonne santé, qu'elles soient heureuses. Alors oui, je peux passer pour une folle de les traiter comme je le fais...

– Pourquoi ?

– Disons que j'aurais pu gagner plus d'argent dès le début si j'avais voulu mais ça aurait été au détriment des filles. J'aurais pu enchaîner les vêlages sans leur laisser de repos, avoué-je en frissonnant. Ou bien envoyer les plus âgées à l'abattoir, car elles produisent moins que les jeunes, mais je ne me vois pas travailler de cette manière.

– Alors, tu risques de tout perdre car tu as défendu tes convictions.

– Entre autres… Mais oui, il y a un prix à payer pour avoir ce genre de convictions.

Les confidences s'enchaînent et le temps passe sans que je m'en rende compte. C'est ma vessie qui me rappelle à l'ordre. Ça doit faire plus d'une heure qu'on a commencé cette interview. Théo anticipe ce que je m'apprête à dire.

– Je pense que j'ai déjà une super base de travail. Je vais te laisser finir ta journée.

Nous nous relevons en même temps.

J'ai un peu mal à la tête, parler m'a littéralement épuisée.

– C'est quoi la prochaine étape ? demandé-je.

– Je vais m'occuper du site, mettre en route tout ce qu'il faut. Dès que j'ai bien avancé là-dessus, je te le dis.

– OK. Il y a un truc que je peux faire pour t'aider ?

– Ne t'en fais pas, ça ira. Je t'appelle si besoin.

Nous quittons la grange, suivis de près par Tantor. Théo récupère ses affaires abandonnées dans mon salon, puis je le raccompagne jusqu'à sa voiture avec mon chien.

– J'ai passé un très bon moment, déclare-t-il en ouvrant sa portière.

– J'aimerais en dire autant, mais il faut d'abord que je digère tout ça. Tu as légèrement chamboulé ma journée.

– En bien ?

– Je l'espère vraiment.

– Tamara, entame Théo avant de marquer une pause.

J'arque un sourcil, attendant qu'il poursuive.

– Il est sincèrement désolé.

Inutile de demander qui se cache derrière ce « il ».

– J'ai déjà mes problèmes à régler, je ne peux pas me soucier de ceux d'Amaury, avoué-je dans un élan de sincérité.

Un sourire triste éclôt sur les lèvres de son ami.

– Je comprends et reconnais qu'il y a quelques trucs qu'il faudrait qu'il démêle tout seul.

Une part de moi a envie de savoir pourquoi la vie d'Amaury est aussi compliquée, mais je sais que si j'ai le malheur de mettre le nez là-dedans... il est possible que je n'en ressorte pas indemne, or, je ne peux pas me le permettre.

– En tout cas, je lui suis reconnaissante de t'avoir envoyé.

– Je transmettrai.

Même s'il ne l'a pas précisé au début, j'étais déjà certaine que Théo ferait un compte rendu détaillé de cette journée à mon *charmant* imbécile mandataire.

Mon étrange sauveur s'en va après un dernier geste de la main. Il me faut quelques secondes pour me reconnecter à la réalité, commencer à digérer le projet que nous avons mis en marche.

L'heure de la traite a sonné.

Parfait ! Une activité « normale » devrait me faire du bien.

✦ ✦ ✦

Après un dîner en demi-teinte chez mes parents, je m'accorde une pause cigarette dans la cour avant de rentrer chez moi. Alors que j'écrase ma clope sous le talon de ma botte, mon père ouvre la porte d'entrée. Surprise de le voir sortir à cette heure tardive, je l'interroge du regard. Il se contente de réajuster le col de sa veste, puis me rejoint.

– Tu as repris ?

– Non, répliqué-je aussitôt en fourrant le mégot dans ma poche. Seulement quand j'ai besoin de me détendre.

Il ne répond rien, se contentant de secouer lentement la tête. Il sait que me répéter un discours antitabac n'aura aucun impact. Pour moi, fumer c'est temporaire, comme toujours. Quand ma vie sera à nouveau sur les bons rails, mon paquet de cigarettes de survie repartira dans le tiroir du buffet et n'en ressortira qu'au prochain coup dur. Même si j'espère que ça sera le dernier, je manque d'optimisme pour le croire.

– Le directeur ? finit par demander mon père.

– Pas encore de nouvelles.

Nouveau silence mais rien d'alarmant. C'est quelque chose de courant quand je discute en tête à tête avec lui. Sans ma mère pour dynamiser l'échange, on se contente du peu de mots qu'on est capable de sortir.

– Il va accepter ?

– Je ne sais pas.

Mon mensonge me brûle la langue. J'en suis à regretter que mes parents n'aient pas été témoins de mon baiser avec Amaury et du départ éclair de Pottier. Ça m'aurait évité de repartir dans cette spirale infernale, de manquer une fois encore de courage pour leur dire la vérité.

Pourtant, je pourrais leur expliquer le plan de Théo... Ce projet complètement dingue qui a le potentiel de tout changer. Mais prononcer les mots « réseaux sociaux », « buzz », « parrainage »... J'adore mes parents. Je me battrai jusqu'à mon dernier souffle pour défendre ce qu'ils m'ont laissé, mais tout ce délire numérique est à des années-lumière de leurs valeurs, de leurs fonctionnements.

Ma conscience me rappelle qu'ils finiront par remarquer quelque chose si du jour au lendemain des étrangers déboulent pour traire les vaches. Je suis en train de me piéger toute seule encore une fois.

– On a un autre plan, lâché-je brutalement avant de le regretter aussitôt.

Mon père, toujours mutique, attend des précisions. Je me crispe avant de poursuivre dans un souffle :

– Proposer de parrainer les vaches.

J'analyse sa réaction ; froncements de sourcils et ses rides du lion se creusent sous la réflexion. Je suis à deux doigts de simuler un éclat de rire et de lui dire que c'est une blague quand il demande :

– Comme la Croix-Rouge ?

J'opine en retenant mon souffle.

– Il y a des gens qui voudraient parrainer des vaches ?

Son incrédulité m'arrache un sourire, car c'est également la première question que je me suis posée lorsque Théo m'a présenté son projet délirant.

– C'est ce qu'on pense. En échange d'un montant mensuel, chaque parrain pourrait venir traire sa protégée.

– Qui voudrait se salir les mains pour avoir du lait à part nous ?

– Des gens à la recherche d'un produit de qualité, ou ayant envie de découvrir notre monde.

– Ton mandataire a de drôles d'idées... Ça doit être un truc de votre génération.

– J'ai eu du mal à y croire aussi, mais le potentiel est énorme et ça ne demande aucun investissement financier. Tu imagines un peu, si les frais de la production peuvent être absorbés chaque mois ? Les charges baisseraient enfin et j'aurais encore du lait à vendre à la coopérative, car je doute que beaucoup de parrains se déplacent deux fois par jour pour la traite.

J'achève ma tirade, le souffle court.

Mon père encaisse, digère, puis me demande :

– Ta mère est au courant ?

– Non, on a commencé à mettre en place tout ça cet après-midi. Je ne voulais pas vous en parler trop tôt. Je lui expliquerai demain.

– L'homme que j'ai vu avec toi aujourd'hui travaille avec le mandataire.

– En quelque sorte...

Inutile de l'inquiéter avec le fait qu'Amaury n'est plus sur le dossier et que Théo ne devrait techniquement pas s'occuper de cette histoire.

Vilaine menteuse, Tamy.

CHAPITRE 31
Amaury

Quand Théo arrive enfin, je n'ai toujours pas pris de décision. L'ultimatum de mon père m'a retourné et accentué tous mes doutes. Je me maudis d'espérer encore qu'un progrès soit possible avec lui alors qu'il m'a une fois de plus montré la manipulation dont il peut faire preuve. Des mois entiers à vanter les talents de Lucia, tout ça pour devenir comme lui, le monstre dont il sera fier. C'est ignoble ! Alors pourquoi je n'ai pas été foutu de tout envoyer balader ? Pourquoi j'hésite ?

Un simple coup d'œil suffit à mon ami pour comprendre que quelque chose cloche. Il ne pipe pas mot et s'installe sur le canapé avant de sortir son ordinateur de sa sacoche et de le poser sur la table basse. Puis il croise les bras sur sa poitrine, se laisse aller contre le dossier et m'interroge alors que j'arpente le salon.

– Qu'est-ce qu'il voulait ?

– Qui ? répliqué-je en me figeant.

– Ton père, gros naze. Il n'y a que lui pour te mettre dans des états pareils.

Un sourire amer déforme mes lèvres.

– Il m'a offert une chance de me racheter.

– De te racheter de quoi ? Tu n'as pas fait dans la dentelle en quittant ton bureau, mais pour ce que j'en sais, chaque reproche était mérité.

– C'est pas le problème. Laisse tomber, dis-moi plutôt comment a réagi Tamara, détourné-je l'attention en m'installant à ses côtés.

– Jolie esquive, mais tu peux aussi me dire simplement que tu ne veux pas en parler.

– OK, j'ai pas envie d'en parler.

– Non, tu préfères te concentrer sur une agricultrice en détresse. C'est plus simple de régler les problèmes des autres que les siens.

– Théo... soupiré-je.

– C'est bon, je te lâche.

Il entame enfin le récit de sa journée. Au programme, pas de cris, pas de coups de pelle. Il m'apprend qu'une fois que Tamara a dépassé sa méfiance vis-à-vis de mon ami, elle a été hyper réceptive au projet. Une surprise qui me laisse pantois. Théo m'explique, avec son enthousiasme habituel, qu'elle lui a présenté son univers et qu'elle s'est même prêtée au jeu d'une petite interview.

En l'espace d'une journée, mon pote a obtenu plus de Tamara que je n'en ai eu en dix fois plus de temps. J'ignore comment je dois le prendre...

– ... Bref, je vais commencer à monter le site et à trier les rushs vidéo ainsi que les photos. Dès que j'ai une base fonctionnelle, je te le dis.

Face à mon absence de réaction, Théo m'interpelle :

– La Terre appelle Amaury. Tu aurais préféré qu'elle m'accueille en me jetant des cailloux ? Elle est vraiment sympa, je comprends pourquoi elle t'a retourné le cerveau.

– Mon cerveau va très bien, bougonné-je.

– Ouais, si tu le dis. Et maintenant tu comptes faire quelque chose de tes vacances imposées ou bien tu vas te fossiliser en slip sale devant Netflix ?

À l'exception du slip sale, c'est effectivement le programme que je comptais suivre, jusqu'à la prochaine visite de mon paternel.

– Tu vas vraiment disparaître de sa vie comme ça ? Sans un mot de plus ? Tu vas me laisser la sortir de la merde, tout seul ?

– C'est pas comme si j'étais en mesure de t'aider, j'y connais rien en site Internet et mes réseaux sociaux ne sont pas des exemples à suivre.

– Sérieux, Amaury, tes burnes, elles sont passées où ?

– Eh ! Tu as décidé de me tailler un costard pour le plaisir ?

– Non, pas pour le plaisir parce que c'est jamais drôle de mettre le nez d'un copain dans ses conneries, mais il faut avouer que tu me laisses pas trop le choix. Je sais que tu n'es pas à l'aise vis-à-vis de l'inconnu, alors que c'est pourtant l'opportunité pour toi d'enfin rebondir, ou peut-être même de... changer ?

– Qu'est-ce que je devrais changer, au juste ? répliqué-je un peu agacé.

– C'est pas à moi de te le dire. Allez, on arrête là, je ne suis pas doué pour donner des conseils. Tu veux voir la vidéo de Tamara ? Ça te redonnera le sourire ? me taquine-t-il.

Je ne réponds pas, ce qui n'empêche pas Théo de tourner l'écran de son ordinateur vers moi. Le visage de ma cliente s'affiche, puis sa voix résonne dans mon appartement. Les cernes sous ses yeux sont visibles, pourtant une lueur dans ses iris me réchauffe la poitrine. Elle est encore prête à se battre pour sa ferme, ce feu extraordinaire brille encore dans son regard. Je l'écoute tandis qu'elle s'enflamme au fil des mots. Un sourire grandit sur mes lèvres chaque seconde.

– Ah bah voilà qui est mieux, se réjouit Théo.

– Je suis foutu, c'est ça ?

– On va dire que t'es bien accroché. Le truc, c'est que je ne suis pas celui à qui il faut demander des conseils amoureux. Là-dessus, je ne suis pas plus expert que toi.

Je soupire avant de m'affaler dans le canapé à ses côtés.

Le regard fixé sur le plafond, je déclare :

– Il faut que je retourne au bureau.

Je reçois un violent coup dans les cotes comme réponse.

– T'as rien compris, ma parole !

– Si, assuré-je. Ce n'est pas une question d'envie, mais plutôt de devoir. Que ce soit mon père ou Lucia, je ne fais confiance à aucun d'entre eux pour s'occuper du dossier de Tamara.

– Mais on les emmerde ! Laisse-les faire, parce qu'ils ne feront rien, tu le sais aussi bien que moi.

– Elle n'a pas besoin de les avoir sur le dos.

– En fait, on n'a pas dû rencontrer la même nana. Celle que j'ai vue n'attend pas un chevalier servant, elle a une assez grande gueule pour se défendre sans aide.

– Elle a quand même besoin d'aide.

– Je ne dis pas le contraire et c'est ce qu'on est en train de faire. Si tu veux retourner ventre à terre voir ton père, fais-le, mais ne mets pas ça sur le dos de Tamara. Allez merde, Amaury.

Je me redresse pour regarder Théo.

– Mon père a trouvé le « contrat » qu'a écrit Tamara dans lequel je lui offre mon appartement et mes chemises en cas d'échec du redressement judiciaire…

Théo grimace, anticipant la fin de ma phrase.

– Il m'a traité de dingue, complété-je. C'est lui qui va gérer le dossier.

– Tu as peur qu'il s'en prenne à elle à cause de ça ?

– Il en est capable. S'il lui flanque un défaut de gestion dans le dossier, ça pourrait très mal tourner pour elle.

Normalement, le défaut de gestion est réservé aux gestionnaires irresponsables ou laxistes volontaires, ainsi que les créateurs de multisociétés à tendance arnaqueur qui espèrent que la liquidation judiciaire effacera toutes leurs dettes. Sachant que la société de Tamara est en son nom propre, mon père n'aura aucun mal à la rendre responsable à titre personnel des créances restantes.

– Ça serait un poil illégal, non ?

– Ça serait très limite, confirmé-je.

– Ton père est le roi des cons, mais aux dernières nouvelles, c'est un vrai professionnel.

Les coudes posés sur mes cuisses, je prends ma tête entre mes mains.

– J'en sais rien, soufflé-je en repensant à ses agissements.

Théo me tapote le dos avec la maladresse qui le caractérise dès qu'il est question de contact physique.

– Alors, va jouer les chiens de garde. Tu te pointes, tu t'excuses et tu profites de vacances à la campagne.

– Et je campe dans ma voiture ?

– Pourquoi pas.

– Tes trucs de hippie, ça m'a jamais fait envie.

– Bah tu rentres chez toi le soir, il y a...

– Presque deux heures de route, complété-je.

– Ouais, ben tu te débrouilles. Bon allez, c'est pas tout, mais je bosse demain matin, lance-t-il en fermant son ordinateur avant de se lever. Je m'occupe de tout ça, très vite, OK ? Et si tu décides subitement de déménager dans un trou perdu du Gers, dis-le-moi.

– À quoi je servirais dans sa ferme ?

– J'en sais rien, mais c'est pas toi qui te moquais de sa façon de ranger ses papiers ? Je suis sûr qu'il y a un tas de trucs que tu pourrais faire pour lui rendre service.

– Je ne suis pas secrétaire.

– Non, mais je ne pense pas non plus qu'elle ait besoin d'un connard arrogant. À toi de voir, mon pote.

– Mon père ne donnera pas la place d'associé à Lucia, lâché-je de but en blanc.

Théo arque un sourcil. Je crois que pour une fois, j'ai réussi à le déstabiliser.

– Il la bichonne depuis son arrivée pour que je cite : « je me bats pour obtenir ce que je veux ».

– Décidément, c'est le roi des idées de merde.

– Si je suis au bureau lundi, il passera l'éponge.

– Sans déconner, comment tu fais pour ne serait-ce que l'envisager ?

– Je pourrais reprendre le dossier de Tamara, contré-je.

– Ne te planque pas derrière elle, c'est moche comme tactique. Amaury, t'es mon frère, mais t'es vraiment con, je te jure. Je te vois ramer tous les jours pour plaire à ton tortionnaire de père et à chaque fois que je crois que tu vas enfin l'envoyer bouler une fois pour toutes, tu fais demi-tour. C'est désespérant.

– C'est pas si simple, c'est ma famille.

– Et alors ? Sérieusement ? Parce que c'est ta « famille », tu dois tout accepter ? Tu dois devenir le sombre connard haineux des femmes, une parfaite reproduction de ton père ?

Théo ne s'énerve jamais, c'est l'incarnation de la zen attitude, pourtant à cet instant, je sens qu'il bouillonne. C'est le signe que je déconne vraiment. Je n'écoute pas grand monde, mais mon meilleur ami, toujours, du moins, j'essaie.

– Je ne suis pas comme lui, articulé-je presque comme une prière.

– Bien sûr que non ! T'es mille fois mieux, il faut juste que tu te le rentres dans le crâne. C'est un putain de miracle que tu sois quelqu'un de bien, vu le bordel dans lequel tu as grandi. Ne gâche pas ça, ne ruine pas ce que tu es pour faire plaisir à un type pour qui tu ne seras jamais assez bien.

Il me tape sur l'épaule et je hoche la tête.

– Concentre-toi plutôt sur la manière de gérer ton histoire avec Tamara.

– Y a pas vraiment d'histoire.

– Si, c'est juste que vous n'êtes pas au courant. Elle te plaît, Amaury. Elle n'est clairement pas dans un moment facile de sa vie, mais je crois que c'est quelqu'un de bien.

– Je crois aussi.

– Alors, haut les cœurs !

– Je vais essayer.

– J'ai confiance en toi. Je t'aide à sauver sa ferme, mais pour jouer les *lovers*, je te laisse gérer. C'est plus prudent, se marre-t-il.

– Quelque chose me dit que tu ne me confies pas la partie la plus simple.

Il m'adresse un clin d'œil avant de se diriger vers la porte et de m'abandonner à mes interrogations.

CHAPITRE 32
Tarama

Élise ouvre la bouche mais aucun son n'en sort. Chez elle, ça ne signifie pas qu'elle n'a rien à dire, c'est plutôt le contraire, c'est le signe que trop de choses se bousculent en même temps et qu'elle fait le tri pour prononcer une phrase compréhensible.

– Oh putain, c'est trop génial !

Tout ça pour ça...

– C'est une idée de génie ! Sérieusement, ce Théo devrait être le prochain président.

– Je transmettrai, commenté-je en riant.

– Et Amaury ?

Ma bonne humeur s'évapore. Ça fait trois jours que je tourne le truc dans tous les sens sans savoir comment gérer le problème Amaury. Je n'en ai pas la moindre idée, du moins pas sans me brûler les ailes au passage.

– Silence radio. Je l'appelle plus et lui non plus.

– T'es vache, Tamy. Le gars s'est fait taper sur les doigts à cause de toi.

– J'ai rien à voir dans cette histoire ! Il s'est engueulé avec son père.

– Tu n'as pas demandé le sujet de cette fameuse dispute ?

– Si, mais Théo n'a pas voulu entrer dans les détails, bougonné-je en saisissant une rondelle de saucisson.

– Et tu n'as pas insisté pour en savoir plus ? Toi, miss obstination ?

– Ça aurait été hyper déplacé.

Elle laisse échapper un gloussement moqueur et reprend :

– Depuis quand tu te soucies de ce genre de chose ?

– J'en sais rien...

J'ai invité Élise à un apéro entre filles. La table basse est garnie d'un tas de trucs à grignoter, la plupart responsables du cholestérol ou du diabète. Elle s'est chargée du vin, en amenant trois bouteilles de Bourgogne. Mon amie adore être dans l'excès, si on finit tout ça, je vais probablement rouler par terre avant minuit ou vider mon estomac dans la cuvette des toilettes.

– Attends, je refais la chronologie. Amaury fait la gueule parce que tu te fais draguer par le directeur. Toi, évidemment, tu ne vois rien jusqu'à ce qu'il vienne déjeuner chez toi. Et là... Ton défenseur en chemise se pointe, t'embrasse, éliminant l'autre dragueur de l'équation. Tu chasses ce pauvre Amaury et peu de temps après son père le force à prendre des vacances. Tu crois toujours que tu n'as rien à voir avec ça ?

– Tu délires.

– Tu es la plus grosse autruche que j'ai jamais vue, s'esclaffe Élise.

Je lui épargne une insulte en avalant une gorgée de vin.

Elle en profite pour ajouter :

– J'en reviens pas, ma meilleure amie va devenir la première influenceuse agricole et peut-être même se trouver enfin un mec capable de passer outre sa carapace en béton armé.

J'encaisse et me noie dans mon verre de vin pour cacher ma gêne. Élise n'est pas dupe, je le remarque à son sourire moqueur.

– Est-ce que je dois te rappeler que partager ta vie avec quelqu'un n'est pas quelque chose de dangereux ou d'impossible ?

– Arrête, à t'écouter, on dirait que je mène une vie de bonne sœur.

– Ouvrir son lit pour se détendre est une chose, ouvrir son cœur, c'est souvent plus compliqué.

– Dis la femme qui a tiré le gros lot à l'école primaire, raillé-je.

– Je veux bien reconnaître que j'ai eu de la chance sur ce coup-là, mais... s'enflamme-t-elle en agitant son index. Ça ne veut pas dire que mes conseils ne valent rien ! Je te connais, Tamy, t'es une femme en or qui fera le bonheur de quelqu'un un jour et qui pourra aussi t'en apporter.

– J'ai d'autres préoccupations en ce moment.

– Je te l'accorde, c'est pas la période la plus marrante de ta vie, mais au fond, qu'est-ce que ça change ? Vous auriez une histoire hors norme à raconter.

– Tu devrais arrêter le vin, grogné-je.

– Tu peux en faire qu'à ta tête, c'est pas grave. Je sais que tu m'écoutes.

– Si tu le dis.

– Bien, passons. Tu n'as pas une ébauche du site à me montrer ? Je suis curieuse !

– Non, je t'ai dit que Théo devrait me prévenir quand ça serait prêt.

Mon portable se met à vibrer, abandonné sur la table basse entre un bol de chips et une assiette de toasts. J'adresse un regard inquiet à l'appareil, mais Élise s'en empare avant que je n'aie bougé un cil. Mon code n'étant pas un secret, elle accède sans problème au nouveau SMS. Son couinement surexcité confirme mes suspicions.

– C'est Théo !

Je me jette sur elle et lui arrache mon téléphone des mains. Il m'informe que le site est presque terminé et qu'il souhaite mon aval pour commencer à poster sur les réseaux sociaux. Je blêmis en achevant ma lecture, car Théo me propose gentiment de le rejoindre en ville demain soir afin de me montrer le fruit de son travail.

– Tu y vas, tonne mon amie avant même que je n'émette la moindre protestation.

– Je préférerais qu'il vienne.

– Eh Tamy, le mec bosse pour toi sans rien demander en retour, tu peux faire un petit effort. Tu sais combien ça t'aurait coûté si tu avais dû passer par une boîte ?

– Une fortune, commenté-je avec amertume.

– Voilà, donc tu vas bouger tes fesses.

– Ça sent le plan foireux, argumenté-je en grimaçant.

Elle confirme ma crainte en lâchant :

– Totalement, je te parie même Arthur, qu'Amaury sera là.

– On est d'accord que tu viens de mettre l'homme de ta vie en gage ?

– Même pas peur, puis de toute façon, qu'est-ce que tu ferais d'Arthur ?

Je glousse face à son assurance.

– Ouais, il n'y a que toi pour vouloir finir tes jours avec.

– Tu sais que je vais lui répéter.

– Il en sera ravi.

Nous continuons à rire. Grâce à Élise, je passe une super soirée, détendue, loin de mes angoisses.

Il n'y a qu'à son départ que la réalité me rattrape. Lorsque la lumière des phares de la voiture d'Arthur traverse la fenêtre de la cuisine, signant la fin des réjouissances, je suis à deux doigts de lui demander de rester dormir ici, comme lorsque nous étions ados. Mais le sourire béat d'Élise m'en empêche.

Comme à chaque fois que son homme se trouve dans le périmètre, son visage entier s'illumine, ce qui m'a toujours fait suspecter une capacité de repérer l'autre sans même se voir.

– L'heure du départ ! s'exclame-t-elle en quittant le canapé.

Un léger excès de vin la fait tituber. Je l'accompagne à la porte, malgré mon état à peu près similaire. Avant de partir, elle s'arrête et pointe son index vers moi.

– Tu y vas ! Déconne pas !

– Ouais.

– Ne m'oblige pas à me pointer demain pour faire le taxi.

Mon cerveau embué par l'alcool parvient à brosser un rapide tableau de la situation. Je grimace à l'idée qu'elle soit mon chaperon, puis secoue la tête.

– J'irai.

– Juré ?

– Juré, affirmé-je avant qu'elle ne plaque un bisou sur ma joue.

– Je suis très fière de toi.

– Merci maîtresse, allez, va retrouver ton prince.

– J'y cours, j'y vole !

Elle trottine jusqu'à la voiture.

J'adresse un salut à Arthur avant de fermer la porte et me traîne jusqu'à mon lit. Je sombre en quelques minutes. *Merci le vin !*

✦✦✦

J'ai horreur de conduire en ville. Ça me stresse, je serre tellement mon volant que j'ai l'impression qu'il va partir en morceaux. Mais bon, maintenant que j'y suis, autant aller au bout des choses.

Je verrouille ma voiture, puis me dirige vers l'escalier permettant de sortir. Le relent d'urine me fait froncer le nez. Voilà un autre argument en faveur de ma campagne, chez nous, même quand ça pue, ça sent meilleur qu'en ville. L'odeur de bouse de vache à des allures de parfum en comparaison de celle de pisse qui embaume tout autour de moi.

L'air extérieur ne suffit pas à chasser ce fumet de mes narines. Je remonte le col de mon pull et fourre mon nez dedans pour tenter de retrouver l'usage de mon odorat tout en scrutant les bâtiments environnants. Pour moi ils se ressemblent tous, je dégaine alors mon téléphone pour qu'il m'indique la fin du parcours.

Après quelques minutes de marche, les yeux rivés sur l'écran, j'arrive au pied de l'immeuble indiqué par Théo. J'enfonce le bouton de l'interphone du numéro qu'il m'a transmis et sursaute lorsqu'un bruit affreux émane du haut-parleur. Je tire la porte avant de m'engouffrer dans le hall.

Mon rythme cardiaque s'accélère. Rien à voir avec le fait d'enfin contempler le résultat du travail de Théo, j'ai la certitude de me jeter dans un guet-apens. Or, comme toute personne dotée d'un minimum d'instinct de survie, je suis généralement du genre à les éviter. Sans compter que je ne suis pas à l'aise si loin de chez moi. Bon, je n'ai pas non plus traversé le pays, mais la différence entre ma ferme et cet endroit me donne l'impression d'être à l'étranger.

Comment peut-on apprécier de vivre entassés les uns sur les autres ? Les gens n'étouffent-ils pas lorsqu'ils ouvrent la fenêtre de chez eux et font face à un mur ? Quel plaisir y a-t-il à avoir comme seul horizon son voisin ? Ça m'échappe complètement.

La cabine de l'ascenseur tressaute, puis entame son ascension. Je ne suis pas sereine dans ce placard métallique alors lorsque les portes s'ouvrent, je bondis à l'extérieur. Élise a raison, je suis une vraie sauvage. Même mes parents sont plus à l'aise en ville que moi, car ils s'en fichent alors que moi, tout me stresse.

Il n'y a que deux portes à ce niveau. Je sonne à celle ornée du numéro 36. Des échos me parviennent depuis l'intérieur, puis Théo m'ouvre. J'aperçois immédiatement Amaury derrière lui. Celui-ci m'adresse un sourire crispé, assorti d'un geste de la main. Je hoche la tête après avoir salué son ami.

Mon regard vagabonde dans la vaste pièce à vivre, baignée de lumière grâce aux nombreuses baies vitrées qui courent sur toute la longueur. L'ensemble donne sur un balcon assez grand pour le centre-ville. Les meubles respirent le neuf et la dernière mode. À l'exception d'un sweat balancé sur le dos de l'immense canapé en cuir, tout est rangé au cordeau. Cet endroit n'appartient pas à Théo, je mettrais ma main à couper qu'il s'agit de l'appartement d'Amaury.

– Tu n'as pas eu trop de mal à trouver ? me demande le premier.

– Le GPS est mon ami.

– Tu veux un café ? propose le second alors que j'hésite à m'asseoir.

J'acquiesce puis Théo s'installe sur le canapé. Son ordinateur est déjà en place sur la table basse. J'expire, serre les poings, puis m'assieds près de lui. Amaury ne tarde pas à nous rejoindre avec une tasse dans chaque main. Il en dépose une devant moi et garde l'autre avant de prendre place à son tour à côté de moi, tout en veillant à conserver une distance entre nous. Distance digne de celle qu'on prendrait avec un malade du choléra.

Théo me fait oublier mon malaise en m'invitant à découvrir son travail. J'observe avec stupeur un site Internet flambant neuf, estampillé du titre « Adopte une meuhf ». La tête de Prospérine en train de faire un clin d'œil forme un logo à la fois drôle et mignon. Les regards des garçons sont braqués sur moi, guettant ma réaction. J'oscille entre l'envie de rire et l'incrédulité. Finalement, l'amusement l'emporte sans difficulté.

Mon rire soulage immédiatement Théo.

– Génial, je me demandais si je n'avais pas été un peu trop loin.

– J'en ai aucune idée, avoué-je en attrapant ma tasse de café, mais c'est accrocheur et percutant.

– Alors, tu valides ?

– Totalement. Tu as fait un boulot extraordinaire, merci, affirmé-je à Théo, un véritable magicien.

Une légère rougeur se diffuse sur ses joues. Il baisse la tête, se concentre à nouveau sur son écran et me présente tour à tour les comptes de « Adopte une meuhf » sur les différents réseaux sociaux. J'approuve l'ensemble sans hésiter, même les mini vidéos sur lesquelles j'apparais.

– Et maintenant ? demandé-je en serrant ma tasse.

– On alimente tes réseaux sociaux quotidiennement. Prête-moi ton portable une seconde.

Je le tends à Théo sans rechigner. Il pianote sur l'écran quelques secondes, avant de me le rendre.

– Voilà, je t'ai enregistré l'accès à chacun d'entre eux. Tu te sens capable de poster une story par jour ? Pour les posts, j'en ai préparé quelques-uns d'avance pour te laisser le temps de t'habituer à tout ça. En revanche, il faudra aussi que tu répondes aux commentaires.

– OK, je peux le faire.

Une affirmation à l'arrière-goût de prière. J'ai l'impression d'être au volant d'un avion de chasse sans avoir de brevet de pilote.

– Sois naturelle et ça ira, affirme Théo.

– J'espère.

– Tu veux que je te laisse la main sur le site ou tu préfères que je m'en occupe encore pendant un moment ?

– Tu auras le temps ?

Il hausse les épaules.

– Je peux gérer.

Sa réponse me soulage à un point qu'il n'imagine même pas. La gestion des réseaux est déjà un tel changement pour moi que si mon nouveau job de gestionnaire de site Internet peut encore attendre quelques semaines, ça me convient parfaitement. Même si j'ai l'horrible sensation d'abuser de la gentillesse de Théo... J'ai déjà réfléchi à comment le remercier pour tout ce qu'il fait, autre qu'un moyen financier, mais je sèche un peu...

C'est en contemplant le logo du site qu'une idée surgit.

– Que dirais-tu d'être le premier parrain ? Enfin... Si ça te fait plaisir, hein. L'idée c'est de te remercier, pas de te coller une contrainte supplémentaire. Et évidemment, ça serait gratuit, bafouillé-je.

– Carrément ! Je peux parrainer Prospérine ? En plus, ça nous donnera l'occasion de tester le site.

Ravie que ma proposition l'enthousiasme, je hoche la tête. Il entame aussitôt la procédure en ligne, en sélectionnant le bon profil. Après avoir entré ses coordonnées personnelles, vient l'étape de choisir sa formule d'abonnement. Théo clique sur une année sans hésiter. Le site lui propose alors de renseigner les chiffres de sa carte bancaire. J'ouvre la bouche pour lui demander comment il va s'y prendre pour avoir un parrainage sans frais, mais il me coupe l'herbe sous le pied en remplissant les champs à la vitesse de l'éclair.

– Non ! m'exclamé-je alors qu'il valide le process.

– Trop tard.

Très fier de lui, il m'adresse un sourire satisfait qui me donne envie de lui donner une tape sur la tête.

– Mais si tu paies, ce n'est pas une façon de te remercier.

– Si, j'ai pu choisir Prospérine, ça me va.

– C'est nul.

– Tamara, réplique-t-il avec sérieux, l'idée c'est de te sortir de la galère, pas d'en ajouter. Je suis vraiment content d'être le premier à participer à cette nouvelle aventure.

Sa gentillesse me surprend toujours. Une part de moi cherche encore une potentielle trace de vice, une mauvaise intention dissimulée, là, derrière ce visage débordant de bonté. Mais je ne trouve rien.

– Bon sang, mais d'où tu sors ? déclaré-je complètement perdue par ce gars hors norme.

Il hausse les épaules.

Alors que je pensais qu'Amaury s'était transformé en statue, c'est lui qui me répond.

– Théo est unique en son genre.

– Tout à fait, confirme l'intéressé en éteignant son ordinateur. Un vrai bug dans la matrice, d'ailleurs, il paraît que j'ai un petit air de Keanu Reeves.

Il passe la main dans ses cheveux, parodiant une pose hollywoodienne.

– C'est flagrant, lancé-je avant de pincer mes lèvres pour ne pas rire.

– On ne se moque pas, jeune fille. Laissez-moi avec mes illusions. Bon, maintenant que la machine est en marche, je vais y aller. J'ai une soirée tacos guimauve qui m'attend !

Ce mélange m'arrache une grimace de dégoût. Si j'en crois l'expression d'Amaury, il est du même avis que moi.

– Tacos guimauve ?

Théo se lève en hochant la tête.

– C'est excellent.

– Non, tu es le seul être humain capable d'avaler un truc aussi ignoble, balance son ami en le raccompagnant à la porte.

Voir Théo sur le point de partir me permet de réaliser qu'il faut que j'y aille aussi avant de me retrouver en tête à tête avec le maître des lieux. J'avale mon café d'une traite avant de bondir du canapé comme s'il m'avait mordu les fesses. J'attrape ensuite mon sac au vol et rejoins les garçons.

– Je vais te suivre, lancé-je.

Amaury ne s'oppose pas à mon départ, en revanche, Théo s'exclame :

– Au cas où vous n'auriez pas compris le message, l'idée de ce rendez-vous c'est que vous vous parliez.

– J'avais compris, mais je ne crois pas qu'on n'ait beaucoup de choses à se dire, répliqué-je en leur passant devant pour sortir.

Non, rien à dire même, car cette hypothétique conversation me fout la frousse.

– Allez, merde, faites un effort. J'ai l'impression d'être un gamin de divorcé, comment je vais faire moi si je dois jongler entre papa et maman ? Je ne vous demande pas de vous fiancer, mais franchement deux minutes pour mettre les choses à plat, ça ne serait pas du luxe.

Théo me dégaine un regard suppliant façon cocker anglais. Il pourrait presque faire concurrence à Tantor, mais il m'achève en ajoutant :

– C'est pas toi qui voulais me remercier ? Alors écoute ce que cet abruti a à dire. Et toi, enchaîne-t-il en s'adressant à Amaury, essaie de ne pas tout foutre par terre. Ciao à plus !

Théo me passe devant pour partir et claque la porte derrière lui. Je peux encore le suivre et fuir, mais est-ce que j'en ai vraiment envie ?

Je n'en sais rien.

Je savais pourtant ce que signifiait ce rendez-vous en ville. J'étais certaine qu'il serait présent, alors si je détale comme un lapin, c'est un peu hypocrite, non ? J'aurais pu insister auprès de Théo pour qu'il vienne à la ferme malgré les réprimandes d'Élise, sauf que je ne l'ai pas fait, il doit bien y avoir une raison...

J'expire, sollicite tout mon courage et me tourne vers Amaury.

– Quelque chose à dire ?

On est loin du mandataire débordant de confiance en lui que j'ai vu débarquer chez moi. Adieu chemise, bonjour tee-shirt au col détendu et pantalon de jogging. Le pire, c'est qu'il le porte bien ! Ça lui donne un côté plus humain, plus touchant et moins glacial que son look habituel.

– Je suis désolé, j'ai complètement merdé.

– Ouais, tu as agi comme un imbécile. Tu aurais pu m'avouer ce que tu pensais de Pottier plutôt qu'en arriver à me sauter dessus pour le prouver. Bref… C'est pas grave, Amaury. En m'envoyant Théo, tu as largement fait ce qu'il fallait pour être pardonné. Ce mec est une perle. Je te remercie.

C'est un peu bancal, mais j'espère que ça suffira. Le petit sourire contrit qu'il arbore ne m'aide pas.

– Je ne le dégaine qu'en cas d'extrême urgence.

– Il est vraiment génial. Jamais je n'aurais pensé à cette histoire de parrainage, avoué-je.

Je me dandine comme une gamine, incapable de rester tranquille.

– Moi non plus.

Le silence s'installe. Je laisse quelques secondes à Amaury pour poursuivre, mais il ne semble rien vouloir ajouter de plus.

– Je vais y aller.

CHAPITRE 33
Amaury

Il paraît que certains hommes possèdent la capacité de balancer des tirades romantiques, voire lyriques, plus vite que leurs ombres. Je n'en fais clairement pas partie, la preuve j'ai déjà tout donné en m'excusant.

Elle va partir. Elle va partir, me répète en boucle mon cerveau.

Je pensais être prêt à la revoir. J'ai répété cette soirée des dizaines de fois dans ma tête. Après avoir pris la décision de ne plus obéir aux exigences de mon père, je me suis jeté à corps perdu dans le projet de réussir enfin à parler à Tamara à cœur ouvert. Sauf que je n'ai pas été foutu de le faire dès lors qu'elle a franchi la porte de mon appartement.

Son départ imminent me fait paniquer, car j'ai l'impression que c'est la dernière fois que je vois Tamara. Or, s'il y a bien une chose dont je suis sûr, c'est que je n'en ai pas envie.

Il y a encore un point que je dois éclaircir avec elle, car comme je le craignais, elle pense que je ne l'ai embrassée que pour lui révéler les mauvaises intentions du directeur d'hypermarché.

– Ce baiser n'avait rien à voir avec Pottier.

Tamara plante les mains sur ses hanches, puis relève le menton.

– Alors c'était quoi ?

– L'envie, juste l'envie, murmuré-je en franchissant la distance qui nous sépare.

Ses yeux s'écarquillent de surprise. J'ancre mon regard dans le sien et lui laisse le temps de s'échapper ou bien de me coller une gifle. C'est encore trop compliqué pour moi de mettre des mots sur ce que je ressens.

Le risque que je fasse preuve de maladresse m'effraie. Si j'avais le malheur de la faire fuir à cause d'un mot stupide, je crois que je m'en voudrais pour le restant de mes jours. Je préfère lui montrer plutôt que mal m'exprimer. On ne peut pas mentir avec des gestes, en tout cas, c'est un art que je ne maîtrise pas. Et j'aime croire qu'il faut plus de courage pour prouver avec des actes ce que l'on ressent, plutôt qu'avec des belles paroles.

Amaury, homme d'action un poil désespéré.

J'approche mes lèvres des siennes, pendant que son souffle se mêle au mien. Toujours pas de gifle. Même pas un pas en arrière. Cependant, elle ne m'offre pas le moindre signe d'encouragement. Ainsi est Tamara, une roche de feu aux angles coupants.

Je pose une main au creux de ses reins avant de l'embrasser avec une douceur qu'il me manquait la première fois que j'ai osé. Mes élans territoriaux de gorille sont muselés dans un coin de ma tête. Il ne reste que moi. Moi, mes fêlures et mes doutes. Enfin, juste elle et moi.

Ses mains se plaquent sur mon torse et j'attends qu'elle me repousse.

Une seconde.

Deux secondes.

Trois secondes.

J'abandonne ses lèvres à regret.

Tamara reste la bouche ouverte, haletante. Ses paumes sont toujours sur moi. J'attends un signe, un son, quelque chose qui me prouve qu'elle me désire aussi. Elle pointe son doigt sur ma poitrine, et murmure :

– C'est une très mauvaise idée.

J'abdique, blessé par son rejet, incapable de trouver un argument pour la convaincre qu'elle a tort. Mais je réalise que Tamara n'a pas bougé, elle est toujours là, son corps plaqué contre le mien.

– Je...

C'est la seule chose que j'ai le temps de prononcer avant que Tamara n'empoigne le col fatigué de mon tee-shirt. Des flammes embrasent ses iris dorés tandis qu'elle me saisit par la nuque pour m'embrasser avec férocité. Mon cerveau cherche encore une explication alors que mon corps s'échauffe déjà, trop heureux de cette invitation.

Ce baiser est brutal, brûlant. Nos langues se trouvent avec une aisance qui me rend fou. Je fais glisser la veste de Tamara de ses épaules. Elle se tortille pour la retirer complètement. J'en profite pour l'acculer contre le mur de l'entrée. Elle réplique aussitôt en agrippant le bas de mon tee-shirt avant de le soulever. J'abdique et renonce à ses lèvres le temps de le retirer. Il ne lui en faut pas plus pour me pousser contre le claustra à l'opposé. Je reviens à l'assaut de sa bouche puis elle sourit contre mes lèvres.

Mes mains se font plus aventureuses et partent à la découverte de sa peau en glissant sous son pull pendant que ma langue en goûte la saveur en flirtant avec la ligne de son cou. Un gémissement lui échappe tandis que mes lèvres descendent jusqu'à effleurer son haut qui me barre la route.

Ma satisfaction ne lui échappe pas. Tamara me repousse une fois encore avec force. Je n'y vois plus un rejet, mais bel et bien un jeu. Une part de moi n'est pas surprise de découvrir qu'elle aime de la même manière qu'elle se bat au quotidien.

Alors que je m'apprête à me rapprocher, elle m'arrête d'une main et tendue. Je m'immobilise immédiatement, obéissant face à la lueur provocatrice dans son regard. Elle retire son pull, puis le balance dans un coin, me laissant tout le loisir de profiter des courbes de sa taille et de ses hanches ainsi que sa poitrine encore prisonnière de son soutien-gorge.

J'effectue un pas en avant, mais elle secoue la tête pour me signifier que je ne dois pas encore bouger. J'obéis et patiente, le souffle court pendant qu'elle dégrafe sa lingerie avec une lenteur exagérée. Je frémis lorsque ses seins libérés s'offrent à mon regard. Rester là, à ne rien faire, prend des allures de supplice. D'autant que ma tortionnaire n'a pas l'air décidé à m'épargner.

Tamara crochète ses doigts à la ceinture de son pantalon. Je les suis du regard tandis qu'ils déboutonnent chaque bouton jusqu'à sa braguette. L'épais tissu tombe à ses chevilles et je serre les mâchoires à m'en péter les molaires pour réussir à rester à ma place alors que je brûle d'envie de la toucher.

Elle glisse une main sous l'élastique de sa culotte. Je suis au bord de l'explosion face aux mouvements que je devine sous le carré de tissu. Hypnotisé, il n'y a que lorsque la voix rauque de Tamara qui résonne et m'arrache à cette contemplation que je réagis.

– Il te faut une invitation ?

Elle se moque, mais peu importe. Il me faut moins d'une fraction de seconde pour la retrouver et l'entraîner sur le canapé.

CHAPITRE 34
Tamara

Amaury s'est endormi la main sur mon ventre. J'envie sa sérénité, la quiétude sur son visage. Moi, avec le bordel sous mon crâne, je ne suis pas près de fermer l'œil.

Qu'est-ce qu'il vient de se passer ?

Bon, techniquement, je sais ce que nous venons de faire, ce que je n'arrive pas à définir c'est le « pourquoi » et ce qui se cache derrière de tout ça. Je n'ai pas réfléchi. J'ai cédé à une impulsion, qui a eu une délicieuse conséquence. Cependant, maintenant que l'euphorie est retombée et que les endorphines ont foutu le camp, la flopée de questions qui restent m'angoisse.

Je repousse doucement le bras d'Amaury puis me lève avec précaution pour ne pas le réveiller. Mon regard s'attarde sur lui quelques secondes. J'ai envie de le secouer jusqu'à ce qu'il ouvre les yeux et lui hurler un tas de trucs : Qui es-tu ? Qui est cet amant que je viens de rencontrer ? Où est passé le blaireau mandaté par le tribunal ? Qu'est devenu le garçon vacillant que j'ai aperçu ? Combien de visages possèdes-tu, Amaury Mabeck ?

Quelque chose me dit qu'il ne pourrait répondre à aucune de mes interrogations. Il y a une chose que je n'avais pas comprise sur lui et moi. Un détail que personne n'a relevé et qui me saute désormais au visage : Amaury et moi, on se ressemble. On se ressemble même beaucoup. Il n'est pas ce qu'il montre au quotidien. Il y a tellement de choses dissimulées sous son costard en plus de ses abdos. Et je serais hypocrite si j'affirmais le contraire me concernant.

Je déglutis, puis soupire avant de me mettre à la recherche de mes vêtements. Si ma théorie est bonne, il comprendra. Quand il ouvrira les yeux, il saura que je lui ai offert ce que je pouvais. Je ne peux pas faire plus. Je n'ai jamais pu, même avec mes précédents amants. Il n'y a pas de place pour être en couple dans ma vie.

Je m'habille rapidement, mais lorsqu'Amaury grogne dans son sommeil, je m'immobilise de crainte qu'il se réveille.

Fausse alerte !

J'attrape ma veste et mon sac avant de filer vers la porte. Ma main sur la poignée, je prends quelques secondes pour réfléchir une dernière fois. Finalement, je quitte l'appartement comme une voleuse.

En apnée jusqu'à l'ascenseur, je hoquette en entrant dans la cabine. Ce qu'il vient de se passer ne signifie rien du tout. On peut le considérer comme une sorte de remerciement avec avantage en nature.

Il n'y aura rien de plus entre Amaury et moi. Nos mondes sont trop loin l'un de l'autre. Il n'a rien à faire dans le mien et je n'ai pas la moindre envie de me frotter au sien.

Je retrouve mon lit, le parfum d'Amaury hante encore ma peau. J'espère naïvement dormir pendant les deux heures qu'il me reste avant de commencer ma journée, mais mon regard reste fixé au plafond. Mon cerveau ne souhaite pas m'accorder le moindre repos.

Tu as merdé, Tamy. Tu le sais, n'est-ce pas ? Tu vas enterrer ce qu'il vient de se passer en espérant que ça ne remonte jamais à la surface. Une belle connerie ! Ton erreur avec Antoine ne t'a pas suffi ? Sérieusement ? Qu'est-ce qui déconne chez toi ?

Je paierais cher pour avoir la réponse à cette question. Les gens sont fans de l'amour, alors pourquoi moi, je n'y arrive pas ? Enfin, en admettant que cette gêne dans ma poitrine soit les prémices de sentiments amoureux.

Mon réveil sonne mais je n'ai pas fermé l'œil. La journée va être longue...

J'avance comme un zombie : douche, café, salle de traite. J'enchaîne les tâches une à une avec la régularité d'un robot. Je suis tellement à l'ouest que toutes mes capacités neuronales sont sollicitées pour que je ne me tue pas bêtement avec le tournevis dans ma main.

J'espérais finir d'enlever les tôles rouillées de la grange, mais je n'ai pas le cerveau en état pour ça. Je risque de me crever un œil.

Mon portable vibre dans ma poche et je le déverrouille sans réfléchir.

Je n'ai aucun regret.

Je fixe l'écran d'un air hagard. Une part de moi se doutait que j'aurais des nouvelles d'Amaury, mais je ne m'attendais pas à une simple phrase aux allures d'énigmes. D'un autre côté, que pourrait-il dire de plus ? Il n'allait pas débarquer avec une guitare sèche pour chanter une sérénade sous mes fenêtres. Il n'a pas de regrets. Super... Moi, je n'en sais rien.

J'abandonne le tournevis et rentre chez moi. Tantor sur mes talons, je retrouve mon cocon et les nombreuses questions qui tournent en boucle dans ma tête. J'abandonne mes bottes dans l'entrée et me traîne vers la cafetière en espérant que le liquide brûlant parviendra à faire le ménage dans mon esprit. Adossée au plan de travail de la cuisine, je bois mon café et sors mon téléphone de ma poche. Je relis le SMS, sans surprise, il n'a pas changé.

Je n'ai aucun regret.

Est-ce que je dois répondre ? Est-ce que je peux lui répondre ? Est-ce que *j'ai* des regrets ?

Oui.

Non.

J'en sais strictement rien !

L'amour et moi, on s'entend très mal. Pourtant, ce n'est pas faute d'avoir essayé de l'apprivoiser. J'irais même jusqu'à dire que j'y ai mis une sacrée volonté. Avec les exemples que j'ai dans mon entourage, ça ne devrait pas être aussi compliqué. Je ne suis même pas une fille de parents divorcés, les miens s'aiment encore. Ils possèdent cette magie étrange qu'obtiennent les couples après des années de vie commune. Cette étincelle de complicité, de compréhension muette, m'a toujours fascinée. C'est d'autant plus impressionnant quand on connaît leur caractère diamétralement opposé. J'ai grandi avec ce modèle d'équilibre toute ma vie. Ils m'ont aimée à leur manière d'aussi loin que je m'en souvienne. Je n'en ai jamais douté.

Et si je pensais que mes parents étaient une anomalie, le destin a mis Élise et Arthur sur ma route. Un conte de fées moderne, l'exception à l'adage qui dit que le premier amour ne dure jamais.

Alors bordel, pourquoi je ne suis pas foutue de vivre ne serait-ce que l'ébauche d'une jolie histoire ?

Dépitée par ma façon d'être, j'abandonne mon portable en soupirant et essaie de ne pas céder à mon envie de me taper la tête contre un mur. Je sais par expérience que ça ne m'aidera pas à y remettre de l'ordre, j'y gagnerais seulement une grosse bosse.

Une fois mon café terminé, j'ai la certitude qu'il faut que je fasse une sieste pour ne pas me transformer en otarie neurasthénique. Mais avant de céder à l'appel de l'oreiller, je passe dans mon bureau et allume mon ordinateur pour jeter un œil à mon site : « adopte une meuhf ». Le logo à l'effigie de Prosp m'arrache un sourire. Je clique pour accéder au profil des filles et leur portrait s'affiche à l'écran. Je reste bouche bée en constatant qu'en dessous de plusieurs profils la mention « adoptée » apparaît. Cinq d'entre elles ont déjà trouvé un parrain ou une marraine. J'ai du mal à y croire. Le site n'est même pas en ligne depuis 24 heures.

Je bondis de ma chaise et me précipite pour prendre mon portable. J'appelle Théo, mais après plusieurs tonalités, je tombe sur sa messagerie. Terrorisée à l'idée qu'un bug ou un autre truc du genre parasite le site, je lui demande de me rappeler avant de raccrocher. Je jette un coup d'œil à l'horloge, Théo doit être encore au travail. J'ai deux options, attendre l'heure de sa pause, en espérant qu'elle ne soit pas déjà passée ou bien essayer de joindre Amaury. Même s'il n'est pas à l'origine du site, il pourra peut-être m'aider et m'assurer qu'il n'y a pas de problèmes.

Bien Tamy, tu l'as quitté en plein milieu de la nuit sans un mot. Tu as royalement ignoré son texto et tu envisages de l'appeler pour qu'une fois encore il te sorte le cul des ronces ? Attends, pauvre gourde ! Tu attends que le gentil Théo te rappelle.

Non, tu as déjà fait bien trop de conneries, me sermonne une autre voix.

Le feu, ça brûle et j'ai quand même toujours envie d'y remettre la main.

Un simple geste du pouce et l'appel s'enclenche.

CHAPITRE 35
Amaury

Je décroche dès la première sonnerie, sans réfléchir, trop heureux qu'elle se décide à faire un pas vers moi. J'ai passé ma matinée à revivre les souvenirs de cette nuit, encore et encore, en essayant de ne pas exploser de colère à chaque fois que l'image de mon réveil solitaire s'imposait à moi. Même le SMS que je lui ai envoyé n'a pas suffi à alléger le savant mélange de culpabilité et de regret qui m'habite. J'ai cru l'espace de quelques heures avoir réussi à la comprendre, qu'elle partageait mon envie, mais avec Tamara, toutes mes certitudes basculent en un éclair.

– Il y a un problème avec le site, lance-t-elle sans préambule.

Surpris par cette approche autant que par l'idée que Théo ait pu rater quelque chose, j'active le haut-parleur de mon portable avant de taper le nom du site sur Google. Je le trouve immédiatement.

– Quel problème ? demandé-je en parcourant les pages à la recherche d'un bug quelconque.

Tamara marque une pause, puis réplique d'une voix étouffée par l'émotion :

– Cinq vaches apparaissent comme adoptées.

Un simple clic me permet de confirmer sa version. Une bouffée de satisfaction me réchauffe la poitrine. Je savais que l'idée de Théo était géniale, mais je ne soupçonnais pas à quel point. Je bascule sur Instagram pour consulter le profil qu'il a créé pour Tamara. Sans surprise, le nombre d'abonnés a bondi pendant la nuit, ce qui explique les adoptions. Les premières vidéos publiées hier affichent un nombre de vues élevé. La machine diabolique des réseaux sociaux est lancée.

– Tu peux vérifier si quelque chose bugge ? Théo ne répond pas, demande Tamara un peu paniquée.

– Il est au travail...

Je cherche mes mots. Même si je meurs d'envie d'évoquer notre nuit, j'ai assez de lucidité pour me rendre compte que ce n'est pas le moment.

– Ça fonctionne, Tamara. Il n'y a pas de bug, pas d'erreur, ça fonctionne, c'est tout, expliqué-je doucement.

Son silence me noue les entrailles.

– Ça fonctionne, répète-t-elle.

– C'est une super nouvelle, ajouté-je.

– Ça fonctionne.

En fait, c'est elle qui bugge.

– J'arrive pas à y croire...

Voilà, là, on touche le fond du problème.

– Théo est un vrai magicien, je te l'avais dit.

Téléphone à la main, j'ouvre la baie vitrée pour m'installer sur la terrasse. L'air est glacé mais peu importe, car la proximité du canapé et des souvenirs qu'il représente ne me permet pas de réfléchir correctement. Mieux vaut flirter avec la pneumonie pour la conversation que je m'apprête à avoir, en espérant qu'elle dure plus de trois secondes. Le point positif, c'est qu'à distance, je risque seulement qu'elle me raccroche au nez et non pas une réaction excessive.

– Il n'y a vraiment pas de bug ? insiste Tamara.

– Je ne pense pas, mais je suis sûr que Théo vérifiera quand il le pourra.

– C'est totalement dingue.

– C'est mérité.

– Tamara, entamé-je en glissant une main sur ma nuque pour tenter d'en chasser la tension grandissante.

– C'était chouette, je ne regrette pas non plus ce qu'il s'est passé cette nuit...

Une étincelle de bonheur éclot dans ma poitrine, jusqu'à ce qu'elle prononce le mot fatidique : « mais ».

– ... mais, ça ne voulait rien dire.

Une bile acide me remonte dans la gorge. Le verdict est douloureux, difficile à encaisser.

Elle est partie en plein milieu de la nuit, à quoi je m'attendais ?

– J'ai mon mot à dire à ce sujet ou tu fais le juge, les jurés et le bourreau ?

Mon ton est plus piquant que je ne le voulais. Je serre les dents, conscient que Tamara va me sauter à la gorge en retour. J'attends mais étrangement, elle ne me sort pas la repartie hargneuse que je pensais.

– Je t'écoute.

Pris à mon propre jeu, le peu d'arguments que j'avais s'évapore.

– J'ai envie d'essayer.

Pas sûr que ce soit une plaidoirie suffisante, mais là, je n'ai pas mieux en stock. Alors, autant utiliser la carte de la sincérité.

– C'est ridicule, réplique-t-elle écrasant ainsi le peu d'espoir qu'il me restait. Essayer quoi ? Bon sang, Amaury, je n'ai pas le temps pour ça. Tu le sais, tu connais ma situation merdique. Où est-ce qu'on irait tous les deux ? Tu te vois passer du temps à la ferme ou présenter une femme qui occupe ses journées en pataugeant dans la boue ? C'est voué à l'échec, alors autant nous épargner ça, à toi comme à moi.

Le tableau qu'elle brosse de notre potentiel couple est douloureux. D'autant que je n'ai pas envie de lui mentir en lui assurant le contraire. Il n'y a que sa certitude d'échec que je ne partage pas, mais avant que je ne puisse lui dire, Tamara ajoute :

– Tu as tes propres emmerdes à gérer. Et si je dois être sincère, je n'ai pas la force de penser à autre chose qu'aux miennes. Je suis désolée, Amaury.

CHAPITRE 36
Tamara

Le bip hystérique du chronomètre résonne. Je me précipite vers le four pour en sortir les quiches. Le torchon glisse de ma main et je me brûle un doigt sur l'un des plats, mais tiens bon pour ne pas le foutre en l'air. Ma mère entre avec un cageot de tomates dans les bras et en un regard, alors que je passe mon pauvre index sous l'eau froide, elle comprend ce qu'il vient de se passer. Elle rit en secouant la tête puis dépose son chargement sur le plan de travail.

– Ça va ?

– La cuisine c'est dangereux, râlé-je.

– Choupette, réplique-t-elle d'un ton moqueur. Rince-moi tout ça, on a encore du travail.

J'obtempère en saisissant la passoire sur l'égouttoir et entame le nettoyage des légumes tout en scrutant l'horloge avec inquiétude.

– On est dans les temps, ne t'inquiète pas.

J'aimerais partager sa sérénité. Ce repas, c'est le truc le plus stressant que j'ai jamais eu à faire. L'idée m'a pourtant paru excellente lorsque ma mère l'a lancée au début. Nous étions en train de célébrer la dernière adoption autour d'un apéritif. En l'espace d'un mois, toutes les filles ont trouvé un mécène et j'ai désormais plusieurs noms sur liste d'attente. C'est un véritable miracle !

Mon comptable a établi un prévisionnel basé sur ce nouveau fonctionnement : si l'engouement se maintient, la ferme aura redressé la barre à la fin de la procédure, d'ici quelques mois. Il se pourrait même que je puisse établir une petite trésorerie pour affronter un éventuel ralentissement de l'activité.

Alors, quand ma mère a proposé d'organiser un repas pour permettre à tous les parrains de se rencontrer et de faire la connaissance des filles, en réalisant une première visite de la ferme, j'ai foncé. Sauf que j'ai clairement sous-estimé le travail que représente une pareille réception.

Je termine de rincer les légumes avant d'attaquer la découpe des tomates en collaboration avec la cheffe d'orchestre de cet événement. C'est elle qui a décidé du menu, géré la logistique, tout ça d'une main de maître.

Élise et les garçons sont en train de mettre en place une table gigantesque dans la grange sous la houlette de mon père.

– Tout va bien se passer, Tamy, assure ma mère sans cesser de trancher les légumes.

– C'est du suicide d'organiser ça dehors, imagine s'il pleut ?

– Nous serons à l'abri sous la grange.

– Et si les gens ont froid ?

– Avec le nombre de personnes présentes et la proximité des animaux, personne n'aura froid.

– Et comment fais-tu pour avoir des tomates à cette saison ? ajouté-je en scrutant l'une d'elles.

– Ça, c'est le talent.

Elle éclate de rire lorsque je redresse la tête pour la regarder.

– J'oublie parfois que tu es trop vieille pour me croire sur parole, maintenant. Mais c'est grâce à la serre, Tamy. Depuis quand t'intéresses-tu à mes plantations ?

– Les gens vont se poser des questions.

– Et j'y répondrai avec plaisir. Maintenant, respire, si tu ne te détends pas un peu, tu vas exploser. Va voir s'ils ont besoin d'aide dehors.

– Je ne vais pas te laisser finir toute seule.

– Alors, envoie-moi Antoine.

– Oui, cheffe.

J'abandonne la planche à découper pour foncer à l'extérieur et rejoins la grange au petit trot. La table faite d'une enfilade de planches et de tréteaux est déjà installée. Je repère les garçons décharger les chaises de leur voiture. Il a fallu vider toutes les maisons de nos connaissances pour en avoir assez.

Je tapote l'épaule d'Antoine pour l'informer de sa nouvelle mission.

– Tes talents sont sollicités en cuisine.

Il dépose son chargement avant de hocher la tête.

– J'y cours.

Je le regarde partir en souriant. C'est la deuxième fois qu'on se revoit depuis notre petit « accrochage » au billard. J'ai l'impression que ça s'arrange, même si une petite voix me rappelle sans cesse que je suis déjà passée à côté de pas mal de signes avec lui. Antoine n'est pas aussi compréhensible que je le pensais, il me l'a prouvé. Alors, une part de moi reste dans la retenue avec lui, chose que je ne faisais pas avant.

Une fois les chaises mises en place, c'est au tour d'Élise de rentrer en scène pour son domaine de prédilection : transformer la grange en un lieu accueillant, sans virer au ridicule. C'est le genre de défis pour lequel elle excelle. Même si les sacs débordants de décoration que porte Arthur m'effraient un peu, mon amie a visiblement tout donné pour l'occasion.

– Tu vas voir, ça va être génial ! s'enthousiasme-t-elle en s'emparant d'un des objets que transporte son cher et tendre.

Elle me tend une guirlande d'ampoules multicolore.

– Va la suspendre au-dessus de la porte qui donne sur le champ des vaches.

Je scrute l'emplacement désigné avec scepticisme, c'est si grand...

– Sérieusement ?

– Oui, alors prends une échelle, du scotch et hop, hop, hop. On ne traîne pas, il y a encore du travail !

– Oui, maîtresse, raillé-je avant d'aller chercher le nécessaire à ma mission.

Il est bientôt l'heure de l'arrivée des premiers parrains. Je sors de la salle de bains sous le regard inquisiteur d'Élise. Je tourne sur moi-même pour qu'elle puisse passer au crible ma tenue, puis l'interroge :

– Quelque chose à dire ?

– Non, c'est parfait.

Soulagée et satisfaite de ne pas avoir à troquer mon pull en laine contre un truc moins confortable, je lui adresse un sourire un peu angoissé.

– Tu peux être fière de toi, ajoute-t-elle.

– Tout n'est pas encore gagné.

– Tamara Pechnot et son éternel pessimisme ! Il faut que je te rappelle la situation dans laquelle tu étais il n'y a pas si longtemps ? Tu vois enfin la lumière au bout du tunnel, tu as le droit de te réjouir et de relâcher un peu la pression.

Elle a raison, je le sais.

– On en reparle après le repas ? Qui sait, les gens vont peut-être revenir sur leur décision après, raillé-je.

Mon ton est moqueur, mais il cache une véritable crainte.

Élise lève les yeux au ciel, secoue la tête et me pousse vers la porte.

– Plutôt que de dire des âneries, va te mettre en position pour accueillir tes visiteurs, j'arrive.

Tantor me bouscule en passant le seuil. Lui ne ressent pas la moindre angoisse malgré le monde qui fourmille à la ferme. Rien que de penser à la trentaine d'inconnus qui vont bientôt débarquer, j'en ai le tournis. Même si dans le lot, l'un d'eux n'est pas un étranger, vu que Théo est toujours le parrain de Prosp.

Il a confirmé sa venue la veille au soir par SMS. Comme toujours, j'ai lutté contre mon envie de lui demander des nouvelles d'Amaury... Pour mon plus grand malheur, à chaque fois que j'ai échangé avec mon drôle de sauveur qui gère le site d'une main de maître, il s'est fait un devoir de ne pas évoquer son meilleur ami. Depuis notre discussion post-baise, silence radio.

J'ai seulement reçu un e-mail sans intérêt de la part du nouveau mandataire en charge de mon dossier... son père. Il m'a demandé des papiers que j'avais déjà transmis au cabinet, détail que je me suis fait un plaisir de lui préciser. Après ça, plus rien. Une inaction scandaleuse qui m'a fait prendre conscience de la valeur du travail d'Amaury. Même s'il n'était qu'arrogance et jugement lors de première notre rencontre, il n'a pas hésité à ruiner ses mocassins par conscience professionnelle.

J'expire et tente de retrouver une respiration normale.

Alors que je m'apprête à rejoindre tout le monde dans la grange, une voiture s'engage sur le chemin avant de se garer dans la cour près du panneau « parking » installé pour l'occasion. Tantor pousse un jappement enthousiaste.

– Sois un garçon bien élevé, ordonné-je.

Il remue la queue avant de m'adresser un regard innocent.

– Bien élevé, ça veut dire pas de peinture boueuse sur les vêtements des invités.

Je décide de lui faire confiance et m'avance vers la berline pour accueillir ce premier arrivé. L'homme qui sort me dévisage d'un air glacial dans son costume bleu marine. Ses iris gris orage me paralysent. Je les connais. Je les ai déjà vus dans une version plus jeune et moins austère. Mes poumons se vident de tout air tandis que l'étranger se présente.

– Mlle Pechnot, je présume, Olivier Mabeck.

La portière passagère s'ouvre pour révéler un second individu, à l'air tout aussi froid que le premier. Je me ratatine intérieurement face à cette visite non désirée. Tantor s'approche dans l'espoir d'obtenir une caresse. Le père d'Amaury le repousse d'un coup de genou qui m'arrache une exclamation outrée. Je claque des doigts pour rappeler mon chien avant qu'il ne décide de répondre à cette agression gratuite.

– Qu'est-ce que vous faites chez moi ? répliqué-je en proie à une peur grandissante.

La lueur qui s'allume dans les yeux d'Olivier Mabeck me file des frissons dans le dos.

– Mon travail, Mademoiselle. J'ai été récemment informé de l'absence de réponse à une mise en demeure du Trésor public. J'accompagne donc M. Alaba, huissier de justice pour qu'il procède à l'inventaire et à l'estimation des biens de la société. C'était la moindre chose que je pouvais faire pour remédier aux manquements dénotant d'une incompétence impardonnable dans la gestion de votre dossier.

Ses mots me heurtent avec la violence d'une volée de balles. Je ne comprends rien. J'ai le vertige et la nausée en même temps.

– Quoi ? balbutié-je comme une imbécile.

Je consulte mes mails tous les matins en plus de gérer les réseaux sociaux. J'ai encore du retard dans la paperasse, mais je ne serais pas passé à côté d'une mise en demeure, non ? Mes certitudes s'effondrent quand je réalise que je n'ai aucune idée de la dernière fois où je suis allée voir le courrier. Mon esprit refuse de faire le vide tant il s'enfonce dans un nuage d'angoisse.

Élise vient me rejoindre, elle ouvre la bouche pour saluer ceux qu'elle prend pour nos premiers convives, mais la pâleur de mon visage l'en empêche. Elle pince les lèvres avant de me jeter un regard interrogateur. Je secoue la tête, dépitée en tentant de retenir les larmes qui menacent de m'échapper.

– Il faut tout annuler, articulé-je d'une voix étranglée.

– Tamy, qu'est-ce qui se passe ? murmure-t-elle avant que le père d'Amaury ne l'interrompe.

– Aucun d'entre nous n'a envie de voir cette formalité s'éterniser, puis-je compter sur votre collaboration, Mlle Pechnot ?

Mes poings se serrent, puis je réplique :

– Un inventaire a déjà été fait au début de la procédure.

– Certes, mais vu le manquement flagrant dont le précédent chargé du dossier a fait preuve, je préfère m'assurer de la justesse de chaque point de votre dossier. Commençons par cette maison, achève-t-il en désignant du menton celle de mes parents.

Une autre voiture arrive. Je suis au bord de l'implosion. Je saisis Élise par le bras pour lui souffler à l'oreille :

– Je vais devoir gérer ça, essaie de tenir mes parents occupés.

Comprenant l'urgence de la situation, mon amie presse ma main pour me soutenir, avant de partir accueillir le premier invité.

Moi et mon envie de vomir, escortons ces deux envoyés du diable qui comptent passer au crible le foyer de mon enfance. Je reste dans leur sillage, muette, encaissant leurs murmures et leurs remarques désobligeantes. Quand le père d'Amaury fait mine de vouloir ouvrir la porte de la maison, je l'arrête aussitôt.

– Ce qui se trouve entre ces murs n'appartient pas à ma société. Je vous serais reconnaissante de ne pas déranger mes parents.

J'ignore où je trouve la force de rester polie. D'autant que la majorité du matériel est rangée dans la grange, là où se tient la réception et où mes proches attendent de fêter le sauvetage de la ferme. La venue de ces deux vautours va tout foutre par terre. Cette histoire de mise en demeure va me rendre dingue !

– Par ici, proposé-je en les guidant vers la salle de traite en espérant qu'ils y entrent avant que quelqu'un ne nous aborde.

Nous traversons la cour. Je réussis presque à passer inaperçue, quand Antoine sort de la maison de mes parents et s'empresse de me rejoindre.

– Tu commences déjà les visites ? Vous êtes les parrains de qui ?

Je me liquéfie lorsque le père d'Amaury darde un regard débordant de jugement sur mon ami. Celui-ci comprend aussitôt que quelque chose cloche. Heureusement, Élise apparaît pour me débarrasser de lui.

– On a besoin de toi, lance-t-elle, les mains sur les hanches avec son air de maîtresse en colère.

Antoine ne bouge pas d'un cil. L'huissier de justice est déjà entré dans la salle, en revanche, le patriarche Mabeck refuse de l'imiter, préférant jouer les emmerdeurs en costard. Un art dans lequel il est bien meilleur que son fils. En comparaison, Amaury a l'aura d'une peluche.

– Il y a un problème ? me demande Antoine.

– Élise a besoin de toi, insisté-je en l'appelant à l'aide.

– Vous n'êtes pas des parrains, enchaîne mon ami.

– C'est donc un baptême qui se prépare. Une telle dépense est-elle raisonnable dans votre situation, Mlle Pechnot ?

Je m'étrangle avec ma salive. Antoine en profite pour attaquer à nouveau en envoyant la politesse aux ordures.

– Putain, mais vous êtes qui ?

– Olivier Mabeck, mandataire en charge du redressement de la société de Mademoiselle. Il serait plus judicieux que vous surveilliez votre langage, jeune homme.

– C'est une blague ? rétorque Antoine en se tournant vers moi.

– C'est compliqué, va rejoindre Élise, s'il te plaît, supplié-je.

Autant pisser dans un violon...

– Pourquoi vous venez encore l'emmerder ? Vous n'avez pas honte d'empêcher les gens de bosser ?

Élise sent que la situation dégénère, alors elle se rapproche d'Antoine, mais le père d'Amaury émet un raclement de gorge dédaigneux.

– Ce n'est pas au redresseur de torts d'avoir honte, mais plutôt aux incompétents.

– Espèce de charognard ! Je me demande comment vous arrivez à vous regarder dans la glace le matin !

Élise le tire en arrière en prétextant :

– Excusez-le, il est très émotif depuis ce matin.

Antoine accepte de s'éloigner, non sans adresser son majeur à mon invité non désiré. Une fois en tête-à-tête, il darde un regard assassin sur moi. Je le brave en puisant dans mes dernières forces puis lui désigne la salle de traite du menton.

CHAPITRE 37
Amaury

– Souris, mec.

La voix de Théo m'arrache à mes pensées alors que je tourne pour m'engager sur le chemin menant à la ferme.

– Je n'aurais jamais dû t'écouter. J'ai rien à faire ici.

– T'es un parrain, alors t'es invité, réplique-t-il goguenard.

– Tu sais très bien que c'est plus compliqué que ça.

– À d'autres. C'est compliqué parce que tu as décidé que c'était compliqué.

– Tamara a été parfaitement claire. Me pointer, comme ça, alors que je ne lui ai pas parlé depuis un mois, c'est ridicule.

– Ou alors, on peut se dire que l'eau a coulé sous les ponts, et qu'elle sera hyper contente de te voir parce qu'elle est sur le point de se sortir de la merde. Sans compter que toi aussi, tu as pris une grande décision !

Une décision qui me donne envie de disparaître de la surface de la Terre. J'ai réécrit une cinquantaine de fois ma lettre de démission. Le rendez-vous que j'ai pris avec mon père pour la lui transmettre est prévu demain matin. C'est d'ailleurs pour ça que j'ai accepté de suivre Théo. Le risque que je devienne fou, ou que je revienne sur ma décision, si j'étais resté chez moi, est beaucoup trop élevé.

Je m'engage dans la cour. Plusieurs voitures sont déjà garées, mais seule l'une d'entre elles m'arrache un hoquet de surprise. Une surprise acide, qui fait naître une vague d'inquiétude dans ma poitrine.

– Qu'est-ce qu'il fout ici ? m'exclamé-je en m'arrêtant brutalement près de la voiture de mon père.

Je n'attends pas de réponses de la part de Théo et bondis hors de ma berline comme un diable hors de sa boîte. Ça ne ressemble pas à mon charmant paternel de rendre visite à une cliente. Et il n'aurait pas pu choisir pire jour que celui-ci. C'est censé être une vraie célébration pour Tamara. La présence de mon père va tout foutre en l'air.

Une silhouette féminine émerge de la grange, mais ce n'est pas Tamara. Sa meilleure amie nous accueille avec un sourire un peu crispé. Théo l'a également rencontrée lors d'une visite pour effectuer des modifications sur le site Internet.

Je ne lui laisse pas le temps de nous saluer pour l'interroger :

– Pourquoi mon père est ici ?

– J'aimerais bien le savoir, il est là avec un huissier de justice.

Mon angoisse augmente.

– Où sont-ils ?

Élise désigne la salle de traite et j'y fonce sans réfléchir. J'ignore comment il s'est débrouillé pour faire intervenir un huissier, mais ce n'est pas normal à ce stade. D'autant plus quand la société montre des signes de rétablissement financier. La seule raison qui nous force parfois à « sévir » est la découverte d'un défaut de gestion. Or, malgré le fait que celle de Tamara soit plutôt artistique, elle n'a commis aucune faute grave à ma connaissance. Cependant, vu que je ne suis plus sur son dossier depuis plusieurs semaines, je ne sais pas si... Je chasse cette idée. Théo m'aurait prévenu en cas de problème. Lui et Tamara ont tissé une vraie amitié. Elle ne lui aurait pas caché une galère de ce genre. En tout cas, je l'espère !

Je franchis le seuil de la salle de traite. Mon père me remarque dès mon arrivée, mais moi, je ne vois que Tamara. Les bras autour de sa poitrine, elle ressemble à une petite fille qui aimerait disparaître. J'enrage de la voir dans cet état, alors qu'aujourd'hui devrait être un jour de consécration, le premier d'un renouveau, loin des emmerdes.

– Qu'est-ce que tu fais ici ? lance mon père en arquant un sourcil.

– Je te renvoie la question. Maître Alaba, ajouté-je en reconnaissant l'huissier.

– Il était temps que quelqu'un de compétent prenne en main ce dossier. J'ignorais que tu faisais preuve d'un tel laxisme dans ton travail. Tu ne t'imagines pas la déception que j'ai ressentie en le découvrant.

J'encaisse tant bien que mal les reproches. Mon cerveau s'emballe à la recherche d'une erreur que j'aurais pu commettre.

– Tu ne sais même pas de quoi je parle, n'est-ce pas ? ajoute mon paternel.

Mon silence est une réponse suffisante. Il ouvre sa sacoche, puis me tend un document.

– Je ne devrais même pas te le montrer vu que tu n'es plus en charge de cette affaire, mais je crois que tu as besoin d'être mis face à tes erreurs.

Je m'empare du courrier estampillé du Trésor public. Il s'agit d'une mise en demeure afin de régulariser une somme à quatre chiffres, un impayé.

Comment ai-je pu passer à côté de ça ?

J'ai pourtant contacté le Trésor afin de mettre au clair la situation de Tamara. Mon regard se pose sur la date qui indique le mois dernier. J'étais encore en charge du dossier. La culpabilité me serre la gorge, mais ce n'est pas le moment de montrer un signe de faiblesse. Je redresse le menton avant de déclarer :

– Ça ne justifie pas l'intervention de Maître Alaba. La nouvelle activité mise en place va permettre de construire une nouvelle trésorerie. Tu aurais pu te contenter de mettre en place un échéancier.

– Je ne vois pas pourquoi je ferais un tel effort alors que la gérante a clairement fait preuve de duplicité en gardant sous silence cette créance.

Tamara s'efface encore un peu plus. Son silence me torture. Je préfère quand elle hurle et laisse sa colère déborder. La voir ainsi soumise au jugement sans pitié de mon père, me rend dingue.

– C'est ridicule, tu exagères.

– Ton avis n'a aucune importance. Maintenant, laisse-nous.

– Papa...

– Je te demande de partir, Amaury. Tu es toujours en congé.

Je rends le courrier à mon père, car je ne peux rien faire de plus malheureusement. Si je hurle, ça ne rendra pas service à Tamara. Je suis déjà fautif.

Le comportement de mon père est une punition à mon égard, pas contre elle. Tout ça parce que j'ai refusé de plier à son exigence et que je n'ai pas accepté sa main tendue quand il m'a révélé ses véritables intentions au sujet de Lucia.

J'abdique en apparence et tourne les talons. La solution ne m'apparaîtra pas si je reste là. Dès que je sors de la salle de traite, Théo me saute dessus. Élise dans son sillage est livide, mais ils m'interrogent d'une même voix :

– Alors ?

– C'est la merde, expliqué-je de but en blanc avant de dévisager mon ami et de l'interroger. Une mise en demeure du Trésor, ça te parle ? Tamara a reçu des relances ?

Il secoue la tête en signe de négation.

Élise se mordille la lèvre inférieure avant de déclarer :

– Je vais fouiller chez elle.

– Je t'accompagne.

Théo s'apprête à parler, mais je ne lui en laisse pas le temps.

– Occupe-toi des parrains et marraines. Tu es le plus à même de les distraire en l'absence de Tamara. Aucun d'eux ne doit comprendre ce qu'il se passe.

– Et comment je tiens ton père à distance ?

– Il ne va pas faire de déclaration publique, ils sont là pour un inventaire. Et s'il ouvre sa bouche, tu n'as qu'à le lapider à coups de bouse ou l'envoyer dans la pâture de Porthos.

Tantor pousse un jappement aux allures de « je m'en chargerai ». J'échange un regard avec celui-ci et il m'adresse un sourire canin, puis je suis Élise vers la maison de Tamara.

Élise balaie la pièce à vivre du regard.

– On commence par son bureau ? proposé-je.

– Non, par le buffet.

Le meuble de l'entrée est envahi par un monticule de bordel. La plupart des gens se contentent d'une coupe ou d'un vide-poches, mais pour Tamara c'est tout le plateau en bois qui fait office de fourre-tout. Sa meilleure amie entame les recherches sans plus attendre.

Au moment où elle pousse une paire de gants, j'aperçois une enveloppe et m'en empare aussitôt. Je l'ouvre et pousse un soupir effaré.

– Elle a encore merdé, c'est ça ? me demande Élise.

– Non, c'est moi le fautif, assuré-je en repliant la lettre. Légalement, j'étais responsable à ce moment.

– Tu peux encore l'aider ? Je veux dire, ton père, il...

– N'attends aucune bienveillance de sa part. Il a Tamara dans le collimateur, ça aussi, c'est ma faute.

– Alors, c'est la grosse merde.

– Non, je vais gérer.

Il y a encore une solution. Une solution qui va me coûter très cher, mais je suis certain que mon père ne m'en pense pas capable.

– Comment ?

Un sourire gêné tord mes lèvres.

– Je vais gérer, c'est tout.

Élise lève les yeux au ciel.

– Mon Dieu, je comprends mieux pourquoi Tamy a eu autant envie de t'étrangler !

Ma surprise face à cet aveu est assez visible pour qu'elle ajoute :

– Ce truc-là, façon chevalier blanc mystérieux. C'est hyper agaçant. Tu vas « gérer ». Pourquoi tu n'es pas plus clair ? Tu penses que je n'ai pas les neurones pour comprendre ou tu crois que ça te rend sexy ? Parce que désolée de te le dire, mais dans les deux cas c'est faux.

Outch, elles ne sont pas amies pour rien...

– Ce n'est pas ça, c'est juste que je ne vois pas l'intérêt d'expliquer...

Tu t'enfonces tout seul, mon gars.

Je soupire avant de tenter d'être plus clair.

– Bon OK, c'est nul. J'ai compris.

– Voilà, on avance. Donc, c'est quoi le plan ? Je peux faire quelque chose ?

– Non. Le plan est simple, comme je te l'ai dit, je suis le seul responsable de cette erreur. Mon père n'a pas le droit de l'attribuer à Tamara.

– Tu vas encaisser la faute.

– C'est l'idée.

– Les conséquences pour toi ?

– Minimes, assuré-je en haussant les épaules. Je ne suis déjà plus dans les bonnes grâces de la direction depuis un moment. Je ne risque rien.

J'échange seulement une démission contre un licenciement pour faute. Un détail que je garde pour moi.

– Elle te plaît vraiment, n'est-ce pas ?

Le regard d'Élise se fait inquisiteur et me transperce de part en part. Difficile de mentir face à ce genre d'attitude. J'avale ma salive, prêt à faire mon aveu, car de toute façon je n'ai rien à perdre. Je suis certain que Tamara a tout raconté à son amie.

– Oui, mais j'ai bien compris que c'était un poil plus compliqué de son côté.

– Tout est toujours compliqué avec Tamara, surtout quand il est question de ses sentiments. Ne lâche pas l'affaire, Amaury. Cette fille, c'est de l'or en barre, elle mérite qu'on se batte pour elle. Sans compter que tu l'as déjà fait, alors je dirais que tu es bien parti.

– C'est pas mon impression. Elle a été plutôt claire la dernière fois que je l'ai eue au téléphone.

– Je sais, et je peux te dire qu'elle s'en est bouffé les doigts.

– C'est vrai ? demandé-je, habité par un espoir naïf et ridicule.

– Ne lâche pas l'affaire, répète Élise. Sois patient et attends qu'elle soit sortie de cette merde de redressement.

CHAPITRE 38

Tamara

Il s'en va aussi vite qu'il est arrivé. J'ai envie de lui hurler de rester, de sortir son père de cette pièce, de le faire disparaître de ma vie. Pourtant, aucun mot ne sort. Amaury m'abandonne, me laissant seule avec ces deux hommes venus briser ce qu'il me restait de courage. J'étais tellement heureuse, presque fière de commencer à sortir de la galère. Tout ça a été balayé du revers de la main. J'ai l'impression que si le destin m'a laissé inspirer une misérable goulée d'air c'est pour mieux me noyer.

L'inventaire de la salle de traite est terminé, l'étape suivante est la grange. Grange dans laquelle mes amis, ma famille et les parrains patientent. Ma respiration se bloque rien qu'à l'idée que l'un d'eux aperçoive le père d'Amaury. Je le guide, la mort dans l'âme, prête à subir l'inévitable honte.

Alors que je conduis mes invités non désirés vers le lieu de la réception, Amaury accompagné de Tantor, nous barre la route.

– Votre visite s'arrête ici. Maître Alaba, j'étais le seul en charge du dossier lors de cette mise en demeure. La faute n'incombe donc pas à Mlle Pechnot. J'en assume l'entière responsabilité.

L'huissier fronce le nez avant de demander :

– Dans ce cas, qu'est-ce que je fais ici, Olivier ?

– Ton travail, chose que mon fils a oublié de faire dans ce dossier.

Amaury ignore la réflexion pour ajouter :

– Le prévisionnel réalisé par le comptable vous a-t-il été transmis ?

Maître Alaba n'a pas l'air au courant.

– Un prévisionnel n'a que peu de valeur.

– Arrête de t'acharner, papa. Tu deviens ridicule. Tu veux me faire payer mon erreur ? Fais-le.

– Imbécile, c'est le contraire que j'essaie de faire ! réplique son père avec aigreur. Je refuse de te laisser saccager ta carrière pour si peu.

Il accompagne ses derniers mots d'un regard assassin dans ma direction. Je déglutis avec difficulté en comprenant que cette haine n'est pas née de mon incapacité à gérer mon courrier. C'est autre chose, d'une autre guerre qui se joue entre le père et le fils. Même l'huissier semble réaliser la nature du conflit qui gronde. Il finit par ranger son calepin dans sa sacoche en secouant la tête.

– On dirait que ma visite était un brin prématurée.

– Nous n'avons pas terminé ! aboie le père d'Amaury.

– Olivier, je t'ai fait une faveur en me déplaçant alors que le dossier n'était pas complet. Je ne lancerai aucune procédure sans avoir les pièces manquantes. Je compte sur toi pour me les transmettre dans les meilleurs délais.

Mon cœur exécute un salto lorsqu'il tourne les talons. Amaury m'adresse un regard rassurant. Toute ma reconnaissance s'illustre dans un sourire. Mais celui-ci ne dure pas, car Olivier Mabeck, au lieu d'emboîter le pas à maître Alaba, se tourne vers son fils.

– Pourquoi persistes-tu à saccager chacune de mes tentatives pour te sauver, fils ?

Amaury émet un rire glacé.

– Me sauver ? Me sauver de quoi ? Bon sang, c'est toi qui refuses d'accepter que je ne partage pas ta haine ! Tu sais quoi, je vais te dire un truc, toutes les femmes ne sont pas des monstres de manipulation. Toutes les femmes n'en veulent pas à ce putain de patrimoine pour lequel tu as tout perdu ! Et le pire, c'est que malgré cette colère qui te ronge, tu n'es toujours capable de faire la différence entre une garce à l'ambition débordante et quelqu'un de passionnée par son boulot.

– Tu finiras par regretter ce choix.

– Peut-être, peut-être pas. Va rejoindre Alaba. On réglera tout ça demain matin. Notre rendez-vous est plus que d'actualité.

– Tu es faible et tu resteras faible.

Amaury est livide face à l'air satisfait de son père. Lui, l'indestructible sauveur qui a encaissé tous mes coups, ressemble à un petit garçon en proie à une indicible douleur. Mon sang ne fait qu'un tour. J'avance d'un pas vers son père et ordonne :

– Foutez le camp de chez moi !

Mon cœur bat la chamade, au risque de sortir de ma poitrine et fracasser ma cage thoracique tandis que je fuis vers la grange. Je préfère affronter la foule plutôt que les conséquences de mon acte.

Élise est la première à remarquer mon arrivée. Elle quitte les bras de son homme pour fondre sur moi. Je plaque un sourire factice sur mes lèvres en sentant plusieurs regards se braquer sur moi.

Mon amie m'interroge à voix basse.

– Alors ?

– Plus tard.

Si j'en parle maintenant, je vais craquer, or, c'est un luxe que je ne peux pas me permettre.

CHAPITRE 39
Amaury

Mon père est parti. C'est une première victoire, même si demain est un autre jour. Cependant, mon envie de rejoindre la foule joyeuse que j'entends dans la grange est proche de zéro. Alors, je m'octroie une courte pause, bien mérité, en m'allumant une cigarette. J'ai besoin de faire le vide. Puis, je ne suis pas vraiment seul, vu que le chien de Tamara a décidé de me suivre comme mon ombre.

Clope à la main, je longe sa maison puis m'arrête près de la clôture de la pâture secondaire des vaches. Ces demoiselles m'adressent des regards inquisiteurs avant de reprendre leur activité favorite : brouter.

Je soupire, car si j'avais encore des doutes sur ma démission en arrivant, la petite scène de tout à l'heure la rend obligatoire. Un lien s'est définitivement rompu entre mon père et moi. C'est la fin de quelque chose que je n'ai même pas envie de qualifier de relation.

Je devrais peut-être le fêter, mais je n'en suis pas capable tant que je n'aurai pas la réponse à la question qui m'obsède : qu'est-ce que je vais foutre après ça ? Je ne manque pas de diplômes mais plutôt d'envie. Voilà déjà plusieurs semaines que je suis tenu à l'écart de mon travail et je n'ai pas eu la moindre idée, la moindre ambition. Non, je suis resté cloîtré chez moi, à m'abrutir devant ma télé. Je suis prêt à survivre en cas d'invasions de zombies, mais pas à changer de carrière ou même de vie.

– C'est ma fille qui est à l'origine de cette triste mine ?

La question me fait sursauter. L'apparition de la mère de Tamara, un cageot de figues coincé contre la hanche, m'arrache à mes pensées.

– Tout va bien, assuré-je, trop habitué à mentir.

Les lèvres de Christelle Pechnot se plissent en un rictus moqueur.

– J'espère au moins qu'elle t'a remercié. Tu as sauvé la ferme.

– Je n'y suis pour rien, c'est Tamara qui a fait ce qu'il fallait.

– Tu es mignon, mais je connais ma fille. Si tu n'avais pas été là pour la guider, elle se serait épuisée à combattre sans réfléchir. Sans compter que personne n'aurait eu cette idée de parrainage sans ton intervention. Ton ami est quelqu'un de bien, sans toi Théo ne serait jamais entré dans notre vie. Alors, merci, Amaury, merci d'avoir été un homme bien avant d'être un professionnel.

– Tout n'est pas réglé, soufflé-je avant de tirer sur ma cigarette.

– Peut-être mais j'ai confiance. Allez, viens. Tu as largement mérité de faire la fête avec tout le monde.

Vaincu, j'emboîte le pas pour rejoindre la grange. Juste avant que nous nous mêlions à la foule, la mère de Tamara ajoute sur un ton de connivence :

– Fais-la rire. C'est comme ça que j'ai séduit son père, et crois-moi, Tamy est son portrait craché.

Je m'étouffe avec la fumée de mon mégot sous le coup de la surprise. Christelle Pechnot se marre avant de s'éloigner pour déposer ses figues sur une des tables.

Me voilà dans la fosse aux lions. D'un regard, je cherche Théo, ma bouée de sauvetage parmi ce rassemblement d'inconnus. Habituellement, je n'ai aucun problème avec la foule, ni à évoluer au milieu de celle-ci, mais là, pour la première fois de ma vie, j'ai l'impression d'être un étranger perdu dans un océan rempli de poissons auxquels je ne sais pas parler.

Mon ami est en grande conversation avec une femme d'une quarantaine d'années, certainement une marraine. Hors de question de le déranger. De son côté, Tamara discute avec un groupe de personnes. Même Élise est occupée à échanger avec un homme tout en grignotant un morceau de tarte. Je suis sur le point de faire demi-tour, résolu à passer mon temps avec Tantor quand un grand blond m'aborde :

– Tu dois être Amaury.

Je hoche la tête et serre la main qu'il me tend.

– Je suis Arthur, le mec d'Élise. J'ai entendu parler de toi.

– J'aimerais pouvoir en dire autant.

Il hausse les épaules.

– Tamara n'est pas du genre à dévoiler son monde à n'importe qui. Allez, viens boire un truc. Je vais te présenter aux autres.

Je me laisse guider avec plaisir et accepte un verre de vin.

– Lui, c'est Jérémy et voilà Antoine, m'informe Arthur lorsque deux hommes s'approchent.

Le second a l'air de s'être fait bouffer le foie et répond à peine à mon salut. Son ami le rappelle à l'ordre d'un regard. Un léger malaise s'installe jusqu'à ce que la mère de Tamara débarque et nous réquisitionne pour aller chercher les packs de bouteilles d'eau restés dans son salon. Je suis le mouvement sans broncher avec Tantor sur mes talons.

Arthur se fait un devoir de discuter avec moi et d'apprendre à me connaître. Ses questions, d'abord polies, se font plus audacieuses et me permettent de me détendre un peu, puis l'arrivée de Théo achève de me mettre de meilleure humeur.

Mon pote est comme un poisson dans l'eau dans cette grange. C'est marrant, la plupart du temps, lorsque nous sortons, c'est moi qui mène la barque. Je ne l'avais jamais vu évoluer avec autant d'aisance. Il doit y avoir un truc dans l'air ou c'est le fait qu'ici personne ne le regarde de biais malgré son poncho à rayures vert et rose.

Il rigole avec Jérémy tandis que je termine mon verre. C'est le moment que choisit Antoine pour me tapoter l'épaule avant de me demander de le suivre d'un mouvement du menton. J'accepte et l'accompagne sur la bande de terre séparant la grange de la pâture des vaches. Tantor m'abandonne lâchement pour se balader dans le champ.

Une fois à l'abri des regards, Antoine se lance pour m'interroger.

– Le redressement, il se passe comment ?

J'hésite à lui donner la moindre information. Il a beau être l'ami de Tamara, ça ne m'autorise pas à partager n'importe quoi concernant son dossier.

– Je pense que la conclusion sera positive.

– Ah ouais ? Et le débarquement de ton enfoiré de paternel, ça veut dire quoi ?

– Rien, j'ai réglé le problème.

Antoine me dévisage, cherchant un mensonge dissimulé entre mes mots.

– Elle n'est pas faite pour ton monde, tu le sais, non ?

Ce brusque changement de sujet me fait serrer les dents.

– Je suppose que tu t'inquiètes pour elle, alors je vais bien prendre ta remarque. Cependant, je pense que la mieux placée pour savoir ce pour quoi est faite Tamara, c'est elle.

– Ouais, ou tu pourrais lui épargner un problème de plus en prenant les devants. Tu restes à ta place et voilà.

Je ne connais qu'une seule explication à ce genre d'attitude de mâle alpha de pacotille. Mais Antoine est mal barré, vu que je suis le roi dans ce domaine, je vois parfaitement clair dans son jeu.

– Tu joues les amoureux de l'ombre depuis longtemps ?

Ses traits se tendent en l'espace d'un instant. Bingo !

– Et toi, tu baises souvent tes clientes ? C'est ça ton trip, profiter des nanas qui sont sur le point de perdre leur boîte ?

Pour quelqu'un qui traite mon père d'enfoiré, il partage un peu trop ses opinions. Et je n'ai clairement plus une goutte de patience à ce sujet. Sans compter qu'Antoine n'est personne pour moi.

– Le mieux serait que tu retournes avec les autres et on pourra oublier tes propos déplacés, OK ?

– Non, je ne crois pas, crache-t-il avec arrogance en avançant d'un pas vers moi.

Il réduit ainsi la distance requise entre deux personnes civilisées. C'est dingue à quel point l'envahissement de son espace vital peut être vécu comme une agression.

Je lève une main avec l'intention d'empoigner le col de cet imbécile, quand la voix de Tamara résonne :

– Un problème ?

Je recule aussitôt pour me tourner vers elle, mais son regard est braqué sur son ami. J'y lis de la déception, de la peine et un profond agacement.

– T'es chiant, ajoute-t-elle à son attention. Tu joues à quoi ? Tu crois que c'est le moment ?

Antoine baisse les yeux comme un gosse pris en faute.

– C'est pour...

– Si tu dis que c'est pour moi, je t'étrangle ! Putain, je t'aime mais là, tu m'emmerdes à un point ! Je pensais que tout était clair entre nous. Tu peux te mettre ta jalousie où je pense.

Une dispute silencieuse s'étire entre eux jusqu'à ce qu'Antoine s'avoue vaincu. Il grogne, puis se dirige vers la grange, les poings serrés. Lorsqu'il passe près de moi, son épaule heurte la mienne. Je ne cède pas à la tentation de remettre de l'huile sur le feu.

Une fois que son ami jaloux disparaît, Tamara pousse un soupir à fendre l'âme.

– Excuse-le. Il a du mal à accepter un certain truc.

– Comme l'amour à sens unique ?

– Ouais.

– Pour sa défense, il faut admettre que c'est plutôt douloureux.

– J'y suis pour rien, réplique-t-elle aussitôt.

– Je n'ai pas dit le contraire, seulement que c'est dur d'être rejeté.

– Pourtant, ça sonne comme un reproche.

– Non, assuré-je en m'adossant à la paroi rouillée du bâtiment.

CHAPITRE 40
Tamara

Je savais qu'Antoine allait faire une connerie et je ne me suis pas trompée. L'incident a été évité de justesse. En revanche, je ne peux pas esquiver une discussion avec Amaury. Élise m'a tout raconté.

J'ai totalement merdé avec ce courrier du Trésor. En revoyant la lettre, mon cerveau a eu la gentillesse de me rappeler la date de sa réception. C'est le même jour où j'ai rédigé le contrat pour obliger Amaury à me céder son appartement en cas d'échec du redressement. Je suis coupable !

– C'est de ma faute. Tu n'as pas à endosser la responsabilité de mon laxisme.

Amaury sort un paquet de cigarettes de la poche de son pantalon puis en glisse une entre ses lèvres. Je m'en empare mais il ne se rebelle pas, se contentant d'en prendre une nouvelle avec un briquet. Il allume la mienne, puis la sienne.

Après la première taffe, il se décide à parler.

– Légalement, je suis le seul responsable.

– Tu risques de perdre ton boulot, argumenté-je.

– J'avais prévu d'apporter ma lettre de démission demain matin. Ça ou un licenciement, le résultat est le même. En revanche, mon père ne pourra plus jouer les grands méchants sadiques. Tu n'auras plus qu'à le supporter quelques mois, puis tu reprendras les commandes de ta boîte après le passage au tribunal.

– Et je pourrai reprendre ma vie, complété-je d'une voix étranglée.

Je devrais trépigner d'impatience à l'idée que tout ça soit derrière moi. Une part de moi l'est, elle se réjouit du succès du parrainage : « adopte une meuhf » tout en sachant pertinemment que rien ne serait arrivé si le destin n'avait pas mis Amaury sur ma route. J'aurais pu tomber sur un mandataire antipathique, un de ceux qui se contentent d'un coup de téléphone plutôt que de se jeter corps et âme dans le sauvetage d'une société.

Si tel avait été le cas, il n'y aurait pas eu le moindre espoir d'une fin heureuse pour la ferme. J'aurais assisté au massacre de mon patrimoine et j'aurais tout perdu. Il aurait fallu que je me réinvente, non pas par désir mais par obligation.

Aujourd'hui, ce cauchemar s'éloigne mais il est désormais celui d'Amaury. Je ne pourrai plus supporter mon reflet, si je le laisse affronter ça tout seul.

Je cale ma cigarette entre mes lèvres avant de lui tendre la main. Il dévisage mes doigts d'un air perplexe.

– Viens, on va rejoindre les autres. Tu n'es peut-être pas de mon monde, mais tu ne risques pas de le connaître si tu restes dans un coin sombre alors que le reste des invités profitent.

Mon sourire tremble tandis que le sien s'agrandit.

Ce n'est qu'un petit pas pour la plupart des gens, mais pour moi c'est énorme de le faire entrer dans mon univers. Cette fois, c'est volontaire, contrairement à son arrivée dans ma vie.

Il est l'heure pour les parrains et marraines de repartir. Les plats sont vides ainsi qu'un bon nombre de bouteilles. Je crois que tout le monde a passé un bon moment, moi y compris. J'ai adoré présenter mon quotidien à tous ces étrangers et leur faire rencontrer leur protégée. Ils semblaient tous ravis par le projet et ces quelques heures d'immersion. J'ai aimé chaque minute de cette journée, à l'exception du père d'Amaury.

Même le rangement et le ménage se déroulent dans la bonne humeur. Tout en fermant un sac-poubelle, je m'attarde sur le sourire d'Amaury qui discute avec Arthur. Ce petit moment n'échappe pas à Élise qui me pince les fesses, m'arrachant ainsi un couinement de surprise.

– C'est pas beau de mater, glousse-t-elle.

– Chut !

– Il tient à toi, Tamy.

– Chut !

– Ça serait très con de passer à côté d'une belle histoire.

– Tais-toi ! ordonné-je en traînant le sac hors de la grange.

Sauf que fuir ne suffit pas à me débarrasser d'Élise.

– Qu'est-ce que tu aurais à perdre au juste ? Tu m'expliques ?

Je lève les yeux au ciel et vérifie qu'Antoine ne nous écoute pas avant de lui répondre.

– C'est pas le moment que je m'éparpille avec une histoire de cul, sans compter que j'ai toujours un problème d'amour amical qui n'est pas réglé. Je pensais que c'était le cas, mais visiblement pas...

– Tu es en train d'utiliser Antoine comme argument pour ne pas essayer quelque chose avec Amaury ? C'est nul. Il va s'en remettre.

– Je ne te savais pas si cruelle.

– Il n'y a pas deux cents solutions. J'aurais adoré vous voir ensemble, mais il faut tourner la page, admet-elle avec des trémolos d'actrice dans la voix.

– Je n'ai pas envie de lui faire du mal.

– C'est inévitable, Tamy. En revanche, plutôt que de briser les espoirs de deux garçons super, tu peux en rendre un sacrément heureux. T'inquiète pas, on finira bien par trouver quelqu'un à Antoine.

– Je suis trop crevée pour penser à tout ça.

– Non, t'es terrorisée.

Ma grimace la fait sourire.

– C'est ta vie. Je veux juste que tu sois consciente de ce que tu as sous les yeux. Amaury mérite que tu réfléchisses à la possibilité d'un quelconque avenir avec lui. D'ailleurs, on héberge Théo ce soir, le pauvre n'allait pas faire le trajet retour après une journée pareille. Du coup, si tu veux tu pourras avoir ton blaireau préféré pour la soirée, car je te rappelle qu'on n'a qu'une seule chambre d'amie, lâche-t-elle avant de s'éloigner en sautillant ravie de son coup fourré.

J'abandonne la poubelle en pouffant de rire face au plan machiavélique de mon amie.

Le ménage terminé, il est l'heure des au revoir. Sans surprise, Antoine fait encore la gueule en partant avec Jérémy. Puis Élise tente de me faire passer un message subliminal en poussant Théo vers la voiture d'Arthur. Quant à mes parents, ils sont déjà rentrés chez eux, fatigués par cette journée totalement hors norme à la ferme.

Amaury s'apprête à partir à son tour. Depuis son arrivée, Tantor ne le lâche pas d'une semelle. Ce traître semble décidé lui aussi à me convaincre de ne pas le laisser s'en aller.

J'abdique et lui demande le plus naturellement possible :

– Tu veux rester pour la traite ?

Il se fige.

– Ta journée n'est pas terminée ?

Je secoue la tête en souriant.

– Bienvenue dans ma vie. Alors, tu restes ?

Il n'hésite pas une seconde et accepte.

Cette journée sera sous le signe de la pédagogie. Après avoir présenté mon monde aux parrains et marraines, il est temps qu'Amaury y plonge à son tour, de manière plus concrète. Je récupère ma combinaison de travail abandonnée dans la salle de traite et l'enfile. Le plus prudent serait d'en proposer une à mon assistant du jour, mais je doute que la taille lui aille.

Je repousse la fatigue qui commence à peser sur mes épaules et retrouve Amaury dans la cour pour lui expliquer la marche à suivre. Il m'aide à disposer les panneaux métalliques nécessaires à la construction du couloir. Je suis concentrée sur mon travail, jusqu'à ce que sonne l'heure d'ouvrir la pâture des filles qui sont déjà agglutinées derrière le portail. Amaury se tient en retrait tandis que Tantor jappe d'impatience. Je libère ces dames qui s'élancent dans un concert de meuglements et de pets.

Je fais signe à Amaury de me suivre dans la salle de traite et entame les explications tout en nettoyant les premiers trayons, avant de lui tendre la lavette dédiée à cette tâche. Il observe tour à tour mon nécessaire de lavage et les pis de Cunégonde qui patiente en attendant qu'on s'occupe d'elle.

– Elle ne va pas te mordre, lancé-je en étouffant un rire.

– J'ai l'impression d'être un pervers sexuel.

– Tu veux l'inviter au restau avant ?

Il m'adresse un regard mauvais dans lequel je discerne un sourire. Je me marre sans retenue pendant qu'il s'approche avec précaution de Cunégonde.

Une fois la toilette de mademoiselle effectuée, j'installe l'appareil avant de passer à la suivante. La gêne du début d'Amaury s'estompe au fur et à mesure. Il finit par être un assistant convenable jusqu'à ce que je le voie pâlir lorsque Bomba fait ses besoins sous son nez.

– J'ai un métier hyper glamour, raillé-je.

– C'est exactement ce que j'étais en train de penser.

J'ai assez pitié de lui pour lui proposer de prendre la suite. Je tends la main pour récupérer le seau, mais il secoue la tête.

– C'est bon, je peux finir.

– Je ne vais pas te juger si tu as besoin de prendre l'air.

– Menteuse, se moque-t-il en me montrant les dents.

– Peut-être... Bon, oui, je te jugerai un peu.

– Alors je reste.

– Si tu fais un malaise à cause de l'odeur, ça sera encore pire pour l'image que j'ai de toi.

Il relève la tête, bombe le torse et entame le nettoyage de Bomba avant de me demander :

– Je serais curieux d'en savoir plus, quel genre d'image ?

Mes dents s'enfoncent dans ma lèvre inférieure. On est en terrain glissant, là...

– Pour être honnête, j'aurais du mal à te la décrire, parce que depuis quelque temps, je ne suis plus certaine d'être dans le vrai.

Voilà de la franchise, c'est bien !

– On va dire que j'y vois quelque chose de positif...

– Tu peux, soufflé-je en plaçant la trayeuse sur Bomba.

Nous répétons l'opération avec les autres vaches et je me fais un devoir de garder notre conversation concentrée sur notre activité. Amaury se plie à l'exercice sans broncher.

Une fois la traite terminée, j'ouvre ma combinaison pour la retirer. Son regard qui détaille mon corps ne m'échappe pas.

– Je suis habillée en dessous, précisé-je en le regrettant aussitôt.

– Tu ne peux pas m'en vouloir d'avoir de l'espoir.

Surprise par sa provocation, je sens mes joues s'échauffer. Je me tortille pour défaire mon vêtement de travail pendant qu'il patiente les bras croisés.

Je pousse la porte menant à l'extérieur et exécute une parodie de révérence pour l'inviter à passer. Tantor s'empresse de nous faire la fête, toujours aussi frustré de ne pas avoir accès à cette partie de la ferme.

J'étouffe un bâillement quand Amaury lance :

– Je vais te laisser. Merci pour ce moment.

– Je peux te poser une question ?
– Depuis quand demandes-tu l'autorisation ?
Pas faux. Je dois vraiment être crevée.
– Pourquoi tu démissionnes ?

CHAPITRE 41
Amaury

J'ai encore l'odeur de la bouse dans le nez. Si je dois être honnête, je vendrais mon âme pour une douche, mais la question de Tamara chasse ce besoin primaire. Depuis le temps que j'attends qu'on parle franchement. Un pas de sa part dans ma direction, je ne peux pas reculer maintenant.

– J'ai jamais aimé ce boulot.

Cette révélation lui fait froncer les sourcils. Difficile d'entendre un truc pareil quand on a son travail chevillé au corps et à l'âme depuis son plus jeune âge.

– C'est pas une blague, je t'assure. J'ai seulement suivi une direction, prendre la même que mon père m'a paru plus facile que d'en essayer une autre.

Tantor s'assied littéralement sur mon pied. Heureusement que j'ai renoncé aux mocassins, leur préférant des baskets en cuir, nettement plus simples à nettoyer.

– Alors, pourquoi changer maintenant ?

Parce que j'en ai assez d'être spectateur du malheur de gens qui mériteraient une seconde chance. Parce que la simple idée de devenir comme mon père me flanque la nausée. Parce qu'une certaine agricultrice a été la goutte d'eau qui a fait déborder le vase.

– C'est le genre de choses que je raconte uniquement dans un endroit sombre et après une bouteille de vodka, raillé-je.

– Le coin sombre, ça peut se faire, et la vodka aussi si tu insistes.

Une lueur de défi brûle dans ses yeux dorés. J'avais déjà envie d'accepter, maintenant, c'est une certitude.

– Allez, viens, assistant, déclare Tamara en se dirigeant vers chez elle.

Je l'accompagne avec le même enthousiasme que Tantor.

Elle ne se formalise pas du désordre laissé par Élise lors de la fouille de son buffet. Je l'imite lorsqu'elle enlève ses bottes. Mon acolyte de la journée m'abandonne au profit du canapé. Il s'y étale de tout son long et pose sa tête sur l'accoudoir. Tel un empereur dans son royaume.

Tamara fait tinter deux verres ainsi qu'une bouteille. Elle dépose l'ensemble sur la table basse, puis pousse sans ménagement son compagnon squatteur de sofa. Celui-ci râle tandis que sa maîtresse le force à lui laisser de la place.

– Je me demande pourquoi je t'ai acheté un panier.

Un rapide coup d'œil au coussin géant immaculé, disposé contre un mur, me suffit à comprendre qu'il ne sert pas souvent. Tantor bascule sur le dos, comme pour donner sa réponse. Tamara soupire puis commence à lui gratter le ventre.

Je m'installe dans le dernier coin libre, tout près de sa tête.

– Alors, tu vas répondre à ma question ?

– Après cette bouteille, peut-être.

– Fais le service, je suis légèrement immobilisée.

La position de son chien l'empêche effectivement de bouger. Je sers donc la vodka avant de lui tendre un verre. Elle s'en saisit puis déclare :

– Ton père... Il est spécial.

Je ne peux retenir un rire face à cette retenue qui ne lui ressemble pas.

– Mon père est un enfoiré, corrigé-je.

– Ouais, mais je ne me voyais pas l'insulter.

– Pourtant, il le mérite largement.

– La famille c'est...

– Sacrée ? Important ? Les deux ? Non, pas chez nous, la coupé-je en trempant mes lèvres dans l'alcool.

– Il doit bien y avoir quelque chose de positif en lui. C'est ton père.

Sa naïveté est touchante, mais elle ne suffit pas à chasser l'aigreur que je ressens.

– Quand j'aurai trouvé, je te le dirai...

– Et ta mère ? demande Tamara avec prudence.

– Disparue, envolée.

– Morte ?

– Oh non, juste partie, comme ça. Avec les années, je pense que c'était inévitable vu le mari que pouvait être mon cher papa.

Je grimace en sentant des émotions dangereuses s'immiscer dans ma poitrine. L'idée d'être sincère avec Tamara me plaît, mais pas à n'importe quel prix. Ma famille boiteuse et tout ce qui va avec ne sont clairement pas un sujet agréable à aborder.

– Je suis désolée. Cependant, je comprends mieux le charmant discours de ton père à propos des femmes.

– Tu n'y es pour rien.

– Non, mais vu l'importance qu'ont mes parents dans ma vie, je ne peux même pas imaginer ce que je ferais sans eux. C'est dingue...

J'expire, trempe mes lèvres dans ma vodka, puis repose mon verre sur la table basse. Ça serait tellement facile de finir cette bouteille avant de réellement parler avec Tamara. Elle servirait d'excuses, pour tout ce que nous pourrions dire. Ça serait si simple... mais inutile. Espérer qu'un discours alcoolisé me rende service est stupide.

Il faut que je réussisse sans ça. De toute façon, je n'ai rien à perdre. Et si je dois être honnête, une part de moi commence à fatiguer de s'accrocher à quelqu'un qui ne cesse de me repousser.

Une inspiration, comme celle que je prendrais au bord d'un précipice, puis je saute dans le vide.

CHAPITRE 42
Tamara

Tantor s'étire, bascule sur le flanc, avant d'abandonner le canapé au profit du carrelage. Amaury fixe l'écran éteint de ma télé comme s'il cherchait à l'allumer par la force de ses pensées. Cependant, son silence ne dure pas.

– Je suis tombé raide dingue d'une cliente...

Je retiens mon souffle jusqu'à ce qu'il précise :

– C'était il y a presque deux ans maintenant. En fait, je suis tombé amoureux de Pauline avant même qu'elle devienne une cliente. Elle tenait une sandwicherie-caféterie à proximité du bureau. J'y suis allé complètement par hasard, et dès la première seconde, j'ai été happé par elle. Je n'ai jamais cru au coup de foudre avant de croiser sa route. Il m'a fallu du temps pour comprendre ce qu'il m'arrivait, mais quand ça a été clair dans mon esprit, ça m'a paralysé. Je me suis retrouvé comme un puceau incapable de tenter sa chance. Je me contentais de venir déjeuner et de la regarder. Ouais... Je sais... On dirait un truc de pervers, mais je t'assure que j'étais incapable de faire autrement. On discutait parfois, mais rien de plus que des banalités entre une commerçante et un bon client. Et soudain, après quelques mois, le nom de sa boîte est apparu dans mes dossiers à traiter.

Amaury se penche en avant, les coudes posés sur ses cuisses, puis me raconte cette histoire en se tordant les mains mais sans m'accorder un regard. J'ignore si je dois dire quelque chose face à cette confession inattendue. En revanche, je sais qu'il est important de l'écouter, pas pour moi, mais pour lui.

– J'ai vu ça comme un signe à la con du destin. Une chance d'entrer dans sa vie, de la sauver. Je me suis dit que ça serait plus simple... Et je me suis rarement autant planté... J'ai été incapable de lui parler de mes sentiments. Mais le pire, c'est que je n'ai pas vu à quel point Pauline allait mal. Je ne savais pas qu'on pouvait tout cacher derrière un sourire, tout, même l'envie de mourir. Pauline s'est donné la mort en avalant des médocs.

Je ne m'attendais pas à une fin heureuse, mais pas non plus à une horreur pareille. La voix d'Amaury s'éteint. Une boule obstrue ma gorge, m'empêchant de prononcer le moindre mot alors qu'un simple « désolé » serait utile. À défaut de pouvoir exprimer ainsi ma compassion, je me risque à faire un geste que j'espère équivoque et entrelace mes doigts aux siens.

– Ça m'a foutu en l'air, ça a détruit pas mal de trucs là-dedans, explique Amaury en tapotant sa poitrine de sa main libre. J'ai abandonné les dossiers de redressement, jusqu'au jour où mon père m'a assigné celui d'une agricultrice en me disant qu'il était temps que je me remette au boulot.

Oh merde...

J'avais deviné qu'Amaury était atteint d'un sévère syndrome du chevalier blanc, à la recherche d'une princesse à sauver, mais là, ça dépasse tout ce que je pensais.

– Tu dois te dire que je déraille et que j'ai vrillé avec toi à cause de Pauline, mais je t'assure que non. Tu n'as rien à voir avec elle, je l'ai compris rapidement. Tu as une force qu'elle n'avait pas. Voilà, c'est quelque chose dont il fallait que je te parle, même si je suis en train de réaliser que je me suis tiré une balle dans le pied.

Un sourire aigre déforme ses lèvres.

– Tu avais raison, j'ai un tas de problèmes à régler avec moi-même et mon père. Tu n'as pas besoin de ça. Je suis content de t'avoir rencontrée, Tamara, vraiment. J'aurais aimé être le genre d'homme digne de partager ta vie.

Après avoir repoussé ma main avec précaution, il se lève sans m'accorder un regard et se dirige vers l'entrée. Je reste prostrée dans mon canapé, comme une idiote, face à ses adieux qui me prennent au dépourvu. Un tas de pensées se bousculent dans mon esprit, créant un brouillard indéchiffrable. Je hoquette, étouffée par cette tempête. Le claquement de la porte me fait l'effet d'une décharge électrique. Je bondis du canapé sous le regard étonné de Tantor, bien trop fatigué pour me suivre.

Mon cœur s'emballe tandis que je fonce dans la cour pour rattraper Amaury. Il s'apprête à ouvrir sa voiture quand je le rejoins. Il tourne la tête, affichant le même regard triste que Tantor quand il essaie de me faire flancher.

J'ai l'impression d'être sur le point de sauter à l'élastique sans être certaine d'être attachée. Il paraît que c'est ça la vie. Une chose que j'ai toujours eu du mal à accepter.

– Reste.

Un mot

Cinq lettres.

Je viens d'ouvrir et de donner mon cœur à Amaury. Je ne veux pas qu'il parte et j'espère de toute mon âme qu'il comprendra.

ÉPILOGUE
Tamara

5 mois plus tard

Le juge interroge ses collègues et je suis suspendue à ses lèvres malgré le fait que je connaisse déjà sa réponse. « Adopte une meuhf » est un véritable carton. L'ensemble de mon cheptel est parrainé. La liste d'attente est telle que j'envisage d'agrandir la famille, à la fois pour mon chiffre d'affaires, mais aussi pour satisfaire les gens qui souhaitent devenir le mécène d'une vache.

Ma trésorerie est en positif depuis deux semaines. J'ai explosé les chiffres de mon prévisionnel. Aucun juge sur terre n'ordonnera la liquidation. Amaury n'a eu de cesse de me le répéter. Aujourd'hui, je vais retrouver mes ailes, je vais définitivement sortir de tout ça.

La lumière est au bout du tunnel et j'ai enfin réussi à l'atteindre. Un miracle qui n'aurait jamais eu lieu sans Amaury, Théo et mes autres amis, cette extension de ma famille. Parfois, à mon réveil, j'ai encore du mal à y croire, mais un simple coup d'œil sur l'autre côté du lit me rappelle la réalité. J'ai laissé rentrer Amaury dans ma vie, dans mon cœur, à reculons, c'est certain, mais je n'ai aucun regret.

– La fin du redressement de la société Pechnot est ordonnée ce jour. Bravo, Mademoiselle, en espérant ne plus jamais vous voir dans cette salle.

Je me lève du banc, le souffle court et dissimule le tremblement de mes mains en les plaçant dans mon dos. Peut-être est-il d'usage de remercier la cour, cependant, je ne le ferai pas. Je ne dois rien aux gens présents dans cette salle, aucun d'eux m'a aidée à me relever. Ils n'ont été que l'instrument d'une machine cruelle. J'aimerais dire que je ne ressens plus de haine du tout, mais j'ai encore du chemin à parcourir avant d'en arriver là.

Je tourne les talons après avoir adressé un sourire crispé aux juges et au greffier, mais en ayant pris soin d'ignorer le père d'Amaury, présent pour l'occasion en tant que mandataire en charge de mon dossier.

Voilà un autre point sur lequel je ne suis pas prête à faire d'efforts. Même s'il n'a pas cherché à m'atteindre une nouvelle fois après la démission de son fils, mon envie de l'étrangler est toujours d'actualité. Elle s'est même renforcée depuis qu'il ne parle plus à Amaury. Aucun signe de sa part vers son fils pour essayer d'arranger leur relation. Bien que l'homme qui partage désormais mon quotidien m'assure que le comportement de son paternel l'indiffère, mon ressentiment à son encontre ne faiblit pas. Je lui en veux pour la tristesse que j'aperçois parfois dans les iris gris d'Amaury, pour les blessures mal cicatrisées qu'il lui a infligées par le passé et pour celle de son absence et son jugement toujours à vif.

Dans le hall, les entrepreneurs en difficulté ne manquent pas. Le désespoir de certains menace de m'arracher des larmes, mais je fuis avant de craquer.

Il n'y a qu'à l'extérieur du tribunal que je parviens à reprendre mon souffle.

Une fois assise derrière mon volant, mon esprit commence à intégrer les récents événements, c'est terminé. J'en hurlerais presque de joie.

La sonnerie de mon portable résonne des entrailles de mon sac. Je m'en empare et décroche sans hésiter. Je sais qui m'appelle sans même vérifier le nom sur l'écran.

– Avoue, tu viens aux nouvelles juste pour t'assurer que je n'ai pas fait de scandale dans la salle d'audience, lancé-je en savourant le sourire imbécile qui naît sur mes lèvres.

– Tantor a volé une de mes chemises et l'a traînée dans la cour. Ton chien n'apprécie pas notre nouvelle cohabitation.

J'éclate de rire, incapable de partager l'agacement que je devine dans la voix d'Amaury. D'autant qu'il disparaîtra lorsque Tantor viendra lui réclamer un câlin à grand renfort de regards larmoyants.

– Mais il se peut aussi que j'aie eu besoin de m'assurer que tu n'étais pas en garde à vue pour coups et blessures envers un magistrat.

– Je suis bel et bien libre. Pas de sang sur les mains, rien du tout.

– Libérée, délivrée, réplique-t-il sur le rythme de la chanson mythique du dessin animé.

– Exactement. Je me mets en route pour rentrer au plus vite.

– Je te vois ce soir, je vais jeter un coup d'œil à l'avancée des travaux.

– On retrouve toujours les autres au billard ?

– C'est le programme. J'ai cru comprendre que notre présence était requise.

Je glousse sans retenue. Élise, ravie de notre relation, s'est fait un devoir d'intégrer Amaury à notre petit groupe. Désormais, elle l'appelle plus souvent que moi.

– Une raison particulière à son exigence ? raillé-je en imaginant parfaitement ma meilleure amie rendre notre venue obligatoire.

– Il semblerait que je ne sois plus le dernier arrivant dans votre tribu...

Mon cœur exécute un salto.

– Quoi ? Qui ?

– Antoine. Et dixit Élise : « je savais que ça arriverait, après tout, on a bien réussi à caser la plus incasable ».

J'éclate de rire. Cette journée ne pouvait pas mieux se terminer.

Ma relation avec Antoine s'était un peu améliorée, mais j'ai maintenant espoir que tout s'arrange. J'ai hâte de rencontrer celle qui a réussi à gagner son cœur.

Aujourd'hui tout change, pour Amaury comme pour moi. Il ne passe pas par la case tribunal, mais par celle du renouveau. La vente de son appartement a signé le début de notre vie à deux, ainsi que la naissance de ce projet un peu dingue qu'il a hésité à concrétiser.

Après sa démission, j'ai cru qu'il ne trouverait jamais une voie qui l'enthousiasme. Il a fallu des semaines avant que je comprenne qu'il envisageait déjà quelque chose, sans oser en parler. Une fois la révélation faite, je ne pouvais que l'y encourager. Avec l'aide de Théo, Amaury a créé une société de conseil, spécialisée dans les entreprises en difficulté. Une bouée de sauvetage pour leur éviter d'être broyé par la machine judiciaire. Une carrière parfaite pour mon chevalier blanc toujours à la recherche de personnes à aider.

Son local est bientôt prêt pour l'ouverture, il pourra donc accompagner des entrepreneurs en détresse, comme il l'a fait avec moi.

Ma seule objection a été de lui rappeler qu'il ne pouvait plus tomber amoureux d'une cliente, car je compte bien être la seule et unique femme de sa vie.

REMERCIEMENTS

Avant de remercier toutes les personnes sans qui ce livre ne serait pas là, j'aimerais parler d'une formidable initiative qui aurait pu aider Tamara si elle n'avait pas croisé le chemin d'Amaury.

Depuis 2013, le dispositif APESA France vient en aide aux entrepreneurs en détresse psychologique. Cette association mérite d'être mise en lumière. Chaque entrepreneur(euse) ayant déjà franchi le seuil d'un tribunal de Commerce avec la sensation que sa vie s'écroule, devrait connaître l'APESA. C'est en toute connaissance de cause que j'ai envie de partager cette solution que j'aurais aimé connaître quand j'ai personnellement vécu ce moment.

Ce roman a eu un destin particulier, car il a commencé sa vie en participant à un concours sur la plateforme Fyctia. Je me suis inscrite sur un coup de tête, malgré le fait que la romance ne soit pas mon genre de prédilection. Je suis heureuse d'avoir cédé à cette folie et d'avoir renoncé temporairement à mes dragons et loups-garous habituels pour donner vie à l'histoire de Tamara et Amaury, car ils ont réussi à séduire les éditrices. C'est grâce à elles que j'ai remporté la victoire, et qu'aujourd'hui ce livre existe.

L'écriture est un exercice solitaire, mais ça ne serait pas devenu mon métier sans le soutien extraordinaire de mon entourage. En première position, ma maman ! Quelle chance que d'être portée par sa fierté et son enthousiasme à chaque fois qu'elle termine la lecture de mon nouveau manuscrit. Mon quotidien serait aussi bien différent sans mon homme, qui ne s'étonne plus des conversations interrompues par « Hey ! J'ai eu une idée pour mon bouquin ! Comment ça, j'ai encore oublié d'acheter du pain ? ». Il est mon roc indestructible qui s'assure que je n'oublie pas de manger quand j'enchaîne les journées à faire fumer mon clavier.

Je tiens à remercier également les jurys du concours Fyctia « Comme dans un film », ainsi que Julia, mon éditrice, qui a écopé d'une autrice légèrement obstinée avec une toute petite tendance *control freak*. Confier son roman à autrui quand on a l'habitude de tout gérer toute seule depuis des années n'est pas un exercice facile, mais elle a su faire preuve de patience et de professionnalisme afin qu'on fasse ce bout de chemin ensemble dans les meilleures conditions.

Je termine avec toi, lecteur, lectrice, toi qui tiens ce roman entre tes mains. Merci d'être parti à la rencontre de Tamara et Amaury. Merci d'avoir embarqué dans cette aventure qui fleure bon la campagne. J'espère te retrouver pour la suivante.

Pour ne rien rater de mes prochaines sorties, n'hésite pas à me rejoindre sur *bonesvercetti.com*

À bientôt,

Bones

Composition et mise en pages
Nord Compo à Villeneuve-d'Ascq